| 中国当代研学丛书 |

诗词

# 吴兴华诗艺研究

柳伟平 | 著

## 图书在版编目（CIP）数据

吴兴华诗艺研究 / 柳伟平著. —北京：中央编译出版社，2020.3
ISBN 978-7-5117-3796-0

Ⅰ. ①吴…
Ⅱ. ①柳…
Ⅲ. ①吴兴华（1921—1966）—诗歌研究
Ⅳ. ① I207.22

中国版本图书馆 CIP 数据核字（2019）第 298438 号

## 吴兴华诗艺研究

出 版 人：葛海彦
责任编辑：郑永杰
责任印制：刘 慧
出版发行：中央编译出版社
地　　址：北京西城区车公庄大街乙 5 号鸿儒大厦 B 座（100044）
电　　话：(010) 52612345（总编室）　　(010) 52612339（编辑室）
　　　　　(010) 52612316（发行部）　　(010) 52612346（馆配部）
传　　真：(010) 66515838
经　　销：全国新华书店
印　　刷：三河市华东印刷有限公司
开　　本：710 毫米 ×1000 毫米　1/16
字　　数：230 千字
印　　张：15
版　　次：2020 年 3 月第 1 版
印　　次：2020 年 3 月第 1 次印刷
定　　价：93.00 元

网　　址：www.cctphome.com　　邮　箱：cctp@cctphome.com
新浪微博：@中央编译出版社　　　　微　信：中央编译出版社(ID: cctphome)
淘宝店铺：中央编译出版社直销店（http://shop108367160.taobao.com）(010) 55626985

本社常年法律顾问：北京市吴栾赵阎律师事务所律师　闫军　梁勤
凡有印装质量问题，本社负责调换，电话：(010) 55626985

Contents

# 目 录

引 言 ……………………………………………………………… 1

## 第一部分  注释解析

### 第一章  新绝句 ……………………………………………… 15
绝句四首 …………………………………………………… 15
绝句二首 …………………………………………………… 22
绝句三首 …………………………………………………… 25

### 第二章  新古风 ……………………………………………… 30
览古 ………………………………………………………… 30
拟古 ………………………………………………………… 34
鹧鸪 ………………………………………………………… 39
宴散作 ……………………………………………………… 43
春草 ………………………………………………………… 48
锦瑟 ………………………………………………………… 57
西山 ………………………………………………………… 62

### 第三章  新歌行体 …………………………………………… 66
大梁辞 ……………………………………………………… 66
书《樊川集·杜秋娘诗》后 ……………………………… 77

行乞歌院图 ································· 87
　　无题 ····································· 93
　　效清人感旧体 ····························· 100
第四章　素体诗 ································· 113
　　给伊娃 ·································· 113
　　吴起 ···································· 127
　　听《梅花调·宝玉探病》 ··················· 134
第五章　商籁体 ································· 142
　　褒姒的一笑 ······························ 142
　　Sonnet ·································· 148
　　西珈（组诗选七）························· 149
第六章　其他诗体 ······························· 163
　　《明妃诗》（自由体）····················· 163
　　Hendecasyllabics（十一音节无韵体）········ 171
　　《尼庵》（斯宾塞体）····················· 174
　　《采石矶》（双行长短无韵体）············· 181

# 第二部分　诗艺研究

第七章　主题与意象 ····························· 191
　　一、新绝句和新古风："化古"不成反被"古化" ···· 192
　　二、新歌行体：历史、现实与高级想象力 ······ 195
　　三、西方诗体：中西交融的新气息 ············ 201
第八章　形式和节奏 ····························· 207
　　一、注重外在音韵而陷入节奏的僵化 ·········· 209
　　二、外在的音响兼顾内在的旋律 ·············· 216
　　三、以柔韧的诗行蕴藏深邃的内涵 ············ 220
结　语 ········································ 229
参考文献 ······································ 231

# 引 言

## 一

吴兴华，祖籍杭州，1921年生于天津，其父曾在清末科举中试。吴兴华幼承家学，文史根基深厚，兼以记忆力超群，少年时即有神童之誉。年仅十六岁，他便考入燕京大学西语系，同年发表无韵体长诗《森林的沉默》，意象瑰丽，节奏舒缓，引起诗坛注意，当时周煦良曾撰文赞叹："这里，诗又恢复为明朗的声音；坦白说出，而所暗示的又都在。"①

在校期间，吴兴华师从《老残游记》的译者谢迪克教授学习西洋文学，除英语外，还通晓德、法、意大利、拉丁、希腊等多种语言，并与孙道临、宋淇、秦佩珩等学生创办校园刊物《燕京文学》，同时也是《辅仁文苑》《西洋文学》等杂志的踊跃撰稿人。

1941年，吴兴华毕业留校任教。珍珠港事变后，燕大被日军查封，吴兴华离校，在中法汉学研究所工作。1945年，燕大在北平复校，吴兴华回母校供职。1952年院系调整，任北京大学西语系副教授。1957年，他被划为右派，被取消了授课和发表著论的资格。1966年去世，年仅45岁。

吴氏凭借自己的语言天赋，翻译莎士比亚、拜伦、雪莱、济慈、丁尼生

---

① 周煦良：《介绍吴兴华的诗》，见《吴兴华诗文集·文卷》，上海人民出版社2005年版，第261页。

等浪漫派诗人的作品,也对叶慈、奥登、里尔克、乔伊斯、梅特林克等现代派作家非常熟悉。他在十八岁时发表了对于布鲁克斯《现代诗与传统》一书的评论,显示出他对于西洋诗的精深识见;二十二岁时,中德学会出版了他翻译的《里尔克诗选》中德对照本。他现已佚失的《神曲》译稿被誉为译林神品,而翻译的《亨利四世》也受到广泛推崇。

他在学术研究上也颇有建树。他学贯中西,一手写《威尼斯商人——冲突和解决》《马洛和他的无神论思想》,一手竟又写出国学功底极深的《读〈国朝常州骈体文录〉》。

尤为可观者,是他创作的新诗。1940年代中国诗歌的主流有袁水拍为首的类似民谣的创作,以穆旦等九叶诗人为代表的现代派诗歌。而吴兴华的诗独树一帜,在现实主义和现代主义之外另辟蹊径,融合了中国传统诗歌的意境、汉语言文字的特质和西洋诗歌的形式,雕琢出一种既具古典之美,又有现代诗风格的新古典诗歌,在实现中国古典诗歌的现代转化方面做出了可贵的探索。

但是由于种种原因,他的诗名一直被湮没,作品也一度散佚。直到2005年,上海人民出版社才编出一套《吴兴华诗文集》,收录了绝大部分重要作品。吴兴华的诗歌失踪多年,终于得以重新面世,很是引起了一些学者的注意,只是有分量的研究著作、论文依然很少。

## 二

吴兴华诗歌的一大特色,就在于他极其注重形式。在其众多诗歌中,除了《明妃诗》一首为自由体诗之外,其余均为格律诗,包括借鉴古诗来建立的新格律体,以及移栽的西方格律体诗。可以说,在形式方面,吴兴华对卓越技巧进行了执着追求,而这就源于他对形式经营重要性的认识:

> 诗人在落笔时,心中只有一个极模糊的概念,说我要写一首和爱人离别的诗,或我要写一篇波特赖尔派的诗,至于他动手时要怎样写法,他心里一点影子也没有。固定的形式在这里,我觉得,就显露出它的优

点。当你练习纯熟以后,你的思想涌起时,常常会自己落在一个恰好的形式里,以致一点不自然的扭曲情形都看不出来。许多反对新诗用韵讲求拍子的人,忘了中国古时的律诗和词是规律多么精严的诗体,而结果中国完美的抒情诗的产量毫无疑问的比别的任何国家都多。"难处见作者",真的,所谓"自然"和"不受拘束"是不能独自存在的;非得有了规律我们才能欣赏作者克服了规律的能力,非得有了拘束,我们才能了解在拘束之内可能的各种巧妙表演。因此当我们看了像"落花人独立,微雨燕双飞""春如短梦方离影,人在东风正倚栏""蝶来风有致,人去月无聊"等数不尽的好句时,心里一点也感觉不到有甚么拘束,甚么阻止感情自然流露的怪物。反之,只要是真爱诗的人立刻就会看出以上所引的诸句,和现在一般没有韵,没有音节,没有一切的新诗来比诗,哪个是更自然,更可爱。①

他也坚信,新诗作者应当从中西古典诗歌的遗产中汲取营养,"关怀新诗的格律节拍,如此才能克服泛滥无归、率尔操觚之弊,建构新诗的秩序、规范和形式"②。

在这点上,他深受林庚影响。林庚曾对中国诗体发展进行研究,认为《诗经》的四言诗之后,诸子散文兴盛,"而《楚辞》在形式上与四言诗差别之大,远远超过了后来的五七言诗与四言诗的差异,也正是散文化的缘故"③。由此他认为,新诗的散文化,正是走上了诗歌发展的正轨。但为什么新诗逐渐失去了读者的宠爱呢?他解释道:屈原创造的这个骚体形式,在诗坛上也是后无来者,而几百年后兴起的五七言诗,则大大受宠。究其原因,"楚辞的形式还是一个半诗化的过程,它只能成为介于诗文之间的赋体,还不

---

① 吴兴华:《现在的新诗》,见《新诗评论:2007年第一辑》,北京大学出版社2007年版,第46页。
② 张松建:《"新传统的奠基石"——吴兴华、新诗、另类现代性》,载《中外文学》,2004年第33卷第7期。
③ 林庚:《谈谈新诗 回顾楚辞》,见《新诗格律和语言的诗化》,经济日报出版社2000年版,第100页。

能满足诗坛的需求"①。

由此可以推知，新诗的形式发展到现在，都属于尝试阶段，还不成熟，受到冷落也是自然的，但以后肯定会有一些完美的形式留存下来，并且"浇灌得玲珑剔透，得心应手"②，从而迎来诗歌的再度辉煌。而这段时间，很可能也需要几百年。

林庚在研究《离骚》后，找到了"半逗律"，从而开创了自己关于诗歌形式方面的理论。他说：

> 让每个诗行的半中腰都具有一个近于"逗"的作用，我们姑且称这个为"半逗律"。这样自然把每一个诗行分为近于均匀的两半；不论诗行的长短如何，这上下两半相差总不出一字，或者完全相等。例如四言是"二·二"，五言是"二·三"，七言是"四·三"，以至于楚辞里看来无法计算音步的极不整齐的句法。③

林庚在自己的新诗实践中，也充分利用了"半逗律"，以"五字音组"为节奏单位，形成了"三·五""四·五""五·五"，乃至"十·五"的诗行。比如以下这首，就是"六·五"建行：

> 四月里苇叶声/悲哀吹起来
> 村前的山路上/无路可徘徊
> 要打听什么人/今天新醉倒
> 远远的村子里/挂起酒招牌④

当然，他的诗歌在形式方面的实验并没有得到承认，其后也很少有追随者。但他毕竟在挖掘传统中开拓了一条道路。而尤为重要的，是他在楚辞的

---

① 林庚：《谈谈新诗——回顾楚辞》，见《新诗格律和语言的诗化》，经济日报出版社2000年版，第102页。
② 林庚：《谈谈新诗——回顾楚辞》，见《新诗格律和语言的诗化》，经济日报出版社2000年版，第104页。
③ 林庚：《关于新诗形式的问题和建议》，见《问路集》，北京大学出版社1984年版，第245页。
④ 林庚：《四月》，见《问路集》，北京大学出版社1984年版，第94页。

研究中,对新诗充满了信心,尽管新诗的成绩还不能让人满意。当时还有许多诗人,如陆志韦、戴望舒、何其芳、卞之琳等人,都在做类似的新诗形式实验。

吴兴华与他们一样,都深知诗歌形式的重要,也有一份承前启后的责任心。

> 我们现在写诗并不是个人娱乐的事,而是将来整个一个传统的奠基石。我们的笔不留神出跃了一点轨道,将来整个中国诗的方向或许会因之而有所改变。①

所以他在形式上的良苦用心,是新诗发展中一次积极的尝试。张泉在《日本占领区走出来的诗人学者吴兴华》一文中,将吴兴华诗作分为四类,即新格律诗,用现代语言写就的"新绝句"和"新律诗";借鉴五言古诗形式的作品;五步无韵诗,即素体诗,内容大多为古题新咏;西方诗体,如十四行体、哀歌体等。②

但这样的分法并不严谨,因为素体诗同样是西方诗体,不能剥离在外,另起一类。此外,他的古题新咏诗,并不全用素体诗,比如《褒姒的一笑》就用了十四行体,《大梁辞》《书〈樊川集·杜秋娘诗〉后》则借鉴了中国的歌行体。

笔者在细读吴兴华诗后,将他的诗分为六类:

(1) 新绝句:指借鉴中国绝句,用现代语言写就的诗体。如备受赞誉的《绝句》:"仍然等待着东风吹送下暮潮/陌生的门前几次停驻过兰桡/江南一夜的春雨,乌桕千万树/你家是对着秦淮第几座长桥。"

(2) 新古风:指借鉴中国五言古诗、七言古诗写成的作品。如《览古》《拟古》《锦瑟》《春草》等。每句字数相同,顿数相当。上下两句偶尔还有对仗,似有律诗的特点,但超过八句,所以称为"新古风"。

---

① 吴兴华:《现在的新诗》,见《新诗评论:2007 年第一辑》,北京大学出版社 2007 年版,第 48 页。
② 张泉:《日本占领区走出来的诗人学者吴兴华》,见《吴兴华诗文集·文卷》,上海人民出版社 2005 年版,第 294—295 页。

（3）新歌行体。歌行体由南朝鲍照首创，源于汉魏乐府，将记人物、记言谈、发议论、抒感慨融为一体，名作有白居易的《长恨歌》《琵琶行》。而吴兴华借鉴歌行体，写成《大梁辞》《行乞歌院图》《效清人感旧体》等诗，除句子拉长外，写法与歌行体都极相似。

（4）素体诗。即白体诗，"这接近说话调子的诗体，句子长短伸缩自如，节奏和韵律可随时调控，有极为丰富的调式"①。吴兴华写有《给伊娃》《吴起》《解佩令》等诗，内容大都为"古事新诠"。

（5）十四行体。吴兴华"对十四行体的运用甚至比资深诗人卞之琳更舒展自如，而接近于冯至的从容与淡定"。他的《西珈》和《画家的手册》，都是十四行体的代表作。

（6）其余诗体。吴兴华"化洋"不遗余力，将诸多西方诗体都一一实验，比如用斯宾塞体写成《尼庵》，用自由体写成《明妃诗》，用十一音节无韵体写成 Hendecasyllabics，用歌谣体写成《歌谣》等，为用汉字写作西方诗体进行了积极的尝试。

## 三

在吴兴华的诗作中，除了在形式方面广泛借鉴了中西诗歌传统，在主题、意象、表现技法等方面也多有继承。

> 凝碧的西山忽若堕落到眼前
> 雾鬟风鬓娇怯的从云中显露
> 夕阳脚趾点红了较高的数峰
> 暮色更深处水鸟相呼着来去
> ——《西山》

不能记也不忍记初逢的情形

---

① 江弱水：《起于愉悦而终于睿智》，见《抽思织锦》，北京大学出版社2010年版，第234页。

绿波菡萏拔出自凡俗卑下中
挟弹洛阳早耳振紫云的绝色
驱车长市曾笑呼宋祁的小名
明镜盘龙方妆就宝髻尤偏堕
红毹彻地来起舞弓鞬且缓行
堪恨当年的篇什流轶十八九
如今思重新勾勒已感觉难能
　　　　——《效清人感旧体》

这两节诗中，随处可见古典的意象与典故。即使是十四行体组诗《西珈》中，也氤氲着古典的芬芳，真正做到了中西融合。

满月立刻能使我想起半天中的画船，
酒垆边侧坐的佳人稍露凝脂的手腕；
于是我爱它的清辉，渴望能与你同观。

或是在暮春，当碧色侵上荒静的小道，
我初次了解词人的心境不忍去踩践，
伊人的罗裙处处荫覆着如油的芳草。
　　　　——《西珈·八》

这六行诗中，第二句化用了韦庄词"垆边人似月，皓腕凝霜雪"，暗用汉代卓文君当垆卖酒事；第六句化用牛希济词"记得绿罗裙，处处怜芳草"。且不论这样化用花间词属于"化古"还是"古化"，中国读者看了，总有种莫名的亲切。因为我们接受过古典文学的熏陶，早已形成一种阅读习惯和阅读期待，用吴兴华本人的话说，就是"共同基础"①。而吴兴华诗，恰是将中国

---

① 吴兴华在《读〈国朝常州骈体文录〉》中写道："善于用事的作家把每个字的负荷提高到最高度，使读者脑中迸溅出无数火花，用一系列画面代替原来平板的叙述。但这样做自然要有一个先决条件，那就是作者和读者之间必须存在一定程度的默契，也就是上文提到的共同基础。"见《吴兴华诗文集·文卷》，上海人民出版社2005年版，第163—164页。

古典揉碎了，融于按照现代语法写就的诗句之中，自然能顺畅地流到读者内心里去。

也正是由于这个原因，将西方现代诗"横的移植"过来，已经过了长久的岁月，但效果总是不尽如人意。因为读者和作者之间，总是缺少一个共同基础。好在现在许多诗人也自觉地意识到继承传统的重要。新诗元老郑敏认为新诗成就不高，原因在于"我们在世纪初的白话文以及后来的新文学运动中立意要自绝于古典文学，从语言到内容都是否定继承，竭力使创作界遗忘和背离古典诗词"①。她还说：

> 很多人都以为打倒传统是改革的前提，事实上这是个致命的错误。因为任何改革都必须回到传统中去改革，而不是埋葬传统，甩开传统，想在传统之外，在一张白纸上改革，这是一种非常荒唐的激进思想。不幸，自从陈独秀发表了新文化的宣言以后，它就成了整个新文学运动的主要思想。今天，经过了八十多年的检验之后，历史已经开始在惩罚我们了。我们一代一代的革命工作都放在毁灭自己的传统上，到今天，可以说，这种毁灭已经几乎完成了。……今天我们已经切断了去继承遗产的这条线，可以说，我们没有了后备。我们每天都在等待西方提供给我们明天的去向，这是非常可怕的。②

作为目前诗坛上的中坚分子，小海也曾说过类似的观点：

> 我们的诗歌写作不是变得明晰，而是变得混浊模糊，不是变得简洁而是变得繁复芜杂，不是变得素朴，而是变得轻浮奢华、好大喜功。我们与大地母亲发生联系的脐带彻底断裂了，以至于变成了孤儿和乞丐，我们渐渐连一些传之弥远的纯正的声音都快要听不到了。也就是说，这么多年，我们在热烈拥抱世界的同时，却把自家的"宝贝"弄丢了。我们离诗歌不是近了而是远了。我们的写作陷入了痴人说梦的

---

① 郑敏：《世纪末的回顾：汉语语言变革与中国新诗创作》，载《文学评论》，1993年第3期。

② 郑敏：《遮蔽与差异》，载香港《诗双月刊》，1997年第7期。

状况,或者说是在泥淖中打滚,越陷越深,一切都被颠倒了。我们在自己安身立命的国度,却像一群凄惶的异乡人那样活着。我们的气息越来越可疑,面目越来越可憎。

——小海《我观当代诗坛》

从某种意义上说,当代中国诗人都是"反认他乡是故乡"。当代诗坛很多诗歌里,不说充溢着西方的宗教文化,让中国读者觉得陌生,光是充斥着的外国地名与人名,作为其独特的意象,就让人大伤脑筋。这些名词看似大有深意,却造成了不小的阅读障碍。其实细细分析,这种情况也就类似于将"后羿""李白",或者"涿鹿""汴梁"等有着深厚文化背景的人名地名,穿插入英文诗中,且不加解释,中国人看去,自然能会心一笑,而西方人眼中,这些词语不免显得形迹可疑,面目可憎了。

## 四

除了继承传统之外,吴兴华在诗作中还加上了大量现代诗的理念和表现技法,比如里尔克"趋向人物事件的深心,而在平凡中看到不平凡"的创作路径和艺术处理手法,在《给伊娃》《吴起》等诗中都有所运用。而下面这首诗,就充满了现代诗的韵味。

### 空屋

老人已经离去很久了,钟声分散,搅合,
像墙隙里落下的尘土,像曲折的小河
群流入江;钟的手臂平伸着,懊然的,直像
一个教师对一个学生的卷子表示失望。

老人已经离去很久了,还有他那年青的女儿,
老替他拿着帽子手杖的……时行的曲儿,
从街头手风琴的腹里流来……再也没有
跳舞会了,镇上惟一的生气死去了……谁有

> 心再去听野台戏呢？尤其是我，虽然老说，
> 她的嘴太大，爱挤眼睛，爱看通俗小说——
> 她走后，极自然的脸色掩饰下心乱扑忒，
> Like watching on a card table one's own ace trumped.

这首诗中关于黄昏夕阳的细腻刻画，尤其是对钟声的比喻非常精妙，多少流露出唯美气息和颓废情调。

此外，艾略特的影响也随处可见。艾略特曾说"诗歌不是感情的放纵，而是感情的脱离；诗歌不是个性的表现，而是个性的脱离"①的观点，都在他的诗歌中有所表现。比如《给伊娃》中，就有了冷静如水的西施形象：

> 不受扰乱的静美才算是最完全，
> 一句话就会减少她万分的娇艳。
> 既然不是从沉重的大地里生出，
> 她又何必要关心于变换的身世？
> 从吴宫颦眉的王后降落为贾人
> 以船为家的妻子，她保持着静默，
> 接受不同的拥抱以同样的愁容，
> 日日呼吸着这人间生疏的空气，
> 她无时不觉得自己是一个过客。

这就出现了前所未有的女子形象，宁静超然。同时，艾略特对传统的重视，与宋诗中"资书以为诗"的主张相融合，形成了吴兴华堆砌典故的诗体。如《效清人感旧体》中有：

> 三五夜中空望断摩勒的音迹
> 后堂筵上无人解幽咽的琴心

---

① ［英］托·斯·艾略特：《艾略特文学论文集》，李赋宁译注，百花洲文艺出版社 2010 年版，第 11、12 页。

万种欢情怕提起只微词掩敛
一丝怨妒犹露出似旧日情深
差堪告慰称道我文章胜往昔
云英已嫁唯应是罗隐不如人

短短六句,就用了四个典故。第一句用了《昆仑奴》的典故。第二句用司马相如卓文君典。第五句用杜甫《天末怀李白》中"文章憎命达"之句,以文章胜过往昔,隐含境遇不顺。而第六句用罗隐典。大中十三年(859年),罗隐于南康郡首次入贡京师。途经钟陵,与妓云英同席。十二年后(咸通十二年,871年),见黜礼部,旅况穷途,于钟陵再遇云英。云英说:罗秀才尚未脱白(还是布衣)。罗隐感寓身世,遂写下其代表作《偶题》:"钟陵醉别十余春,重见云英掌上身;我未成名君未嫁,可能俱是不如人。"

这样的诗句在他的诗集中竟随处可见,成了其诗作的一大特征。虽然这是明显的宋诗味儿,但显然与艾略特的主张也不无关系。

## 五

每到诗歌发展到瓶颈阶段,总会溯本求源。如陈子昂"崇汉魏而薄齐梁,将矫南朝之浮靡,而反诸淳朴";元白推动新乐府运动,"反韩愈等诗人之作风,避艰深而就平实,使诗歌复趋于社会民众化"。吴兴华也曾以诗论诗:"时间是最好的裁判,它往往提醒/我们一切事都不妨回溯到从前。"①

吴兴华在诗歌中的主要贡献,正如评论家周煦良说:"从他的作品中,读者会看出,他和旧诗,和西洋诗深缔的因缘;但他的诗是一种新的综合,不论在意境上,在文字上。"② 就是在"化古"和"化洋"的努力中,他将中西两大诗歌传统合流,尝试开创新的诗歌道路。于是,他亦步亦趋地模仿、创

---

① 吴兴华:《北辕适楚,或给一个青年诗人的劝告》,见《吴兴华诗文集·诗卷》,上海人民出版社2005年版,第49页。
② 周煦良:《介绍吴兴华的诗》,见《吴兴华诗文集·文卷》,上海人民出版社2005年版,第261页。

造各种诗体,不仅将中国古典的元素灌注其中,也将西方现代派诗歌技巧予以融合。所以,在目前诗坛混乱、读者寥寥的情况下,重新审视20世纪四五十年代吴兴华努力汇合中西诗歌传统的实验诗歌,对于传统的继承、新诗的发展,都会有很强的借鉴作用。

考虑到吴兴华的诗歌用典甚多,有些在明处,有些在暗处,设置了许多障碍,所以颇为难懂。吴兴华自己也曾说过:

> 我最近有很多时候觉得很"寂寞"(用你在《读诗因缘》里的话),因为写的既不太多,写出能真见到好处的人也少得使人丧气,芝联①从前曾取笑我道:我的诗将来除非自己注,自己批,才会流行。像芝联那样几乎omniscient(引者注:全能的,博学的)的脑子要都觉得如此,那真是"吹"了。②

综上,笔者首先解读吴兴华的诗作,使之更利于读者阅读和传播。而后,在精读的基础上,再研究吴兴华的诗歌技法与意义。于是就有了本书的体例,前六章按诗体来分,各选代表作若干首进行精读,第七章分析吴兴华诗歌的主题与意象,第八章分析形式与节奏,以期对吴兴华诗歌成就做出较为客观完整的结论。

---

① 按:芝联即张芝联,后来成为著名历史学家。
② 吴兴华一九四四年九月九日致宋淇。

第一部分 01

**注释解析**

# 第一章

## 新绝句

### 绝句四首

#### （一）

仍然等待着东风吹送下暮潮①
陌生的门前几次停驻过兰桡
江南一夜的春雨，乌桕千万树②
你家是对着秦淮第几座长桥

【精读】

这首《绝句》被多位评论家所引用评论，如宋淇《论新诗的形式》、卞之琳《吴兴华的诗与译诗》，以及张松建《新传统的奠基石》中都有专门介绍，均同意这首诗别开生面，能代表吴兴华在诗歌化古与革新方面的成就。

---

① 化自林章《渡江词》："不待东风不待潮，渡江十里九停桡。不知今夜秦淮水，流到扬州第几桥。"
② 江南一夜的春雨，见陆游《临安春雨初霁》："小楼一夜听春雨，深巷明朝卖杏花。"乌桕千万树，见温庭筠《西州词》："艇子摇两桨，催过石头城。门前乌桕树，惨澹天将曙。鹨鹈飞复还，郎随早帆去。"乌桕成为与爱情息息相关的伯劳与鹨鹈栖游的所在，又或是期待恋人的女子门前的风景，充满了离别与等待的隐喻。

当然，评论大都停留在"古味""含蓄""音乐感"等表层，缺乏深度解读。冯睎乾特意指出，此诗的原型，其实就是明人林章（字初文）的诗《渡江词》。所以要读懂吴诗，必须先解读林诗，两者有千丝万缕的联系。

> 不待东风不待潮，
> 渡江十里九停桡。
> 不知今夜秦淮水，
> 流向扬州第几桥。（一作：送到扬州第几桥。）

林诗之意，是有一人乘舟踏上旅途，离开扬州，扬帆而去，却又对情人恋恋难舍，不愿借东风与潮水之便，为的就是航速慢一些。可就算摇橹前进，他也还嫌快呢，所以渡江十里，就停了九次船，真是情深意长。但诗人觉得，单单如此，还不足以表现旅客的留恋与无奈，于是就有了最后两句。东风与潮水都是由东向西，旅客本来可以借风潮之便，那说明他是要扬帆西去。而秦淮水的流向恰好相反，是由西向东。旅客在船尾往回看，却看不见情人的身影，也看不见扬州繁华，只得木木地立着，看着船下汤汤流水，心里忽然生出奇思妙想：这些流水正奔赴扬州而去，今夜会送到扬州的哪座桥？如果能经过情人家门口，能不能将我的思念带去，传达给她呢？四句诗，将眷恋思念之情层层推进，真是情深意浓，感人至深。

而吴兴华的诗化用这首《渡江》，但情景与意境都大不相同。林诗写的是"别离"，吴诗却有两种可能，一是写"寻人"，二是写"等人"。这里分开来解析。

1. 寻人

既是寻人，那自然不能一日千里，而最好是一步一停，仔细辨认寻找。既然要慢，那就不能借东风和暮潮的便利，可吴诗偏偏说"仍然等待着东风吹送下暮潮"，这不是自相矛盾吗？那唯一的解释就是，这旅客的航船是由西向东，与东风和暮潮的方向相反，一旦遇到风潮，航速会减缓，或者靠岸停泊。甚至我们可以这样理解，这旅客就是林诗中那位西去之人，此刻回到秦淮，要寻找旧情人。但时日已久，他已忘记她的住处。于是走走停停，在许多陌生的门前停船，前去寻访打听，但都未能如愿。

> 江南一夜的春雨，乌桕千万树
> 你家是对着秦淮第几座长桥

这两句诗写得极精巧雅致，又极含蓄蕴藉。其实暗暗用了几处前人诗文。"江南一夜的春雨"，让人想到陆游"小楼一夜听春雨"，考虑到诗歌第一句是"暮潮"，那时间已过去了一夜，他彻夜难眠，又迎来了清晨时分。春雨过后，河水涨溢，白茫茫一片，岸边乌桕林立，千树万树，望之不尽。而"乌桕"有其特定含义。南朝乐府民歌《西洲曲》有"日暮伯劳飞，风吹乌臼树"之句，温庭筠《西州词》也写道："门前乌桕树，惨澹天将曙。鹨鹕飞复还，郎随早帆去。"于是，乌桕成为与爱情息息相关的伯劳与鹨鹕栖游的所在，又或是期待恋人的女子门前的风景，充满了离别与等待的隐喻。

旅客眼前的千万树乌桕，都在等待伯劳归来。那么到底哪一株属于自己的情人？他寻觅不见，心里又是急躁，又是惆怅，于是眉头不展，喟然长叹一声："你家是对着秦淮第几座长桥？"但唯有滔滔河水，昼夜不息，没人能回答这个问题。

## 2. 等人

既是等人，那诗中主角就是一位女子了。我们姑且编写一个故事吧。她有个心上人，未能成亲，相好之后，心上人就顺流而下返回故乡。他们约定好重逢之日，但男子未能守约，经久不归。女子非常痴情，日日在河边等待，期待着郎君乘舟返回，于是就有了这样的诗句：

> 仍然等待着东风吹送下暮潮
> 陌生的门前几次停驻过兰桡

"仍然等待"，说明她已等了不知多少日子，但痴情并未改变，依然等着"东风吹送下暮潮"，让郎君的归舟可以行驶得更快一些。但是"过尽千帆皆不是"，门前几次停驻过兰桡，却都没有送来她的郎君。

她心里无限感伤：郎君啊，又是一夜江南春雨，多少桃李已被雨打风吹去，我的容颜又岂能长久？你怎么不趁我青春年少，早些回来践约，过美好的日子？但这些直抒胸臆的话语，诗中都没有说，只淡淡地写了"乌桕千万树"，真是言浅意深。一株乌桕，代表一份思念，等着伯劳飞回栖息，那千万

树乌桕,又是何等的渴望啊!可惜郎君始终没来。女子默默地念叨:

> 你家是对着秦淮第几座长桥

女子一腔真情,却无处倾诉。她不知道男子的地址,所以连信件传情都不能够。那么,她唯一的指望,就是靠流水寄情。正所谓"我住长江头,君住长江尾,日日思君不见君,共饮长江水"。眼前一流江水,从眼前滔滔而过,或许它也将经过你门前的长桥,那么,它能不能捎去我的心意,催你早些回来呢?女子的深情,自此已跃然于纸,感人至深。

这样一首诗,可以从多种角度进行解读,真是"诗无达诂",可见吴兴华诗的含蓄与灵动。

## (二)

> 一轮满月滑移下无垢的楼台
> 微步起落下东风使桃李重开
> 仿佛庭心初舒展孔雀的丽尾
> 万人惊叹的眼目都被绣上来

**【精读】**

这首诗写得非常清新,看不出用典的痕迹,倒是充满隐喻、拟人、比喻等修辞手法,描绘的是一幅月光下的美景,在他的绝句诗中非常特别。

诗歌第一句倒是平淡无奇,用了"满月"和"无垢的楼台"两个意象,又用了"滑移"这个动词,营造出洁净清幽的意境。第二句是写月下之景。"微步起落"即可以形容月光徐徐照进庭院,温柔可喜;又可形容东风款款而来,一路拂动庭中枝叶花草,仿佛美人的凌波微步。"东风使桃李重开",用法接近岑参的"忽如一夜春风来,千树万树梨花开"。月光之下的庭院,一切与白天不同。一眼望去,处处跳跃着月光,触目都像是桃李盛开,顿觉生机无限。这样的比喻,诗人觉得还不够,于是就有了下面两句。

> 仿佛庭心初舒展孔雀的丽尾

> 万人惊叹的眼目都被绣上来

诗人大处着眼，将庭心比作孔雀的尾屏。"万人惊叹的眼目"又分两种解释：一是看到庭心月色之美，万人都惊艳得目瞪口呆；二是在孔雀的大尾屏上，我们可以看到五色金翠线纹，其中散布着许多近似圆形的"眼状斑"，这种斑纹从内至外是由紫、蓝、褐、黄、红等颜色组成的，美丽得让万人惊叹。按照下文的"绣"字，应当以第二种解释为妥。也就是说，明澈的月光之下，庭院中热闹非凡，仿佛桃李盛开，像是孔雀将丽尾缓缓打开，显出了当中的色彩与图形。而"绣"字用得精妙，似乎天地之间有一双巧手，将美景细细绣出，显得精致清雅，又别具一格。

短短四句诗，文字简约，将月景写得静谧中有灵动，清新而又透出华丽，营造出一种迷人的意境，值得反复吟咏。

## （三）

> 昨天我曾献给你朝日的蔷薇
> 引来十里的蜂蝶上你的素衣
> 如今我带来一束无色的花朵①
> 空际疏疏的几点，伴白云齐飞

**【精读】**

此诗写得是绚烂之极，归于平淡，从而从容自得。这可以看作是一种人生体悟，也可以读成一篇诗论。

第一句中"朝日的蔷薇"，勾勒的是一幅动人的画面。蔷薇为藤生植物，一般攀缘于树干或墙体上，春日里数百朵同时开放，花瓣粉红娇嫩，在朝阳下定然是一派艳丽，可以引来"十里的蜂蝶"。

年轻时情窦初开，少男少女彼此钟情，胸中爱意澎湃，如胶似漆，恨不能两个融成一个。这种浓烈的初恋，当然只能用蔷薇之类色彩艳丽的花朵方

---

① 无色的花朵：指青竹。马天来《赋丹霞下寺竹》："人天解种不秋草，欲界独为无色花。"

能比拟。但这种爱情，纵然浪漫，"十里的蜂蝶"一齐拥来，热闹之极，但蜂蝶到底轻浪，采了花蜜，旋即振翅远去。这时的爱情，容易失之于浅浮。

时过境迁，情感经过沉淀，变得含蓄而悠长。第三句中"一束无色的花朵"，可以理解为青竹。马天来《赋丹霞下寺竹》中写道："人天解种不秋草，欲界独为无色花。"所以"不秋草"和"无色花"，就变成了青竹的别称。心智成熟的人，不再追求浮华，而是转而欣赏平淡的景致。于是此刻的心绪，情到浓处，表面看来变得平淡，就像一幅中国画，画中疏疏几枝青竹，不施粉黛，立于白云之下，随风摇曳，悠然淡远。

当然，此诗也可视作一篇诗论。吴兴华作诗，起初依仗其才华，致力于辞藻与典故之堆砌，繁复华丽，造成凄美冷艳的诗境。但随着文笔日渐成熟，就将这些看得淡了，开始寻求下笔自然，想极力摆脱造作，正如杜甫所说："美人细意熨贴平，裁缝灭尽针线迹。"

而吴兴华的这首诗便是如此，意象平淡简远，节奏轻快和谐，读上去如有一股清风拂面。但平淡不觉其平淡，华丽不觉其华丽，可见其运功之细致。

## （四）

> 天才表面上总要人力的凝妆
> 暴露在群众眼中听凭说短长①
> 从生到灭被一切误解所颠倒
> 美人盛时的颜色才子的文章②

**【精读】**

这首诗是一篇诗论，有傲骨，有见地，有执着，也有些牢骚。第一句"天才表面上总要人力的凝妆"，说的是对诗歌的见解。比如我们总说李太白诗"清水出芙蓉，天然去雕饰"，但这种天然清澈，真的是李太白天生就会的

---

① 赵翼《论诗》："只眼须凭自主张，纷纷艺苑漫雌黄。矮人看戏何曾见，都是随人说短长。"
② 陆游《古别离》："粉绵磨镜不忍照，女子盛时无十年。"

吗？当然不是，这种境界，乃是李太白经过多年锤炼的成果，将诗艺烂熟于心，才能挥洒自如。表面上看去浑然天成，不露凿痕，其实是精巧的人工，也就是吴兴华所说的"人力的凝妆"。

第二句表现的是对自己诗歌的信心。"听凭说短长"，明显是出自赵翼的《论诗》："只眼须凭自主张，纷纷艺苑漫雌黄。矮人看戏何曾见，都是随人说短长。"赵翼推行"性灵"诗风，与当时诗坛主流分庭抗礼。而吴兴华也目下无人，觉得时下诗坛并无足观，自己的诗歌木秀于林，卓然不群，就听凭别人议论吧。因为这些议论，并不能影响他的主张。在他看来，写诗的人多，懂诗的人少，大多数人只是矮人观场，人云亦云而已，当不得真的。

但这种执着，难免遭到误解。于是第三、四句语气颇为决绝。"美人盛时的颜色"，清丽动人，却并不见得就有好运。才子也是如此，因为文章太过出众，就容易遭受嫉恨，最终命运多舛。但美女依然是美女，才子依然是才子，就算"从生到灭被一切误解所颠倒"，但总有一天，其价值会被人所发现，于是可以对那些有意无意的误解者说一声："尔曹身与名俱灭，不废江河万古流。"

## 绝句二首

### （一）

凄凉的侧向西去，落日的金车
黄叶繁响着依次从枝上扭脱
几日来不肯举手拂一拂尘镜
怕看深秋的痕迹在额上增多

**【精读】**

第一首主题简单，不过是感慨岁月流逝，怕容颜易老。第一句是"落日的金车凄凉的侧向西去"的倒装。如此倒装的好处，在于突出了"凄凉"二字，淡化了"金车"二字的辉煌。于是我们可以想到一位女子，巴巴地望着天空由丽日中天，渐渐转为夕阳西下，一天又将逝去，她的心里空落落的。但这种失落还是轻的。因为第二句就从一天的消逝，写到美好春夏的消逝。伤春悲秋，自古皆然，而吴兴华却写得推陈出新。

    黄叶**繁响**着**依次**从枝上**扭脱**

诗句中加粗的三个词语，用得十分用力且沉痛。首先来看"繁响"。秋日里黄叶飘零，基本上无声无息，至多也是轻微的扑簌，但在女子心里，却激起了重重的鸣响。"依次"二字，说明女子看了许久，一枚飘落，又一枚飘落，每一枚都让她心惊胆颤，却又无能为力。再来看"扭脱"二字，写出黄叶是多么留恋枝头，留恋青春岁月，但无奈的是，岁月和秋风一起，无情地将之扭落。我们几乎能听见黄叶的悲鸣，而这悲鸣，正在女子的心头一次次回荡。

最后两句算得上是直抒胸臆。"几日来不肯举手拂一拂尘镜/怕看深秋的痕迹在额上增多。"这个细节，暴露了女子的内心。她看到黄叶的脱落，感觉自己也过完了最好的季节，衰老正在追袭，她无处逃避。但她不愿正视，不能接受，以致不敢去拂去镜子上灰尘，因为她怕看到自己的脸上，已刻上深秋的痕迹。

她为什么恐慌？或许是爱人久别未归，她怕来日相逢时，自己已容颜憔悴，二人再不会有当年的情怀了。

## （二）

柳叶如双眉微颦弯弯的下垂
迎风的柳枝比拟你细的腰围
你的颜面如十里台城的柳色①
使人为六朝金粉兴今昔之悲②

【精读】

此诗主题和上一首一样，也是关于岁月与容颜，只是这首诗是用男子的口吻来写的，而且写得更为含蓄。

诗歌前两句先着力描写女子的姿容美丽。"柳叶如双眉微颦弯弯的下垂"，就是"双眉微颦如柳叶弯弯的下垂"，一个倒装，让"柳叶"先进入读者双目，立即展现出一幅清新的画面，直观而生动。下一句也是一样，先写迎风柳枝摇曳多姿，营造出一种柔韧轻盈的美感，再写"比拟你细的腰围"。女子如此之美，不过因为"微颦"二字，又带有淡淡的忧伤，真是可人之极，却又那么遥远，让诗人只能远观，无法近前，心里定然是有些惆怅的，于是就有了下面两句意义颇为隐晦的诗句：

---

① 台城：旧址在今南京市鸡鸣山南，本是三国时代吴国后苑，此后六朝均为朝廷台省（中央政府）和皇宫所在地，既是政治中枢，又是帝王娱乐之地。中唐时期，昔日繁华的台城已是"万户千门成野草"。韦庄曾写作《台城》："江雨霏霏江草齐，六朝如梦鸟空啼。无情最是台城柳，依旧烟笼十里堤。"
② 六朝：三国东吴、东晋，以及南朝时的宋、齐、梁、陈，共六个朝代。金粉：旧时妇女妆饰用的铅粉，常用以形容繁华绮丽。

> 你的颜面如十里台城的柳色
> 使人为六朝金粉兴今昔之悲

之前诗人已将女子的双眉比作柳叶，又将细腰比作柳枝，此处则认为女子的颜面如同"十里台城的柳色"。女子已全然是柳树的化身了。而"台城柳"是个特定的意象，有深刻的历史背景。所以要解此诗，须得先了解韦庄的诗歌《台城》："江雨霏霏江草齐，六朝如梦鸟空啼。无情最是台城柳，依旧烟笼十里堤。"台城本是六朝皇家享乐之地，歌舞升平，繁华之极，到了唐朝，已沦落为荒草一片，繁华化成梦幻泡影，让人心生思古之幽情。只有那些垂柳，依然天真无知，全然不管兴亡之苦，春来依然舒枝展叶，在雨中如烟如雾，笼罩着十里长堤。

吴兴华诗中，说女子颜面也如台城柳色，就与"六朝金粉"形成对比。六朝金粉女子何其美艳，但都被时间的河流冲刷殆尽，只留一些痕迹在文献及传说之中。而女子像台城柳一样，没有兴亡之苦，虽然有淡淡惆怅，也只是少女情怀，并无沧桑之感。但时光何等无情，六朝的繁华都容易消散，女子的容颜又怎能长久？

男子看着眼前女子的美貌，却想到无情的未来，红颜易逝，青春不再。在时间面前，什么都把握不住，男子充满了无力之感。这种悲凉，乃是千古之难题，永难消除，怎不令人心生今昔之悲，幻灭之感？

## 绝句三首

### （一）

黄昏陌上的游女尽散向谁家①
追随到长巷尽处不识的马车
一春桃李已被人践踏成泥土
独有惜影的红衣掩映在长河②

【精读】

此诗主题为一男子的相思之意、孤单之苦。

诗一开头，写的是黄昏时分，在郊外春游的女子们玩耍了一天，都各自回家去了。一名男子本已相中了一位女子，倾心不已，却苦于羞涩，不能向前结识，心里自然是百感交集，坐立不安。一直到女子的马车驶回城中，他心里又恋恋不舍，于是一路追随，渴望得到女子的回眸。但直追到长巷尽处，却依然无计可施，最后当然无果，心里颇为失落，催马缓缓向前，无聊地看着沿途的风景。于是一切景象，都染上了内心的色彩。

一春桃李已被人践踏成泥土
独有惜影的红衣掩映在长河

这两句颇为精致，而且耐人寻味。男子失落之余，只见眼前桃李飘落，落英缤纷，被来往的行人车辆践踏成泥土，不由心生怜惜之意。他或许在想，

---

① 陌上：田间小路上。古代规定，田间小路，南北方向叫作"阡"，东西走向的田间小路叫作"陌"。
② 惜影，见白居易《寒闺夜》："夜半衾裯冷，孤眠懒未能。笼香销尽火，巾泪滴成冰。为惜影相伴，通宵不灭灯。"意为孑然一身，倍感孤单，唯有与影相伴，因而对影子有怜惜之意。红衣：当为夕阳晚霞。

刚才那位女子，不知她境遇如何，过得顺心，还是无奈。可自己想要去怜惜，却全无机会。他或许也联想到自身，自己的年华也宛如桃李，随意飘落，也无人惜取，无人关爱。

他怅然远望，一道长河铺展在面前，夕阳的残红映照在江中，仿佛一位红衣女子在顾影自怜。"惜影"二字，可参见白居易的《寒闺夜》："为惜影相伴，通宵不灭灯。"诗人自觉孤单，唯有影子相伴，于是倍加珍惜，通宵不灭灯。而越是珍惜影子，就越是反衬出身边无人，倍觉孤单。由此，"惜影"二字，就渗透着深刻的悲凉。夕阳如此，男子也是如此。

综上所述，最末两句，诗人用灵动的文笔，将形影相吊、无可奈何之状，绘制成一幅颜色绚丽，骨子里却悲凉的画面，让人嗟叹不已。

## （二）

> 高揖马鞭于熙来攘往的路岐①
> 万户千门垂杨下我伫足沉疑②
> 一夜的西风长安为落叶之国③
> 不得不珍惜多年无尘的素衣④

【精读】

此诗抒发的是一种郁郁不得志的感伤。吴兴华发表此诗时，不过二十岁，恰是少年才子，自然不会有这种体会。因此，他只是用别人之典，感别人之

---

① 高揖：双手抱拳高举过头作揖。古代作为辞别时的礼节。《孔丛子·儒服》："子高游赵，平原君客有邹文、季节者与子高相友善。及将还鲁，故人诀既毕，文节送行，三宿临别，文节流涕交颐，子高徒抗手而已，分背就路。其徒问曰：'先生与彼二子善，彼有恋恋之心，未知后会何期，凄怆流涕，而先生厉声高揖，无乃非亲亲之谓乎？'"后亦指辞谢告退。路岐，即路歧，岔道。王廙《笙赋》："发千里之长思，咏别鹤於路歧。"

② 以上二句化自李白《相逢别》："相逢红尘内，高揖黄金鞭。万户垂杨里，君家阿那边。"

③ 此句化自贾岛《忆江上吴处士》："闽国扬帆去，蟾蜍亏复圆。秋风生渭水，落叶满长安。此地聚会夕，当时雷雨寒。兰桡殊未返，消息海云端。"

④ 素衣，见陆机《为顾彦先赠妇》："京洛多风尘，素衣化为缁。"

伤,用新诗之瓶,盛古典之意境,进行了一些诗歌实验而已。

读此诗的要诀,首先在于弄清几个典故。一二两句的原型乃是李白的《相逢别》:"相逢红尘内,高揖黄金鞭。万户垂杨里,君家阿那边。"在长安都市的岔路口,熙来攘往的人群中,主人公与朋友马上相逢,高举马鞭作揖,又各自为前途而奔忙,于是匆匆相别。他们相逢说了些什么,诗中没有交代。但辞别之后,主人公情绪明显低落了。在万户千门的垂杨下,他驻足沉思,感慨万千。可如何感慨,诗人没有明说,却荡开一笔,开始写景。

一夜的西风长安为落叶之国

此句化自贾岛"秋风生渭水,落叶满长安"。在原诗中,贾岛是说与朋友夏日告别,如今已是秋天,不由心生挂念。而在此诗中,诗人是在感慨时间之流逝,匆匆又是一年过去,黄叶飘零,自己马齿徒增,并无所成,让人顿生蹉跎之感,于是自嘲地说了一声:

不得不珍惜多年无尘的素衣

这句说得很是心酸。"素衣"二字,源于陆机诗"京洛多风尘,素衣化为缁",表面意思是,长安洛阳两地风尘颇多,一袭白衣也染成黑色了,说的是羁旅风霜之苦;而其寓意是,京中恶浊,混迹其中,纵然是洁身自好之人,时间一久,也容易被沾染了。

而陆游曾反其意而用之,在《临安春雨初霁》中写道:"素衣莫起风尘叹,犹及清明可到家。"当时陆游六十二岁,光复中原的壮志未酬,在京城杭州闲居无聊,不得重用,于是感叹:一身素衣,还来不及被风尘所染,只想回家躬耕,清明之前即可回家。

吴兴华诗中的主人公说,"不得不珍惜多年无尘的素衣",也正是在说,自己仕途不顺,怀才不遇,至今仍一身素衣,欲"化缁"而不可得,更不必说什么身居要职了。由此,我们可以猜测出他与好友相遇时曾发生了什么。也许好友已春风得意,高头大马,高举黄金鞭,相比之下,让他顿生失落。

## （三）

> 肠断于深春一曲鹧鸪的声音
> 落花辞枝后羞见故山的平林①
> 我本是江南的人来江北作客②
> 不忍想家乡此时寒雨正纷纷

**【精读】**

解析一首诗，首先要明确一点，那就是谁在诗中发出声音。艾略特在《诗的三种声音》一文中曾说："第一种声音是诗人对自己说话，或不对任何人说话；第二种是诗人对听众说话，不管人多人少；第三种是诗人试图创造一个戏剧性人物在诗中说话；这时他说着话，却不是他本人所说的，而只是虚构的人物对另一个虚构的人物可能说的话。"③

那么这首《绝句》，又是谁的声音呢？可以明确的是，肯定不是诗人对自己说话，也不是对听众说话，因为吴兴华自己虽祖籍杭州，却生在天津，学于北平，不会有江南人到江北做客的感伤。那么只能是第三种声音，吴兴华创造了一个戏剧性人物，让他来说话。

那么，这个人是谁呢？考虑到第三句类似于李煜的"江南江北旧家乡，三十年来梦一场"，我们就假定李煜作为此诗的主人公吧。或许此时李煜已亡国，被押送到汴京，幽禁在汴梁的一座深院小楼，过着终日以泪洗面的寂寞日子。于是深春的一声鹧鸪声，便让他心生怀乡之情，而故国不堪回首，自然令人断肠。

> 落花辞枝后羞见故山的平林

---

① 化自李白《白头吟》："相如作赋得黄金，丈夫好新多异心。一朝将聘茂陵女，文君因赠白头吟。东流不作西归水，落花辞条羞故林。"
② 见李煜《渡中江望石城泣下》："江南江北旧家乡，三十年来梦一场。吴苑宫闱今冷落，广陵台殿已荒凉。云笼远岫愁千片，雨打归舟泪万行。兄弟四人三百口，不堪闲坐细思量。"
③ T. S. Eliot, *The Three Voices of Poetry*, London: Cambridge University Press, 1955, p. 4.

此句化自李白的《白头吟》："东流不作西归水，落花辞条羞故林。"原诗说的是司马相如以一篇上林赋得宠，封郎官，顿生异心，开始厌弃卓文君，意欲纳茂陵女为妾。文君得知后，写了一首《白头吟》，要与司马相如决绝。所以"落花辞条"，说的就是一朝分离，就羞于回归故林，就像大河东流，不肯西归一样。而李煜说这番话，意思是说，亡国之后，深知自己过错极多，耽于享乐，疏于政事，所以如今被敌国软禁，算得上是"落花辞枝"，但已经无脸面对故土百姓了。话虽如此，但思乡之情，又岂是用理性所能克制的？于是有了下面两句：

> 我本是江南的人来江北作客
> 不忍想家乡此时寒雨正纷纷

江南江北，水土不服倒是其次，而人生境遇更是天壤之别。昔日身在宫苑，软玉暖香，不胜快活。如今深陷囹圄，前途未卜，无限凄凉哀伤。于是他更加思念故土，追忆往昔。但自从亡国之后，家乡遭受战火侵扰，又被别人侵占，不知道又是怎样的情形了。诗人用"寒雨纷纷"来写故土百姓的凄凉处境，算得上恰如其分。而这恰好又是李煜自己的罪过，于是他出现了极其矛盾的心理，既思念家乡，却又"不忍想"。这真可以称得上是"别有一番滋味在心头"了。

当然，这个人物未必是李煜，也可以是一个平常的游子。他从江南北上，奔波于生计，或是身在仕途，多年不能回乡，深春时忽听到一曲鹧鸪声，就勾起思乡之情。而后他又从思乡情，想到壮志未酬，或是俗务缠身，以致不能回乡，心中极是无奈。同时，他又怕家乡亲人会有变故，于是又不敢思乡，最后伫立在寒雨寂寞难言，心中百感交集，真是凄苦无比。

# 第二章

# 新古风

## 览古

静坐心有似明镜空空
自己本来无所谓色相①
东邻有弦歌西邻恸哭②
哀乐到方寸尽都两忘③
止水知道的无限风波④
非激浪排空所能想像
烛光不瞬而泪若连珠⑤

---

① 色相：佛教名词。指一切事物的形状外貌。如《华严经》："无边色相，圆满光明。"
② 弦歌：依琴瑟而咏歌。《周礼·春官·小师》："小师掌教鼓鼗、柷、敔、埙、箫、管、弦、歌。"郑玄注："弦，谓琴瑟也。歌，依咏诗也。"
③ 子曰："《关雎》乐而不淫，哀而不伤"（《论语·八佾》）。朱熹《集注》："淫者，乐之过而失其正者也；伤者，哀之过而害于和者也。"诗中东邻弦歌，西邻恸哭，都失于节制，没了方寸。
④ 止水，见《庄子·德充符》："人莫鉴于流水，而鉴于止水，唯止能止众止。"此后有"明镜止水"一语流传，如明代道士王一清的《道德经释辞》中说："圣人之无为，乃是指其心。如明镜止水，物至则照，物去则空，事物之来，一切循乎自然，顺其理而应之，以辅万物之自然，虽有为犹无为，故曰无为而无不为也。"
⑤ 不瞬：不眨眼。《列子·汤问》："纪昌者，又学射於飞卫。飞卫曰：'尔先学不瞬，而后可言射矣。'"

虚空中遇见绝顶悲怆
　　易水不闻歌风吹似昔①
　　西台无人泣松声犹壮②
　　宇宙奔着不变的路程
　　万世深忧在一人肩上

**【精读】**

诗人独坐静室，心中奔腾着无限风波，览古伤今，深觉孤独难言。此诗节奏舒缓，用典细致，很是耐人寻味。

　　静坐心有似明镜空空
　　自己本来无所谓色相
　　东邻有弦歌西邻恸哭
　　哀乐到方寸尽都两忘

这一节，先写静坐之后，诗人渐渐心如止水，如同一面明镜，于是世间万般色相，映在其中，皆为梦幻泡影。"空空"二字，便写出了虚幻之感。而"本来无所谓"，则大有深意。诗人知道万物空空，但事实上极难做到不黏滞、不执着。他虽然静坐，耳中却灌入了各种声响。东邻正奏弦歌，极尽欢娱。西邻正遭遇不幸，恸哭不止。原本心如明镜，应当"乐而不淫，哀而不伤"，但世人大都忘情，哀乐来时方寸尽失，不免烦恼无限。这种情绪，无疑也感染了诗人。

　　止水知道的无限风波
　　非激浪排空所能想像

---

① 易水：河流名。在河北省西部。荆轲入秦行刺秦王，燕太子丹饯别于此，荆轲高歌："风萧萧兮易水寒，壮士一去兮不复还。"
② 西台：典出自谢翱（1249—1295年）《登西台恸哭记》。谢翱为南宋爱国诗人，字皋羽，一字皋父，号宋累，又号晞发子，原籍长溪（今福建霞浦）人，徙建宁浦城（今属福建）。度宗咸淳间应进士举，不第。恭宗德佑二年文天祥开府延平，率乡兵数百人投之，任谘议参军。后文天祥兵败被害，谢翱脱身避地浙东，八年后与友人登西台痛哭致祭，并作《登西台恸哭记》以记其事。后用以称亡国之痛。

这两句有警句的风范。止水虽静谧无波，但正如一切风暴的中心都是宁静的，当心灵安宁，思接千载，神游万仞，其中激扬的风波，远超过左邻右舍的弦歌与恸哭。诗人想说的是，我的痛快哀伤，乃是千古之普遍的痛快和忧伤。于是就有了下面两句：

烛光不瞬而泪若连珠
虚空中遇见绝顶悲怆

诗人盯着眼前的烛光，愣愣出神，目不转瞬，居然泪如连珠。原来诗人的头脑中思绪万千，触动了无限的心事。虽然身处斗室，但一片虚空之中，诗人的思绪，却撞见了时空中那些绝顶悲怆的人与事。

易水不闻歌风吹似昔
西台无人泣松声犹壮

诗人飘乎乎地来到易水之畔，昔日荆轲在此高歌："风萧萧兮易水寒，壮士一去兮不复还。"从此慷慨赴死，何其悲壮。而如今壮士已去，高歌不再，但这萧萧江风，却一如往昔，让人生发思古之幽情。继而，诗人又来到文天祥就义之西台。这里谢翱曾来拜祭，迎风悲泣，持竹如意击石，作楚歌以招英魂："魂朝往兮何极？莫归来兮关塞黑。化为朱鸟兮有味焉食？"直到竹石俱碎。如今西台空空，只有松声涛涛，让人想见当年的壮烈。

宇宙奔着不变的路程
万世深忧在一人肩上

览古伤今，诗人感到茫茫宇宙，浩大无边，正无休无止地行进，而自己渺小如一草芥，却感到万世之深忧，放在他一人肩上，真有陈子昂"念天地之悠悠，独怆然而涕下"的沉雄与悲怆。这非常符合吴兴华自己所谓的高级的想象力："它本身似乎就是由实物到观念的升华作用，我们似乎被举起到一个更高的气氛中。"① 这就像胡兰成的拿手绝活，由眼前的实景，忽然"放到

---

① 吴兴华：《吴兴华诗文集·文卷》，上海人民出版社2005年版，第35页。

悠远的时空中去打量,仿佛镜头一下子拉长,遂使一时一地的此情此景,给万象与千年一衬,平添出一份深邃与庄严"①。

张松建在评析此诗时,曾说:"更加无法挽救的是:经验匮乏,意象套语,典故堆砌,节拍较多导致韵脚相隔太远,读来并无连贯和谐的音乐效果。"其中"经验匮乏""韵脚太远"的评价还算中肯。诗的每句均为四顿,字数相等,十分均齐。其中"易水/不闻歌/风吹/似昔,西台/无人泣/松声/犹壮",乃是工整的对仗。但总体却不适合朗诵,缺乏舒卷自如的节奏感。至于意象与典故,中国几千年诗史资源,积累了大量我们熟悉的意象与典故,为什么弃之不用,硬生生自造许多意象,让人读不明白呢?这一点,笔者认同吴兴华的努力,喜欢他用现代诗体将古典的意象一一点亮。

夏夜清认为:"在承接传统的过程中,与闻一多等新格律派的诗人过于刻板不同,他(吴兴华)的诗在保留了旧诗神韵的基础上开拓了新的形式,尽管浸透作者的学养却不失清新的品质,而这正是穆旦苦思却不得解的(穆旦认为,旧体诗与新诗怎么都无法衔接)。夏志清说:'如果在这条道路上继续下去,他会成为一位大诗人。'这不无道理。遗憾的是,他继往却没有开来,后来的新诗完全西化了。这恐怕是他的诗被文学史边缘化的重要原因。②"

笔者细读此诗,也差不多同意了这个看法。

---

① 江弱水:《胡兰成的人格与文格》,见《抽思织锦:诗学观念与文体论集》,作家出版社2001年版,第161页。
② 夏夜清:《从两首诗看一个事业》,载《博览群书》,2011年第3期。

## 拟古

不忍看墙头青青柔草
不忍看阶下骎骎幽兰①
日出听见那人的长吁
日落听见那人的短叹
绝代的佳丽产自南国
眉色如望平远的秋山②
自爱若至冰冷的程度
与自卑岂非同逆自然

天空两金丸往后奔走③
广衢高楼鸣响着佩环④
使君的玉马长嘶不进⑤
高楼的侠少辍杯而观⑥

---

① 骎骎：马快跑，比喻迅疾的样子。阮籍《咏怀八十二首》："皋兰被径路，青骊逝骎骎。"
② 远山眉：细长而舒扬，颜色略淡，清秀开朗。《西京杂记》卷二："文君姣好，眉色如望远山，脸际常若芙蓉，肌肤柔滑如脂，十七而寡，为人放诞风流，故悦长卿之才而越礼焉。"韦庄《荷叶杯》二首之一："绝代佳人难得，倾国。花下见无期，一双愁黛远山眉。"
③ 金丸：比喻日与月。
④ 广衢：大道。佩环：玉制的环形佩饰物。
⑤ 使君：汉代称呼太守刺史，汉以后用做对州郡长官的尊称。汉乐府《陌上桑》："使君从南来，五马立踟蹰。"
⑥ 侠少：任侠的少年。南朝陈后主《洛阳道》诗之五："黄金弹侠少，朱轮盛彻侯。"吴伟业《侠少》诗："宝刀千直气凌云，侠少新参龙武军。"

珍重谢良媒殷勤之意①
　　我若有所待彼有所贪
　　他年尘阁深闭着重悔
　　只在此刻心神移动间

**【精读】**

　　此诗名为"拟古",自然有古诗十九首之风,表现手法也类似,用了赋、比、兴三法,只是与陆机、陶渊明的拟古诗不同,吴兴华采用的是现代诗体,每行四顿九字,作为一种拟古新诗,为新诗史中绝无仅有,颇值得研究。

　　全诗可分四节,第一节写的是"那人"的相思之状。

　　不忍看墙头青青柔草
　　不忍看阶下骎骎幽兰
　　日出听见那人的长吁
　　日落听见那人的短叹

　　这四句诗两两对仗,"墙头青青柔草""阶下骎骎幽兰",似乎可以写作"青青墙头草,骎骎阶下兰",这就不免让人想到古诗十九首中的"青青河畔草,郁郁园中柳",两者结构非常相似。"骎骎"二字,本义是马疾驰之状,此处用来形容幽兰萌发得迅速,显示出春日万物生机勃发。而这美好的春景,生命的热烈,自然会引起人的共鸣,于是产生由物及心的联想,乃是标准的"起兴"手法。

　　然而这种共鸣却生生地被压制住了。诗人反复写道:"不忍看。"原因何在?当然是这春景惹起的联想,会令"那人"沉入痛楚与懊丧之中。但情到浓处,无孔不入,直令人黯然销魂,百无聊赖,哪里能压制得住?于是日出时喟然长吁,日落时幽然短叹,真是坐立不宁,情思如影随形,挥之不去。

---

① 珍重:慎重。刘正羣《兼道携古墨来感之为作此诗》:"锦囊珍重出玄圭,双虬刻作蜿蜒态。"谢:此处当为"推辞"之意。良媒:好媒人。《诗·卫风·氓》:"匪我愆期,子无良媒。"殷勤:频繁,反复。《后汉书·陈蕃传》:"天之于汉,恨之无已,故殷勤示变,以悟陛下。"

只是"长吁""短叹"这两句，纯用白描，缺乏意象，所以略显单薄。

> 绝代的佳丽产自南国
> 眉色如望平远的秋山
> 自爱若至冰冷的程度
> 与自卑岂非同逆自然

此处对"那人"进行了正面的描写。在青草和幽兰之间，端然立着一位绝代的佳丽，这让人想到曹植的《杂诗》："南国有佳人，容华若桃李。"女子自然美貌异常，而且"眉色如望平远的秋山"。这句则化自《西京杂记》："文君姣好，眉色如望远山，脸际常若芙蓉。"远山眉美则美矣，可惜女子并不快乐。韦庄《荷叶杯》词云："一双愁黛远山眉，不忍更思惟。"可见远山眉往往含有愁情。更何况此处还有"秋山"二字，更添几分萧索清冷。诗中要言不烦，抓住主要特征，勾勒出一双远山眉，已隐隐透露出女主人公的淡淡哀愁。

"自爱"两句是一种反思与自责。洁身自好本是美事，但若是演化成孤芳自赏，只活在幻想之中，期待着旷世之恋，对身边一切冷漠无情，以致岁月蹉跎，门庭冷落，只留自己孑然一身，长吁短叹，无人怜惜，岂非也是不合人情？"自卑"诚然是陋习，但"自爱"到自恋与自傲，也令人生厌，逆反自然，并不可取。

> 天空两金丸往后奔走
> 广衢高楼鸣响着佩环
> 使君的玉马长嘶不进
> 高楼的侠少辍杯而观

天空中两金丸，乃是日月二星，往后奔走，正是时光倒流。她回到了昔日辉煌时期，在通衢大道之旁，人声鼎沸之处，她装扮得整齐，缓步行走在高楼之上，霓裳悬着佩环，一路叮当清脆。"使君"两句从观者的反应，烘托女子之美。使君抬头看见女子的明艳，急忙勒马停住。"长嘶"二字，表明玉马本来奔走得极快，猛然被勒住，不由疼痛，于是长嘶不已。高楼的侠少觥筹交错，豪情万丈，此刻却也辍杯而观，心生赞叹。

这种手法，在古诗中也算常见，最著名的便是《陌上桑》：

> 行者见罗敷，下担捋髭须；少年见罗敷，脱帽著帩头。耕者忘其犁，锄者忘其锄；来归相怨怒，但坐观罗敷。使君从南来，五马立踟蹰。

诗中的女子，也有秦罗敷一般的清丽。于是倾慕者如过江之鲫，纷至沓来，但女子却并未轻易允诺。她心里定有一番思量："愿得一心人，白首不相负。"她是宁缺毋滥的。于是有了这样两句：

> 珍重谢良媒殷勤之意
> 我若有所待彼有所贪

这两句需一字一字地解释，才能全然读懂。"珍重"者，慎重也。"谢"，推辞。"殷勤"，频繁。整句意思是：慎重地推辞掉媒人屡屡的撮合。原因是"我若有所待彼有所贪"，意思是我在期待一段知心的爱侣、至美的情缘，而他们不过是贪恋我的美色，媒人则是贪求一些钱财。这与女子的期待大相径庭。不同凡俗的女子，自然选择洁身自好，顾影自怜。

> 他年尘阁深闭着重悔
> 只在此刻心神移动间

然而命运是多么不幸，这样的爱侣并未到来，天空两金丸不住奔走，柔草青了又黄，幽兰开而复凋，她却依然独守空闺。"尘阁深闭"四字颇有深义。女子住在阁楼之中，因无人来，于是整日闭门，而且无心清扫，因而积了尘土。我们可以想象得到，女子是何其寂寥失落，于是出现全诗三、四句的情景："日出听见那人的长吁，日落听见那人的短叹。"这几乎有种"寥落古行宫，宫花寂寞红"的萧然。女子因而觉得"重悔"，悔恨什么呢？大概是悔恨当初心比天高，目下无人，总是心神移动，不能专注于一人，才导致如今的门庭冷落，无依无靠，命比纸薄。

读完全诗，让笔者有了一种猜测，似乎诗人曾心仪某佳人，却不受青睐，不免倍感失落，偏又不甘心，于是写了此诗，算得上是循循善诱："自爱若至冰冷的程度,与自卑岂非同逆自然?"这与一些西方诗人以玫瑰易凋红颜易老来求爱,也算得上殊途同归。

而这种诗境,在吴兴华所拟的古诗中,却是从未见过的。或许,这也是一种"中西合璧"吧。

## 鹧鸪①

在苦竹的山头有座隐若的寺院，
黄昏时辽夐②的传出幽微的钟声，
渔人泊舟在高涯下；看天，天见晚，
野水参差的浮动着，涨落的波痕③。

在清冷的枫树林间依依的飞过，
在落花的芳草原上静静的哀啼，
一个白马的少年人驻听双泪落，
一个高楼的多思女襟袖尽沾湿。

夕阳渐渐的沉下来，青色的山后

---

① 鹧鸪：鹧鸪属禽，多产于南方，体大如鸠，鸣曰"哥哥，哥哥"，鸣声悲婉凄切，喜雌雄对鸣。迁客骚人常寓鹧鸪以深情，以表己之意。一曰离别。佳人执郎之手，泪眼相看，泣声如咽：行不得也，哥哥。借以常喻惜惜别情。唐朝张籍《湘江曲》："湘水无潮秋水阔，湘中月落行人发。送人发，送人归，白萍茫茫鹧鸪飞。"借鹧鸪之意象抒怅惘之离愁。二曰悲情。因其声凄切，常寓艰难之处境，惆怅之心情。清代尤侗《闻鹧鸪》有曰："鹧鸪声里夕阳西，陌上征人首尽低。遍地关山行不得，为谁辛苦尽情啼？"鹧鸪声里，陌上行人前路无测，凄苦之绝境可见一斑。古诗词中出现的"鹧鸪"这一意象也经常透出悲凉之意，比如李白的《越中览古》"宫女如花满春殿，只今惟有鹧鸪飞"。三曰爱情。因喜雌雄对鸣，一唱一和，借此常喻夫唱妇随，男欢女爱。唐代刘禹锡有《踏歌词》："春江月出大堤平，堤上女郎连袂行。唱尽新词欢不见，红霞映树鹧鸪鸣。"借鹧鸪之和鸣，衬"欢不见"之落寞。诸如温庭筠、李洵之《菩萨蛮》词中鹧鸪皆有此意象，"双双金鹧鸪""双双飞鹧鸪"等，不足而论。四曰相思。情爱所致，离别之苦，悲情油然而生，为以上集大成者。李益《鹧鸪词》："湘江斑竹枝，锦翅鹧鸪飞。处处湘云和，郎从何处归？"闺中女子思念远方情郎，写得含蓄而致韵。
② 夐（xiòng）：远。
③ 此句见苏轼诗《书李世南所画秋景》："野水参差落涨痕，疏林欹倒出霜根。扁舟一棹归何处？家在江南黄叶村。"

> 传来鹧鸪的幽怨曲……没有人晓得
> 在花落的黄陵庙①中，青草②的渡口，
> 多少人眼望着乡土，倾听这悲歌。

**【精读】**

此诗为吴兴华二十岁时所作，乃一首思乡诗，将晚唐郑谷的《鹧鸪》诗用现代诗体演绎了一番，还不免有些为赋新词强说愁的滋味，不过选用的意象，迟缓的节奏，营造了幽怨怅惘的氛围，让人不由生发一些感触，也别有一番趣味。

且看郑谷原诗："暖戏烟芜锦翼齐，品流应得近山鸡。雨昏青草湖边时，花落黄陵庙里啼。游子乍闻征袖泪，佳人才唱翠眉低。相呼相应湘江阔，苦竹丛深日向西。"以品貌、时节、环境、意象入手，鹧鸪之寓意，所言殆尽。暮雨黄昏，鹧鸪声里，游子佳人离愁别绪，郑谷也因此而被誉为"郑鹧鸪"，可见此诗被时人传唱甚广。

再看吴兴华的《鹧鸪》：

> 在苦竹的山头有座隐若的寺院，
> 黄昏时辽夐的传出幽微的钟声，
> 渔人泊舟在高涯下；看天，天见晚，
> 野水参差的浮动着，涨落的波痕。

游子乘舟远行，在黄昏时分，将小舟停泊于岸边，走上船头，看这个陌生的所在。只见高山兀立，山上皆为苦竹。正是春末，落花时节，竹林一片青翠，其中又弥漫了傍晚的雾气，一切朦朦胧胧，将山头的寺院都遮挡得若隐若现了。只有钟声幽微地传来，在幽静的湖边，显得空旷而辽远，倒让周围更静谧了，加上天色已晚，游子的心里不免惆怅起来。于是低头，看到江

---

① 黄陵庙：在湖南湘阴县北的黄陵山，位于洞庭湖湖畔。传说帝舜南巡，死于苍梧。二妃娥皇、女英从征，溺于湘湖，后人立祠于水侧，是为黄陵庙。此后，屈原曾流放于此，因而迁客骚人到此易生羁旅愁绪。

② 青草：青草湖，即巴丘湖，在洞庭湖东南。

水起伏，款款冲击着江岸，时涨时落，留下层层波痕，像是心头郁闷难解的心事，欲说还休，去而复来。

读到这里，不由让人想到王安石的《夜泊姑苏》，当中有"四顾茫无人，但见白日低。荒林带昏烟，上有归鸟啼。物皆得所托，而我无安栖"之句，与此诗意境非常相似。所以王安石的叹息"万物皆有所托，而我茫然漂泊异乡"，也是这位游子的凄凉心境了。恰在此时，一个声音吸引了游子的注意：

> 在清冷的枫树林间依依的飞过，
> 在落花的芳草原上静静的哀啼，
> 一个白马的少年人驻听双泪落，
> 一个高楼的多思女襟袖尽沾湿。

苦竹之中，传来了鹧鸪的声音。鹧鸪原本"性畏霜露，早晚希出"，在这薄暮时分，清寒湖畔，鹧鸪为什么不在巢中安歇，却在愁苦悲鸣呢？于是游子展开联想：这鹧鸪肯定失群，曾在"清冷的枫树林间依依地飞过"，似在寻找爱侣，但终无收获，只得落在芳草原上，伴着落英缤纷，孤独地，静静地哀啼。这啼声，定然哀怨凄切，与凄风苦雨混在一起。而游子不免想到了自己的境遇：远离故土，羁留在外，不知何日可归。

郑谷诗中写道："游子乍闻征袖泪，佳人才唱翠眉低。"游子一听鹧鸪声，蓦然触动心事，顿时泪湿征袖，而"远处的佳人，面对落花、暮雨，思念远行不归的丈夫，情思难遣，唱一曲《山鹧鸪》吧，可是才轻抒歌喉，便难以自持了。……在诗人笔下，鹧鸪的啼鸣竟成了高楼少妇相思曲、天涯游子断肠歌了"①。在吴兴华诗中则换上了一对"白马的少年"和"高楼多思女"，多了几分纯净浪漫的色彩，然而情思都是一样的。在这里，人和鸟的哀伤，就相互补充，融为一体。两位作者都没有正写鹧鸪之声，只是表现了由声而产生的哀怨凄切的情韵，更有物我相融的意味。

> 夕阳渐渐的沉下来，青色的山后

---

① 徐定祥：《郑谷〈鹧鸪〉赏析》，见《唐诗鉴赏辞典》，上海辞书出版社1983年版，第1351页。

>     传来鹧鸪的幽怨曲……没有人晓得
>     在花落的黄陵庙中，青草的渡口，
>     多少人眼望着乡土，倾听这悲歌。

　　这一节对应着郑谷诗句"雨昏青草湖边时，花落黄陵庙里啼"。但吴兴华诗先写景，后正面抒情，虽少了几分含蓄的意蕴，但又将个人的思乡悲情扩展到"多少人"，成了普遍的情怀。夕阳沉落，山峰转青，山后传来的鹧鸪声，以及眼前的黄陵庙、青草渡，让人联想起无限的故事：娥皇、女英思念舜帝，日夜悲啼；屈原流放于此，颜色憔悴，形容枯槁……千秋往事，一时都奔到眼前来，酿成了意外的苦辛。"多少人眼望着乡土，倾听这悲歌"，这鹧鸪的悲歌，娥皇、女英听过，屈原听过，历朝历代的迁客也都听过。

　　但是这种思乡情，却又"没有人晓得"。于是小舟上的游子，一来是思考何时才能返回故乡，二来又觉得心事无人可解，于是倍感孤独。此外，又因孤独者不止他一人，似乎又略微有些安慰。这个结尾，把意境高举起来，有了一点辽阔的氛围，让人怅然出神。

## 宴散作

月上梧桐墙缺处光影正微茫
静听车马与笑语沉没在远方
砌下哀虫尚思效弦管的幽咽
院角花枝犹颤摇美人的鬓香

薪当尽处有谁知火焰尚未死①
梦已醒时怕听说人事的凄凉
车尘十丈奔波在邯郸的衢市
不知它人在何处炊煮着黄粱②

雨丝风片浓春的风景似残秋
依稀又听见浊浪崩打著石头③
几日斜阳下临着乌衣的巷陌④
谁家少妇深锁在燕子的高楼⑤

---

① 化自成语"薪尽火传",柴虽烧尽,火种仍留传。《庄子·养生主》:"指穷于为薪,火传也,不知其尽也。"成玄英疏:"穷,尽也。薪,柴樵也。为,前也。言人然火用手前之能尽然火之理者,前薪虽尽,后薪以续,前后相继,故火不灭也。"
② 唐沉既济《枕中记》载:卢生在邯郸客店遇道士吕翁,生自叹穷困,翁探囊中枕授之曰:枕此当令子荣适如意。时主人正蒸黄粱,生梦入枕中,享尽富贵荣华。及醒,黄粱尚未熟,怪曰:"岂其梦寐耶?"翁笑曰:"人世之事亦犹是矣。"后因以"黄粱梦"喻虚幻的事和不能实现的欲望。
③ 化自刘禹锡《石头城》:"山围故国周遭在,潮打空城寂寞回。淮水东边旧时月,夜深还过女墙来。"
④ 化自刘禹锡《乌衣巷》:"朱雀桥边野草花,乌衣巷口夕阳斜。旧时王谢堂前燕,飞入寻常百姓家。"
⑤ 用关盼盼燕子楼典。

> 天下宴席再盛大未有不拆散
> 人间离合皆偶然本就没来由
> 即此一瞬间悲喜相递的生灭①
> 终不见太空澄然雨散与云收

**【精读】**

中国人对于宴席盛会,总是崇尚"人生得意须尽欢",有"一日看遍长安花"的气势,但总会在极乐之时,忽然想到良辰易逝,人生无常,于是心生怅惘。比如王勃在《滕王阁序》中,先用繁丽的辞藻,写美景,赞宾客,而后文笔一转,开始感伤身世,最后叹息"胜地不常,盛筵难再,兰亭已矣,梓泽丘墟",于是有了飞扬与顿挫并存的美感。这与中国人相信阴阳轮回有关,盛极则衰,否极泰来,如此周转不息。吴兴华的《宴散作》也免不了有这种盛极而衰的惆怅。

> 月上梧桐墙缺处光影正微茫
> 静听车马与笑语沉没在远方

第一句是风景描写。从光影微茫可知,此时升上来的是一钩素月,停在梧桐树上。主人公驻足院中,透过墙缺处往外观望,只见一片光影微茫,杳无人迹。他原本是在送客,如今客人越走越远,车马声、笑语声"沉没在远方",他还迟迟不肯归去。"静听"二字,表明他还在留恋。因为,从高朋满座、繁弦急管的欢乐场面,骤然转换为独对孤月的冷清,不免让人感到失落。于是就有了下面两行美妙的诗句:

> 砌下哀虫尚思效弦管的幽咽
> 院角花枝犹颤摇美人的鬓香

这是一组较为工整的对仗。台阶下哀虫低鸣,似乎在效仿筵席上的琴弦

---

① 生灭,包括"生、住、异、灭"四字,每个字表示一种相状:一个现象的生起叫"生";当它存在着作用时叫"住";虽然有作用而同时在变异叫"异";现象的消灭叫"灭"。实际上是佛教中解释"无常"的意思。宇宙中一切现象,都是此生彼生、此灭彼灭的互存关系,期间没有恒常(常见)的存在。

和箫管，但声音凄楚，仿佛轻声幽咽。院角的花枝，在夜风中轻颤，似乎还散发着女宾们鬟发的香气。这两句诗的妙处：其一，符合主人公的听觉感受，筵席中丝竹震耳，到此刻尚有余音，绕耳不绝，于是他会把虫声错听成弦管；其二，符合诗人的心理，宾客散尽，良辰不再，他要在一些细节中，回味刚才的欢愉，于是情到浓处，"虫"为"哀虫"，鸣声是"幽咽"，"花枝"散发的是"美人的鬟香"。这正如杜甫"感时花溅泪，恨别鸟惊心"，都是移情于物，物我合一。诗歌前四句，将视觉、听觉、嗅觉并列呈现，让人身临其境。

如果诗歌写到这里，诚然也还不错，写出了宴席散去后的凄凉心境。但吴兴华不甘心于此。在后面四句中，他似乎在将镜头往上拉升，将一时一地的感触，上升到整个人生的层面，于是诗境陡然开阔，不由让人想到，宴席如此，人生不也相似吗？有繁盛时的得意，也不免有穷困时的失落。明白这一点，我们就可以理解后面四句诗了。

薪当尽处有谁知火焰尚未死
梦已醒时怕听说人事的凄凉

前一句出自《庄子·养生主》："指穷于为薪，火传也，不知其尽也。"原文意思是说，脂膏作为烛薪，有燃尽的时候，火种却流传下去，没有穷尽。而此处的含义是，烛薪行将烧尽时，其实当中的火焰并未熄灭，但又有谁能知道，并且来引火续传呢？或许主人公也曾有过辉煌的时刻，比如少年得意，比如身居要津，但这些都已烟消云散，他就像韩熙载一样，唯有靠沉迷酒色，表示心无大志，才能让将君王安心，换得一时平安，但到底郁郁不得志，于是会有薪将尽，火未传的遗憾。所以醉生梦死之后，一朝醒来，最怕的就是别人在感慨人事的凄凉，因为他会心生共鸣，联想到自身，会潸然泪下。以他如此心境，看别人的辛苦奔忙，又会有怎样的感触？于是就有了后面两句：

车尘十丈奔波在邯郸的衢市
不知它人在何处炊煮着黄粱

这两句用的是"黄粱一梦"的典故。故事就发生在邯郸。"车尘十丈"，用词极有气势，写出名利之徒殚精竭虑，四处奔忙之状。他们就像卢生一样，认为"士之生世,当建功树名,出将入相,列鼎而食,选声而听,使族益昌而家益肥,然后可以言适乎"。"适",就是"得意适志"。这也算得上是胸怀大志,积极进取。但问题是,他们就算能像卢生一样,"娶妻甚美",且"举进士,累官舍人,迁节度使,大破戎虏,为相十余年,子五人皆仕宦,孙十余人,其姻媾皆天下望族,年逾八十而卒",享尽人间富贵,但到头来不免年老身死,化作黄土一抔,所有的富贵、适志,依然是一场空梦而已。

如果我们回归到诗歌的标题,就会知道,这种"得意适志",其实就是一场人生中的"盛宴",而黄粱梦的清醒之日,就是"宴散"之时。所以得也罢,失也罢,成也罢,败也罢,说到底并无多大区别。

  雨丝风片浓春的风景似残秋
  依稀又听见浊浪崩打著石头
  几日斜阳下临着乌衣的巷陌
  谁家少妇深锁在燕子的高楼

这四句延续了人生如宴的思路。方才还是春夜,来了些雨丝风片,顿时清冷似残秋,可见暖春并不可靠。"浊浪崩打着石头",显然是化自刘禹锡的《石头城》中"山围故国周遭在,潮打空城寂寞回"之句,感慨于历史变幻,盛衰无常。"斜阳下临着乌衣的巷陌"自然化自刘禹锡的"朱雀桥边野草花,乌衣巷空夕阳斜",主题与《石头城》相仿,叹世家之沉浮。

"谁家少妇深锁在燕子的高楼",见苏轼"燕子楼空,佳人何在?空锁楼中燕",用的是关盼盼典。关盼盼,唐代彭城人,因出身寒微生活无着而隶身乐籍,以声乐事人。她能歌善舞、精通管弦、工诗擅词,与武宁军节度使张愔交厚,互为知音,后结为伉俪。张愔死后,她矢志不嫁,独居燕子楼,度完余生。

诗中连用三个典故,都是说明世事无常,温暖如浓春,繁华如金陵,鼎盛如乌衣巷,优美如关盼盼,也都容易消逝改变,令人不由叹息。

  天下宴席再盛大未有不拆散
  人间离合皆偶然本就没来由
  即此一瞬间悲喜相递的生灭

终不见太空澄然雨散与云收

最后四句是说天下无不散的宴席,人生悲欢离合不由自己做主。"生灭"者,无常也。宇宙中一切现象,都是此生彼生、此灭彼灭的互存关系,其间没有恒常的存在。就算此刻有瞬间的悲或喜,但终究悲会转喜,喜会转悲,没有什么是永恒的,就像天空永远有阴晴变化,不可能出现持久的雨散云收。

结尾颇显平淡,让人有些意气消沉,或许白居易的《宴散》诗,倒算是一个启迪。

小宴追凉散,平桥步月回。
笙歌归院落,灯火下楼台。
残暑蝉催尽,新秋雁带来。
将何迎睡兴,临卧举残杯。

"追凉散,步月归",写得颇为闲适。此诗乃是白居易晚年所作,此时他不再以政事为念,终日以诗酒弦歌为乐,写了些"皆寄于酒,或取意于琴,闲适有余,游乐不暇"的闲适诗。暑尽秋来,蝉鸣于树,雁翔于天,处处都是美景,令诗人陶醉其中。或许,这种情怀,倒可称为吴兴华诗中主人公的心灵归宿。

## 春草

这种半疲倦不愿振醒的心情
一定曾润湿登楼少妇的眼睛①
数里消魂的颜色飞飘着细雨②
两三向晚的行人执手在长亭③
遍野风笛牛羊群往来无定所④
隔邻笑语女伴们赌半有输赢⑤
差胜镇日对孤芳为它所惹恼
出门一笑有青毡在目前铺舞⑥

长风又岂能吹送春光出玉门⑦
日暮羌笛声四起实堪为悲辛⑧

---

① 化自王昌龄《闺怨》:"闺中少妇不知愁,春日凝妆上翠楼。忽见陌头杨柳色,悔教夫婿觅封侯。"
② 春草中飘着"细雨",可参见冯延巳《南乡子》中名句:"细雨湿流光,芳草年年与恨长。"
③ "长亭"多见于诗词,为亲友送别之处,如梅尧臣咏春草绝调《苏幕遮》:"接长亭,迷远道。堪怨王孙,不记归期早。"
④ 此句化自《诗经·君子于役》:"君子于役,不知其期。何至哉?鸡栖于埘,日之夕矣,羊牛下来。"也与王安石《和农具诗·牧笛》有些关联,原诗:"绿草无端倪,牛羊在平地。芊绵杳霭间,落日一横吹。"
⑤ 化自晏殊《破阵子》:"燕子来时新社,梨花落后清明。池上碧苔三四点,叶底黄鹂一两声,日长飞絮轻。巧笑东邻女伴,采桑径里逢迎。疑怪昨宵春梦好,元是今朝斗草赢,笑从双脸生。"
⑥ "差胜"两句化自黄庭坚《王充道送水仙花五十枝,欣然会心,为之作咏》,原诗为:"凌波仙子生尘袜,水上轻盈肯微月。是谁招此断肠魂?种作寒花寄愁绝。含香体素欲倾城,山矾是弟梅是兄。坐对真成被花恼,出门一笑大江横。"差胜:稍微胜过。
⑦ 化自李白《关山月》:"长风几万里,吹度玉门关。"以及王之涣《凉州词》:"羌笛何须怨杨柳,春风不度玉门关。"
⑧ 羌笛:传说是秦汉之际游牧在西北高原的羌人所发明,故名羌笛。

绝代容颜岂料为画工所误写①
青冢一家差呈露贞洁的灵魂②
环佩夜归曾印她生尘的罗袜③
琵琶半掩可寻得异地的知音④
惟茫茫天似穹庐下覆着沙野⑤
空梦想三月杂花生遍了上林⑥

水堂高卧忽如睹惠连的风姿⑦
千载友于的佳话此为最神奇⑧
病起晚春的池塘听莺声恰恰⑨

---

① 用王昭君典。《西京杂记·王嫱》记载："元帝后宫既多，不得常见，乃使画工图其形，案图召幸。诸宫人皆赂画工，多者十万，少者亦不减五万。独王嫱不肯，遂不得见。匈奴入朝，求美人为阏氏，于是上案图以昭君行。及去，召见。貌为后宫第一，善应对，举止闲雅。帝悔之，而名籍已定，帝重信于外国，故不复更人，乃穷案其事。画工皆弃市，籍其家资巨万。"
② 青冢一家，即青冢，王昭君墓。传说当地多白草而此冢独青，故名。如唐杜甫《咏怀古迹》之三："一去紫台连朔漠，独留青冢向黄昏。"
③ "环佩夜归"，见杜甫《咏怀古迹》之三："画图省识春风面，环佩空归月夜魂。"环佩：古人所系的佩玉，用来压裙脚，多配于膝部以下，后多指女子所佩的玉饰。"罗袜"，化自曹子建《洛神赋》："休迅飞凫，飘忽若神，凌波微步，罗袜生尘。"
④ 此句出自白居易《琵琶行》中"千呼万唤始出来，犹抱琵琶半遮面""同是天涯沦落人，相逢何必曾相识"之句。
⑤ 化自《敕勒歌》中"天似穹庐，笼盖四野"，说天空如毡制的圆顶大帐篷，盖住了草原的四面八方，以此来形容极目远望，天野相接，无比壮阔的景象。
⑥ "三月杂花"，化自南朝梁丘迟《与陈伯之书》："暮春三月，江南草长，杂花生树，群莺乱飞。"上林，即上林苑，是汉武帝刘彻所建，地跨长安、咸阳、周至、户县、蓝田五县县境，纵横300里，有霸、产、泾、渭、丰、镐、牢、橘八水出入其中。据《汉书·旧仪》载："苑中养百兽，天子春秋射猎苑中，取兽无数。其中离宫七十所，容千骑万乘。"
⑦ 惠连：谢惠连，谢灵运族弟，十岁能作文，深得谢灵运赏识。《诗品》引《谢氏家录》称："康乐每对惠连，辄得佳语。"据说谢灵运的名句"池塘生春草"，正是梦见谢惠连时写出来的。
⑧ 友于，见《尚书·君陈》："惟孝友于兄弟。"后割裂用典，以"友于"代"兄弟"。南朝梁·丘迟《与陈伯之书》中有"朱鲔涉血于友于"之句。
⑨ 糅合了谢灵运名句"池塘生春草，园柳变鸣禽"与杜甫名句"留连戏蝶时时舞，自在娇莺恰恰啼"。

朝晨深园的僻径看柳絮飞飞
逸兴登山人猜为有为的贼盗①
芙蕖出水诗工如无缝的天衣②
尚想到齐名柴桑白衣的隐士③
南山碧影里日日沉醉在东篱④

日暮驰马独自上绿波的河桥
侧帽蓑衣看满楼红袖来引招⑤
南浦望不及佳人粉脸余双泪⑥
山中又一年王孙归兴仍无聊⑦
渐行渐远堪比拟词人的离恨⑧
时绝时生不介意野火的焚烧⑨
寒食东风西陵路落花如雪片⑩
不知苏小埋玉在何处的荒郊⑪

---

① "逸兴登山"句用谢灵运典,史书记载,灵运为永嘉太守时,每次游赏山水,从者动辄数百,以致被人误为盗贼。
② "芙蓉出水"句,先化用汤惠休语"谢诗如芙蓉出水,颜诗如错彩镂金",后化用"天衣无缝"之典,赞美谢灵运诗歌之清新自然。
③ 柴桑白衣隐士,即陶渊明,字元亮,后改为潜,浔阳柴桑(今江西九江星子)人,曾任江州祭酒,建威参军,镇军参军,彭泽县令等,后弃官归隐。
④ 化自陶渊明名句:"采菊东篱下,悠然见南山"。
⑤ "日暮"两句化自韦庄《菩萨蛮》:"如今却忆江南乐,当时年少春衫薄。骑马倚斜桥,满楼红袖招。"侧帽,见《周书·独孤信传》:"(独孤)信在秦州,尝因猎,日暮,驰马入城,其帽微侧。诘旦,而吏民有戴帽者,咸慕信而侧帽焉。其为邻境及士庶所重如此。"以后,则以"侧帽"比喻行止潇洒、风流自赏。如宋晏殊《清平乐》中就有"侧帽风前花满路"之句。
⑥ "南浦"句化用江淹《别赋》句子:"春草碧色,春水渌波,送君南浦,伤如之何!"
⑦ "山中又一年"一句从《楚辞·招隐士》"王孙游兮不归,春草生兮萋萋"句化来。无聊:无可依赖。
⑧ "渐行渐远"一句化用李煜词句:"离恨恰似春草,更远更行还生。"
⑨ 化自白居易"野火烧不尽,春风吹又生"之句。
⑩ "寒食"句化用韩翃《寒食》:"春城无处不飞花,寒食东风御柳斜。"
⑪ 下句用苏小小典,"埋玉"二字,见慕才亭的柱联:"湖山此地曾埋玉,花月其人可铸金。"

【精读】

在中国古典诗词中，"春草"是一个常见的意象，用来表达送别、相思的主题。其最早出现在《楚辞·招隐士》中："王孙游兮不归，春草生兮萋萋。岁暮兮不自聊，蟪蛄鸣兮啾啾。"相传汉武帝初年，没有太子，引起皇族内部觊觎。淮南王刘安入朝，其宾客淮南小山知道宗室互相残害，异常凶险，希望刘安不要在长安久留，早日归来，于是写楚辞来告诫，并从眼前的"春草生"想到秋天的"蟪蛄鸣"，时光流逝，感情愈烈，以此表达对他的思念。

此后，"春草"就时常被诗人用于寄托离情别绪，逐渐成为一个固定的意象，以"春草"为意象抒发离别情结的诗句不胜枚举。比如李白《灞陵送别行》："送君灞陵亭，灞水流浩浩。上有无花之古树，下有伤心之春草。"而"王孙"也成为诗人笔下游子的代称。比如王维《山中送别》："山中相送罢，日暮掩柴扉。春草明年绿，王孙归不归。"

而吴兴华的《春草》，则将许多与春草有关的诗词典故熔为一炉，炼就一首错彩镂金的现代诗，读起来耐人寻味，值得再三品咂。

> 这种半疲倦不愿振醒的心情
> 一定曾润湿登楼少妇的眼睛
> 数里消魂的颜色飞飘着细雨
> 两三向晚的行人执手在长亭

姑且设想这样的场景，少妇在乍暖还寒的阴沉春日里，偶尔登楼远望，看着眼前细雨飞飘，微微有些春草的绿光，似乎生机勃勃，正如王丹林所说："流水有情空蘸影，春风无色最消魂。"但这春光，却因为只有一人独看，于是显得清冷、朦胧，甚至阴沉无聊，让人心生忧郁。她忽然悟道：原来人间的恩爱，胜过封王拜侯的荣耀。可是世人追逐名利而去，在长亭里告别，冒着阴雨薄暮，远行千里去博个功名。少妇想要改变，却又无能为力，于是疲倦、空虚的情绪，终日挥之不去。

> 遍野风笛牛羊群往来无定所
> 隔邻笑语女伴们赌半有输赢
> 差胜镇日对孤芳为它所惹恼

  出门一笑有青毡在目前铺舞

  "遍野"一句，让人想到《诗经·国风》名句："君子于役，不知其期，曷至哉？鸡栖于埘，日之夕矣，羊牛下来。"少妇与诗经中的女子相似，丈夫服役于外，不知何日返乡。此刻天色已晚，鸡儿回窝，牛羊回栏，一派祥和宁静，更催生了女子对丈夫的思念之情。偏偏这种思绪，只有自己可以体会。邻居的女子正在赌草，各有输赢，欢声笑语，陶醉于生活的简单趣味。而这种欢笑，更让少妇觉得形单影只，幽思难以排遣。诗歌写到这里，忽然荡开一笔，"差胜镇日对孤芳为它所惹恼/出门一笑有青毡在目前铺舞"，这是化自黄庭坚的名句"坐对真成被花恼，出门一笑大江横"。黄庭坚在诗中，先把水仙花拟为凌波仙子，描写得精细缠绵，但诗人坐对太久，陷入小小的世界里，终究琐碎烦闷，于是走出门来，眼前横着一条浩荡的大江，不禁豁然开朗。一个幽怨纤巧的特写，和一个明朗壮阔的全景剪接在一起，形成了全新的更为深远的意境。吴兴华诗中也有此用意，终日陷于一己之情思，到底显得狭隘，于是也"出门一笑"，看见眼前春意无限，春草连成青毡，直往天边铺开去，令人心胸一阔。她想到了一个人，一位女中豪杰，似乎可以将她从阴郁中振醒。

  长风又岂能吹送春光出玉门
  日暮羌笛声四起实堪为悲辛
  绝代容颜岂料为画工所误写
  青苍一冢差呈露贞洁的灵魂

  这位女子便是王昭君，名垂千古的奇女子。但细细想她的生平，却又让人心生叹惋。李白曾云："长风几万里，吹度玉门关。"但这长风浩荡，奔赴万里，却带不去明媚春光。大漠寒烟，千古如此，与中原大相径庭。昭君背井离乡，虽受尊崇，但居于荒蛮之地，听耳边羌笛四起，不闻丝竹清韵，南望汉关，不免倍感辛酸悲楚。

  想当初，王昭君进宫后，因自恃貌美，不肯贿赂画师毛延寿，毛延寿便在她的画像中点上丧夫落泪痣，于是无缘面君。此后，呼韩邪来朝，汉元帝敕以五女赐之。王昭君入宫数年，不得见御，积悲怨，乃请掖庭令求行。呼韩邪临辞大会，帝召五女以示之。昭君"丰容靓饰，光明汉宫，顾影徘徊，竦动左右。帝见大惊，意欲留之，而难于失信，遂与匈奴"（《后汉书》）。昭君出塞后，汉匈两族团结和睦，"边城晏闭，牛马布野，三世无犬吠之警，黎庶忘干戈之役"，一派和平景象。但她心中是不快活的，因为"殊类非所安，虽贵非所荣"（石崇《王明君辞》）。

> 环佩夜归曾印她生尘的罗袜
> 琵琶半掩可寻得异地的知音
> 惟茫茫天似穹庐下覆着沙野
> 空梦想三月杂花生遍了上林

有时她趁夜外出，在明月下徘徊，环佩玎珰，风沙沾染了罗袜，而心事无处倾诉。"琵琶"一句，吴兴华用的是《琵琶行》的典故。在白居易笔下，琵琶女"老大嫁作商人妇"，商人浮梁买茶，留她空守闺房，想起少年往事，不免伤怀垂泪。但她身在异乡，还能遇到白居易这个知音，还算有些幸运。而王昭君却连这点慰藉都没有。她眼前只有天似穹庐，笼盖四野，天苍苍，野茫茫，全然是陌生荒凉的所在。她所能做的，只能空空地梦想，此刻在长安的上林苑里，应该杂花生树，遍地春光烟景。而那些却与她无缘了。

既然王昭君的功业到头来也只是一场悲剧，在青冢中沉埋，那么剩下的路途，似乎唯有归隐了。

> 水堂高卧忽如睹惠连的风姿
> 千载友于的佳话此为最神奇
> 病起晚春的池塘听莺声恰恰
> 朝晨深园的僻径看柳絮飞飞
> 逸兴登山人猜为有为的贼盗
> 芙蕖出水诗工如无缝的天衣
> 尚想到齐名柴桑白衣的隐士
> 南山碧影里日日沉醉在东篱

谢灵运《登池上楼》："池塘生春草，园柳变鸣禽。祁祁伤豳歌，萋萋感楚吟。"这首诗写的是作者被贬官永嘉，久病初起登楼所见所感，抒发了郁郁不得志的感伤情怀。池塘上的春草，使他"感楚吟"，想起了"王孙游兮不归，春草生兮萋萋"的诗句，更激起了他从困窘中摆脱出来，走回乡隐居的道路。于是"春草"的意象，不仅是思念的象征，还有归隐的意味。

谢灵运心里一旦放下功名，就可以开始逍遥的生活。在春塘"听莺声恰恰"，在深园里"看柳絮飞飞"，何其逍遥。但这些都还不够，他还要带领随从，趁着逸兴登山望远，声势之大，竟被村民疑为盗贼。如此逍遥浪荡，率性而为，功业是无所建树了，但诗歌却越写越好，诗句清新自然，宛如出水芙蓉，宛如天衣无缝。或许谢灵运还不算真正的隐士，那就学陶渊明吧，不为五斗米折腰，载欣载奔，守拙田园，采菊东篱下，悠然见南山，心中无挂无碍，沉醉于天地无言之大美。

但景仰仅是景仰，身体力行，何其困难。少妇没有如此修为，忽然想到，自己所思念的人，此刻正在何为？

  日暮驰马独自上绿波的河桥
  侧帽裹衣看满楼红袖来引招

这两句用了许多典故。先是韦庄的《菩萨蛮》："如今却忆江南乐，当时年少春衫薄。骑马倚斜桥，满楼红袖招。"一位少年，轻衣窄袖，跃马上桥，真是英气逼人。更兼侧帽裹衣，更添几分潇洒浪漫。侧帽，典出自北周独孤信，此人俊美异常，一日行猎归来，进城时帽子微侧。次日，城中吏民有戴帽者，都学独孤信，故意侧帽，以为时尚。从此"侧帽"便有风流自赏之意。如此出众的少年，自然满楼红袖相招，于是醉入百花深处，乐而忘返，哪里会想到远方有人望眼欲穿呢？

  南浦望不及佳人粉脸余双泪
  山中又一年王孙归兴仍无聊
  渐行渐远堪比拟词人的离恨
  时绝时生不介意野火的焚烧

但想象只是想象，抱怨只是抱怨，少妇如此痴心，思念一刻不能停歇。

"南浦"一句,化用江淹《别赋》名句:"春草碧色,春水渌波,送君南浦,伤如之何?"离人已去,佳人立于南浦,但见烟水浩淼,不见扁舟归来,只得泪湿春衫。细算以来,又一年过去了,离人还没有归兴,直让人牵肠挂肚,黯然销魂。

"渐行渐远"一句,出自李煜"离恨恰如春草,更行更远还生"。少妇登高望远,"春草一望无际,仿佛离恨之绵绵而远;春草之细碎浓密,象征离恨之盘曲郁结;春草之随处而生,象征离恨之浩渺无垠"①。离恨如此苦楚,但少妇马上又说,"时绝时生不介意野火的焚烧"。原来她的情意却又如此坚定,仿佛离离原上春草,野火焚烧,也烧之不尽,几场春雨,便可浴火重生。这便是她忠贞的自白。

但她心中依然有不祥的预感,于是就有了最末的两句。

> 寒食东风西陵路落花如雪片
> 不知苏小埋玉在何处的荒郊

苏小小倾心于阮郁,二人于西陵松柏下喜结同心,恩爱异常。但阮郁之父阮道贵为宰相,岂肯让儿子娶一歌伎,于是将阮郁逼回金陵。苏小小整日企盼,却不见情人回来,数年之后,郁郁而终。诗中少妇也设想了这种场景:我或许就是苏小小,在思念中郁郁而死,若干年后,在落花铺满西陵路的时节,你蓦然想到往事,匆匆赶回,却再也找不到我,只得踽踽于西陵路上,追忆着往昔,寻找着我的孤坟。那是怎样凄楚的场景。

这首诗如果解读到这里,讲的不过是怨女思夫,虽然思致曲折哀婉、绵绵无尽,但终究流于低俗,"以艰深文浅陋"的帽子,不免要盖在他头上。但如果我们结合时代背景,却可以隐约读出诗人的深意。

诗歌第一节中,少妇陷于相思,于是"半疲倦不愿振醒"。如果对这种情绪进行拓展,便是来自对命运无助的个体体验。而诗人的情绪与此相仿,正值血气方刚,胸有才学,想要改变一点什么,建树一些什么,但世道凌乱,

---

① 刘扬忠:《李煜〈清平乐·别来春半〉赏析》,见《唐宋词鉴赏辞典》,上海辞书出版社1988年版,第136页。

战争频发，一切都不是他这个书生所能做主。不仅如此，甚至他连自己的命运俯仰由人，被时代所推送，这让他倍感渺小，无可奈何。于是，整个时代的忧郁气氛，就渗透在这些诗行之中。

他想要振醒，但事业到头来是虚幻，归隐也不过是一种逃避，而趁年少博个青楼薄幸之名，却又不屑为之。对人生有了本质的理性认识之后，洁身自好之心，就宛如离离青草，不介意野火的焚烧，纵然一生籍籍无名，却也白玉无瑕，无愧此生。于是伤春之诗，便是对人生的思索，诗的意境也得以提升。

只是，这首诗和清朝诗风相似，喜爱典故堆砌，似乎无一字无来处，值得反复品味，但到底缺失了明朗的气息。而读者堕入迟缓的节奏中，处处障碍，时时疑惑，极易失去耐心。这与胡适等人的诗学主张，可谓是背道而驰，所以被诗坛长期遗忘，也并不让人意外。

## 锦瑟①

何必夜雨在江头吹竹或弹丝
十年尘土仍闻得锦瑟的伤悲
堂中明月不复有惊鸿来照影②
院角垂杨又撒开憔悴的金枝
宝靥新妆自怜的风度还如昔③
危冠长剑惊世的心情已过时④
惟应一梦幻化为失途的蛱蝶⑤
不为人见飞上她越罗的轻衣⑥

懒向北里沉浸入沸天的管弦⑦
一解则必好此心如何能释然

---

① 锦瑟，见《周礼·乐器图》："雅瑟二十三弦，颂瑟二十五弦，饰以宝玉者曰宝瑟，绘文如锦者曰锦瑟。"
② 惊鸿：曹植在《洛神赋》中用"翩若惊鸿，婉若游龙"来描绘洛神美态。后来人们就用"惊鸿"形容女性轻盈如雁之身姿。比如陆游《沈园》："城上斜阳画角哀，沈园非复旧池台。伤心桥下春波绿，曾是惊鸿照影来。"
③ 宝靥：宝靥，花钿。唐时妇女多贴花钿于面，谓之靥饰。风度：此处特指美好的举止仪态。
④ 危冠长剑，见《说苑·善说》中记载："昔者荆为长剑危冠，令尹子西出焉。"屈原《楚辞·离骚》中也有"带长铗之陆离兮，冠切云之崔巍"的诗句。
⑤ 蛱蝶：用庄周梦蝶典。
⑥ 越罗：越地所产的丝织品，以轻柔精致著称。唐刘禹锡《酬乐天衫酒见寄》诗："酒法众传吴米好，舞衣偏尚越罗轻。"
⑦ 北里：唐朝长安平康里位于城北，称"北里"，为妓院所在地。后因用以泛称娼妓聚居之地。如元辛文房《唐才子传·张祜》："同时崔涯亦工诗，与祜齐名，颇自行放乐，或乘兴北里。"

　　　　白帢羊车不曾因曲误而回头①
　　　　红裙翻洒肯追随豪华的少年
　　　　偶值残春斜风在四通大道口
　　　　偏忆伊人歌喉似三峡落激泉
　　　　广陵与家国之思山阳叹知友②
　　　　并上心头来作成意外的悲酸

**【精读】**

　　《锦瑟》一诗，主题与李商隐《锦瑟》相似。听到锦瑟入耳，触动心事，于是"一弦一柱思华年"。而对华年的追思，也是源于旧日的一份情思。于是"此情可待成追忆，只是当时已惘然"。

　　　　何必夜雨在江头吹竹或弹丝
　　　　十年尘土仍闻得锦瑟的伤悲
　　　　堂中明月不复有惊鸿来照影
　　　　院角垂杨又撒开憔悴的金枝

　　"何必夜雨"一句，颇耐人寻味。残春之夜，寒雨潇潇，本就有些凄凉，而江上偏又响起琴声笛声，其音清越，其思缠绵，直透男子心扉，一时惆怅难言，于是喃喃道一句："如此雨夜，何必吹竹弹丝呢！"但往事穿透十年尘土，一齐扑到眼前来。那时正值青春年华，曾与佳人相会，情意笃深。可男子胸怀大志，要外出闯荡，不肯停留，于是不幸分离。临别前佳人一曲锦瑟，如怨如诉，凄凄切切，至今仍能听见，依旧能催人泪下。

　　这十年是何等的孤独啊。"堂中明月"，乃是屋中明镜，自从与佳人分别

---

① 白帢：古代未仕者戴的白帽。羊车，用阮籍典，据称，阮籍时率意独驾，不由径路，车迹所穷，辄恸哭而反。曲误而回头：用周瑜典，陈寿《三国志·周瑜鲁肃吕蒙传第九》："瑜少精意于音乐，虽三爵之后，其有阙误，瑜必知之，知之必顾，故时人谣曰：'曲有误，周郎顾。'"

② 广陵，典出《晋书·嵇康传》："康将刑东市，太学生三千人请以为师，弗许。康顾视日影，索琴弹之，曰：'昔袁孝尼尝从吾学《广陵散》，吾每靳固之，《广陵散》于今绝矣！'"山阳叹知友，典出《晋书·向秀传》，嵇康遇害后，向秀经山阳旧庐，闻邻人笛声，追思友人嵇康，感作《思旧赋》。山阳：嵇康居山阳二十年。

后，便再也无缘临照那般的窈窕身影。而院脚的垂杨，应是当年佳人亲栽，又一次抽出新枝，却因为物是人非，不由让男子睹物思人，连杨柳枝也显得"憔悴"了。于是他开始幻想女子此刻的模样。

> 宝靥新妆自怜的风度还如昔
> 危冠长剑惊世的心情已过时
> 惟应一梦幻化为失途的蛱蝶
> 不为人见飞上她越罗的轻衣

他心里的女子，还是以往那般美丽，正对镜梳妆，精心地贴上宝靥，明艳如花，风姿绰约，令他心仪情牵。而自己呢，当年戴危冠，携长剑，颇有些惊世之心，要做一番轰轰烈烈的事业。如今事业无成，岁月蹉跎，心性消磨，早已不再那般意气风发，内心到底空虚，所以当年情爱越发显得甜美了。但时光倒流已不可能，此刻天各一方，相见也不可能。能做的，也只是美梦一场，化作一只迷路的蝴蝶，拍着薄翅，轻轻地，趁着无人看见，落在她轻盈的罗衣之上。那里，正是个温柔安魂的所在。

> 懒向北里沉浸入沸天的管弦
> 一解则必好此心如何能释然
> 白帢羊车不曾因曲误而回头
> 红裙翻洒肯追随豪华的少年

"北里"乃是长安平康里，多有青楼。因此一个"懒"字，乃是元稹的"取次花丛懒回顾"。这男子倒也洁身自好，不曾自行逸乐，放浪于"沸天管弦"。原因和元稹一样，"半缘修道半缘君"，一旦失陷于花丛，纵然轻解罗裳，神魂颠倒，但也立即会心生愧疚，再难释然。

"白帢"一句，连用数典。先是阮籍乘车，率意东西，直至途穷，才恸哭而返。而"曲误回头"，则是有女子迷恋周郎风流，故意弹错几个音符，吸引周郎回头注目。而这男子只顾伤心，纵然有女子垂青于他，他也不肯回顾。

> 偶值残春斜风在四通大道口
> 偏忆伊人歌喉似三峡落激泉

> 广陵与家国之思山阳叹知友
> 并上心头来作成意外的悲酸

他心中牵挂旧情，走在四通大道口，四边皆路，让他一时茫然，不知去往何处。正值残春，斜风扑面。他想到那佳人的歌喉，那般高亢清越，宛如三峡激湍，绕耳不绝。那么，不如归去？可惜时过境迁，人生岂有回头路？

"广陵与家国之思山阳叹知友"一句，隐约地透露出诗人的忧伤。广陵，自然是嵇康之典。想当年，嵇康临刑时，顾视日影，索琴而弹《广陵散》，弹毕，长叹一声："昔袁孝尼尝从吾学《广陵散》，吾每靳固之，《广陵散》于今绝矣！"而《广陵散》，即《聂政刺韩王曲》，全曲"纷披灿烂，戈矛纵横"，贯注一种慷慨不屈的浩然之气。嵇康爱好此曲，自然是看中了其中的反抗意志。而吴兴华生逢乱世，也应该会心有戚戚。据吴兴华好友张芝联回忆：

> 1941年12月8日，珍珠港事变震撼了这座象牙之塔，燕园被日军占领，进步师生被捕。……兴华蛰居东裱褙胡同浙江会馆……这三年，北平的生活条件日益恶劣，物资匮乏，物价高涨。兴华一无工作，二无积蓄，家里弟妹众多，小的小，病的病，靠兴华一点微薄的稿费收入，连糊口也不够。越是在艰难的环境里，越显出兴华的志气与人格。他决不为敌伪做事，也从不无病呻吟。

而此诗应当写于这一时期，吴兴华生活艰难，又有气节，写诗自然有所寄托，苦于言论不自由，只能借用典故及男女情爱来隐约透露心事，所以诗中会突兀地出现"家国之思"四字。于是，我们也不难理解，这句诗中，吴兴华为什么还用了向秀的典故。

嵇康遇害后，好友向秀应晋文帝之征，即将西去洛阳，途径嵇康旧居，"于时日薄虞渊，寒冰凄然。邻人有吹笛者，发音寥亮。追思曩昔游宴之好，感音而叹"，于是写下《思旧赋》，意境凄凉，却又极为简短。鲁迅曾经说过："青年时期读向子期《思旧赋》，很怪他为什么只有寥寥的几行，刚开头却又煞了尾，然而，现在我懂了。"有人也曾评说："向秀作思旧赋，家国万端，生机变乱，不可胜说。然而郁结者，欲说还休，休又难止。"鲁迅的"我懂了"和吴兴华的言辞隐晦，都是因为时局的缘故，"欲说还休，休又难止"，于是千头万绪，并上心头，化作了意外的悲酸。这悲酸，就不仅是情感的遗憾了。

诗论者都认为，吴兴华的拟古诗，限于个人经历过于狭窄，不过是书斋中一学者，埋头诗词，过于痴迷于古典，偏又有个过目不忘的本事，于是写起诗来，主题也大都十分陈旧，不是怨女伤春，便是痴男忆旧，或是游子怀乡，而所选用的意象与典故，又是耳熟能详的，所以并无深意。而从此诗来看，吴兴华的诗并不那么简单，值得更深入地解读，从中触摸到诗人的良苦用心。

## 西山

凝碧的西山忽若堕落到眼前①
雾鬟风鬟娇怯的从云中显露②
夕阳脚趾点红了较高的数峰
暮色更深处水鸟相呼着来去③
多年自锢于不知安息的城市
忽然酸辛为念及山中的花木
叩门十室有九家荒凉无居人
井田半生藜葵野草覆着行路
暮去朝来惟无心卷舒的白云
不时出没以暗谷为家的狐兔
佳人的茅屋想已牵遍了女萝④
残菊如稀星自伤遭遇的幽独
月上时松风萧洒仍振动枝条
不闻旧日的樵歌难听见野哭⑤
此际引领满抱着爽色和秀色⑥

---

① 凝碧：深绿。柳宗元《界围岩水帘》诗："韵磬叩凝碧，锵锵彻岩幽。"
② 雾鬟风鬟：鬟，脸旁靠近耳朵的头发；鬟，环形发髻。形容女子头发的美。范成大《新作景亭程咏之提刑赋诗次其韵》："花边雾鬟风鬟满，酒畔云衣月扇香。"
③ 见陶渊明《饮酒》："山气日夕佳，飞鸟相与还。此中有真意，欲辩已忘言。"
④ 女萝，见杜甫《佳人》："在山泉水清，出山泉水浊。侍婢卖珠回，牵萝补茅屋。"
⑤ 野哭：野外的哭声，一般指战死于野外的冤魂的哭声。如杜甫《阁夜》："夜哭千家闻战伐，夷歌几处起渔樵。"
⑥ 爽色：明亮的颜色。

>     别有所感触凄然长久为延伫①
>     同行的儿童不见我眶下泪痕
>     犹道天光已向晚频频来催促

**【精读】**

这是一首写景伤情之诗。前四句诗写出了西山的美景和清幽的氛围：

>     凝碧的西山忽若堕落到眼前
>     雾鬟风鬟娇怯的从云中显露
>     夕阳脚趾点红了较高的数峰
>     暮色更深处水鸟相呼着来去

诗人秋游于山中，起初云雾弥漫。夕阳时分，云雾散去，翠绿的西山忽然出现在眼前。"忽若"二字，写得富有动感，也透露出诗人的惊喜之情。西山是如此之美，雾鬟风鬟，加上云遮雾罩，分明是有些娇怯，更显得动人了。此刻夕阳西下，将山峰都染红了。这本是平常之景，但诗人却说，这山峰是"夕阳的脚趾点红"的，这样的写法，使暮景变得生动而富有情趣了。

前面三句以动写静，但毕竟是静物，最末一句则添上了飞鸟。暮色更深处，显然是山谷，飞鸟相互招呼，来去自如，让人想到陶渊明的《饮酒诗》："山气日夕佳，飞鸟相与还。"一派空灵冲淡的意境，真是"此中有真意，欲辨已忘言"。这四行诗，不仅动静结合，还充满了各种色彩——山的凝碧、雾的白、夕阳的红，加上暮色——构成一幅动人的画面。诗人也陶醉于这山景之中了。奇怪的是，这种陶醉却让诗人感到悔恨。

>     多年自锢于不知安息的城市
>     忽然酸辛为念及山中的花木
>     叩门十室有九家荒凉无居人
>     井田半生藜藿野草覆着行路

---

① 延伫：久立，久留。《楚辞·离骚》："悔相道之不察兮，延伫乎吾将反。"王逸注："延，长也；伫，立貌。"

要读懂这几句，必须了解时代背景。当时正值抗战，北平陷落，吴兴华身在敌占区，生活艰辛。虽然还可以教书写诗，但倍感压抑。平常倒不觉得，一旦来到山林之中，除了看到青山的美景，飞鸟的自由，还看到了荒凉的景象——毕竟是战乱年代，黎民不得安生，为逃避战火，纷纷背井离乡，悲惨迁徙，就让这里十室九空，井田生满藜葵，道路上杂草丛生——诗人顿时觉得酸辛，为之前的日子觉得懊悔。可他只是一介书生，要在敌占区保存性命，只能处处小心，不得自由，哪里还谈得上什么报国壮举。

　　暮去朝来惟无心卷舒的白云
　　不时出没以暗谷为家的狐兔
　　佳人的茅屋想已牵遍了女萝
　　残菊如稀星自伤遭遇的幽独

诗人毕竟只是诗人，他并未由此景而心如刀割，壮怀激烈，却只是一味感伤惆怅。没有人光顾这样的荒村，只有白云暮去朝来，卷舒自如，却并不牵挂人世的悲惨。还有些狐兔在此地出没，这些意象更添了几分荒芜的气息。诗人由此展开联想，"佳人的茅屋想已牵遍了女萝"。这句诗出自杜甫《佳人》："在山泉水清，出山泉水浊。侍婢卖珠回，牵萝补茅屋。"杜诗中的佳人生活贫困，住处破陋。女婢典当首饰，以藤萝来苦屋顶，补漏处，极其艰难。纵然如此，佳人却依然洁身自好。这或许就是诗人的心声：身当乱世，不能在沙场征战，那就独善其身，坚贞不移。可纵然有这种情怀，他的情绪并未高涨，于是又写道："残菊如稀星自伤遭遇的幽独。"秋日将近，菊花已残，在夕阳下独自感伤。这种感伤，岂止是"佳人"的自伤遭遇？应该还有"家国之思"吧。

　　月上时松风萧洒仍振动枝条
　　不闻旧日的樵歌难听见野哭
　　此际引领满抱着爽色和秀色
　　别有所感触凄然长久为延伫
　　同行的儿童不见我眶下泪痕
　　犹道天光已向晚频频来催促

诗人想到了山中的夜景，等时间缓缓过去，一会儿明月将逐渐上升。那时月光下松风萧萧，还是一片静谧。听不见昔日和平年间的樵歌，也听不见战乱之中的野哭，剩下的只有荒凉。而这时的北平也是如此，在日军占领下，处处粉饰太平，但实际上却笼罩在深深的压抑之下。所以诗人站在秋风和秀色中，心里却别有感触，思绪万千，但又不知如何言说，于是停足不前。

　　但他们是来秋游的，身旁还有几个儿童。儿童们一派天真，哪里懂得感伤人世的遭遇，只是害怕天色已晚，夜路不好走，于是频频来催促。而这种催促，更反衬出诗人的幽独之苦。

　　这首诗貌似没有触及现实，却也透露出当时的局势。"五四"以来，中国现代文学始终和政治紧密地连在一起，沦陷区的文学创作者们既秉承着传统的道德规范，又需要寻求生存空间，就不能不与政治有所疏离，只能选择"超脱"姿态，在爱情、婚姻等日常生活、家庭琐事等这些今天看来是所谓"永恒"的题材和主题上进行开掘，如此一来，恰好填补了"五四"新文学的一些空白。这首诗用写景来隐约地透露一些情绪，也是无奈之举。但这种含蓄典雅的诗体，却比直白的控诉更有力量。

# 第三章

## 新歌行体

### 大梁辞①

从黑暗直穿入光亮,从喧闹内心
迸出那歌者如利剑脱鞘的声音:
四座的佳宾且暂莫如秋鸿飞散,
痛饮尽欢后把自己交付给忧患。
且听我歌唱古魏国雄丽的王都,
且看凌云的宫观与槐柳的街衢,
历历的一砖一瓦从旋律里涌出……

大梁!这两字使我们联想起什么?
唐代有达夫的歌行②,明朝有仲默③,

---

① 大梁:战国魏国都城,今河南开封。公元前364年,魏惠王由安邑迁都至大梁,魏国亦称梁国。
② 达夫,即唐代诗人高适(700—765年),字达夫、仲武,沧州(今河北省景县)人。为唐代著名的边塞诗人,与岑参并称"高岑"。其诗笔力雄健,气势奔放,洋溢着盛唐时期所特有的奋发进取、蓬勃向上的时代精神。他曾写《古大梁行》。
③ 仲默,即明代诗人何景明(1483—1521年),字仲默,号白坡,又号大复山人,信阳(今属河南省)人。曾倡导明代文学改革运动,名列明代"文坛四杰",也是明代"前七子"之一。著有《大复集》三十八卷,当中有《大梁行》一首。

暮雨和杨花空增人吊古的悲情，
数千里迢迢来访的谁不念信陵①？
当年上党②方交兵时，赵王真失策，
四十万锐卒尽举付大言的赵括。
长平在冤血青碧处今尤无寸芽，
邯郸的命运似一发悬系在高崖。
请救的文书如雪片，团城中士女
以草根自饫③；邺④下的将帅与军旅
惟高坐饮酒，不知道虎狼的强秦
既弃绝道义，乃六国的共同敌人。
御侮不遑⑤而为己的私心先伸长。
彼此相妒忌排挤，学小人的伎俩；
于是像海涛腾涌至高点，在此时
从贫贱凡庸中显出向不为人知

---

① 信陵，即魏国信陵君，名魏无忌，战国四君子之首。魏国自惠王魏䓨时的马陵惨败后，国势衰落，江河日下。魏无忌处于魏国走向衰落之时，效仿孟尝君、平原君的辅政方法，延揽食客，养士数千人，自成势力。他礼贤下士、急人之困，曾窃符救赵，击败秦军，成就功名。但屡遭魏安厘王猜忌，未能予以重任。公元前 243 年，信陵君因伤于酒色而死，十八年后魏国为秦所灭。
② 上党：古郡名，今山西东南部，主要为长治、晋城两市。《释名》曰："党，所也，在山上其所最高，故曰上党也。"上党是由群山包围起来的一块高地。其东部、东南部是太行山脉，西南部为王屋、中条二山，西面是太岳山脉，北面为五云山、八赋岭等山地。上党地区地高势险，号称天下之脊，形势十分险要，所以自古为兵家必争之地。公元前 260 年，秦将白起在上党郡之长平大破赵括所率领的赵军，坑杀降卒总计四十万，史称长平之战。第二年，白起率军长驱直入，围困赵都邯郸一年有余，幸亏楚、魏诸侯来救，乃得解邯郸之围。赵国至此衰败。
③ 饫（yù）：饱，足。《后汉书·刘盆子传》："十余万人尽得饱饫。"
④ 邺：古地名，在今中国河北省临漳县西。战国时属于魏国，临近赵国邯郸。《史记》中记载："秦昭王已破赵长平军，又进兵围邯郸。公子姊为赵惠文王弟平原君夫人，数遗魏王及公子书，请救于魏。魏王使将军晋鄙将十万众救赵。秦王使使者告魏王曰：'吾攻赵旦暮且下，而诸侯敢救者，已拔赵，必移兵先击之。'魏王恐，使人止晋鄙，留军壁邺，名为救赵，实持两端以观望。"所以诗中有"将帅与军旅惟高坐饮酒"之句。
⑤ 遑：闲暇，空闲。

豪杰的人物一老者①的两鬓如霜雪，
市上的屠沽②，深宫中宠幸的姬妾③
力量交集在一点上助公子成功，
半夜间兵符盗到手，有力士随行。
懦怯如晋鄙的将领世上不少有，
恨不能一一使朱亥试他的身手。
秦兵数十万临阵时面色如死灰，
不经一击就解去了邯郸的重围。
战国干戈扰攘间惟此战最快意，
其事既新奇，其人则旷世不可遇。
北乡自刭④的意气尚未足算难能，
可贵在出生入死求仁义的完成。
我的歌达到此处时如高风振荡，
众心皆因之充满了热情与希望，
在划然⑤停止前无人觉到已夜深，
窗外如泪珠闪着烁落落的星辰。

可有识曲者能明白其中的托讽⑥？
身命当大节关系处原无足轻重，
一掬尘土在地腹中永恒的埋葬，

---

① 老者，即侯嬴，年七十，家贫，为大梁夷门监者，有贤名，信陵君慕名往访，亲自执辔御车，迎为上客。公元前257年，秦急攻赵，围邯郸，赵请救于魏。魏王命将军晋鄙领兵十万救赵，中途停兵不进。他献计信陵君窃得兵符，夺权代将，救赵却秦。因自感对魏君不忠，自刭而死。
② 屠沽，即朱亥，本是街上屠夫，孔武有力。信陵君窃得兵符，前往邺城，要晋鄙交出兵权。晋鄙心生疑惑，"朱亥袖四十斤铁椎，椎杀晋鄙。公子遂将晋鄙军"。
③ 姬妾，即如姬，魏安厘王宠妾，助信陵君窃得虎符。
④ 北乡自刭：信陵君窃兵符后，临行前，侯嬴曰："臣宜从，老不能，请数公子行日，以至晋鄙军之日北乡自刭，以送公子！"后果如此。
⑤ 划然：突然。唐韩愈《听颖师弹琴》诗："划然变轩昂，勇士赴敌场。"
⑥ 托讽：谓托物以寄讽谕之意。

茁发为奇蕊，千载下犹传有余香。
为我略去那悲惨的尾声①，如何在
一夜风雨后空林中繁响着虚籁，
朝阳下窥着磬寂的巷曲，朱门外
众宾客唏嘘着散去前依依的相对。
门内丝竹声不间断，声声如哀哭
英雄壮志在哀乐里寻得了出途——
高擎起金色，伊人有双腕如脂玉，
满缸美酒的浮沫似春江的新绿。
每一日一时敌国的旗帜移近来，
而一种无法解释的疲倦的胸怀
紧握着众人，使劲弩穿不透缔葛②，
剑失去锋刃，坚城在摧攻下坠落③，
连三月汤汤④的河水在墙下号呼，
松柏如举袂荫覆着公子的骸骨，
逐渐的一只手抹尽六国的京邑，
丞相斯昧死刻石⑤愿秦子孙万世……

如此历史的转捩处不出这两字，

---

① 悲惨的尾声：指信陵君屡立大功，秦王患之，令人毁谤信陵君。魏王误以为真，罢免信陵君兵权。信陵君谢病不朝，与宾客为长夜饮，饮醇酒，多近妇女，日夜为饮者四岁，竟病酒而卒。
② 缔（chī）：一种用葛纤维织成的细布。
③ 坠落：疑为"陷落"。
④ 汤汤（shāng shāng）：水大的样子。见《诗经·氓》："淇水汤汤，渐车帷裳。"
⑤ 丞相斯昧死刻石：见《史记·秦始皇本纪》"丞相绾、御史大夫劫、廷尉斯等皆曰：'臣等昧死上尊号，王为泰皇。'……王曰：'去"泰"，著"皇"，采上古"帝"位号，号曰"皇帝"。他如议。'制曰：'可。'追尊庄襄王为太上皇。制曰：'朕闻太古有号毋谥，中古有号，死而以行为谥。如此，则子议父，臣议君也，甚无谓，朕弗取焉。自今已来，除谥法。朕为始皇帝。后世以计数，二世三世至于万世，传之无穷。'"昧死：冒死，不避死罪。

宜战宜和间有多少志士曾雪涕①?
秦与魏势悬绝②至此，战尚可求活，
盲目举全土付人的对之将如何?
岂必要妇女与屠沽知眷恋家国？
众客中蓄志相类的定也有许多，
请拊膺③慷慨为我作同声的讴歌！

## 【精读】

对于《大梁辞》，学者评价普遍不高，比如张松建认为，"（吴兴华）游走于古典世界的光影声籁中，在雍容挥洒的自信外，有时不免丧失新体验，缺乏现代生活感受，这在一些长诗上尤为严重，譬如《大梁辞》等篇什中，现代性痕迹在广袤的历史旷野中消弭于无形，主体性淹没在华美脆弱的生活细节和历史碎片的描画之中"④。就是在当时，也有评论家认为，吴兴华的诗"既没有点起地下火的那种愤慨，也没有被损害而呻吟的那种抑郁和忧愁，他唯一的企图似乎在完成玉杯的雕琢，追求艺术上的完美与不朽"⑤。

对于这些评论，笔者细读《大梁辞》后，并不能完全认同。在我看来，此诗气势磅礴，乃是以古讽今，笔下写的是信陵君窃符救赵，心里想的却是当今"历史转捩处"，谁能领袖群雄，立志一战，有着强烈的寄托。

从黑暗直穿入光亮，从喧闹内心
迸出那歌者如利剑脱鞘的声音：

全诗一开头，便是慷慨激昂，犹如战歌。这首诗刊登于1946年7月，而

---

① 雪涕：擦拭眼泪。《北齐书·神武帝纪上》："神武亲送之郊，雪涕执别，人皆号恸。"
② 悬绝：高危重病脉象，指某脏之脉与其他脏之脉明显差异。如《素问·阴阳别论》："凡持真脏脉者，肝至悬绝急十八日死。"指肝的真脏脉独见，而异于他脏之脉。
③ 拊膺：捶胸，表示哀痛或悲愤。晋陆机《门有车马客行》："拊膺携客泣，揽泪叙温凉。"
④ 张松建：《现代诗的再出发：中国四十年代现代主义诗潮新探》，北京大学出版社2009年版，第311页。
⑤ 简方：《雕琢玉杯的诗人》，载《新路》，1946年11月刊。

1946年6月底,全国内战爆发。我们可以估算,此诗应当写于内战之前。当然,我们将这次战争理解为抗日战争,就更容易理解其中的含义。

诗中所写,原本是一场筵席,佳宾痛饮尽欢,处处歌舞升平,不顾时局变幻,但忽有一位歌者"从黑暗直穿入光亮"(即从外面的黑夜闯入喧闹的宴会),并且引吭高歌,其歌喉"如利剑脱鞘",盖过了众声喧哗:

> 四座的佳宾且暂莫如秋鸿飞散,
> 痛饮尽欢后把自己交付给忧患。
> 且听我歌唱古魏国雄丽的王都,
> 且看凌云的宫观与槐柳的街衢,
> 历历的一砖一瓦从旋律里涌出……

这一段用词典雅精炼,掷地有声。歌者显然是个鼓动者,奉劝佳宾们暂莫离散,要"把自己交付给忧患"。这忧患,就是对时局之忧。他显然是懂得激励的技巧的,不是直抒胸臆,而是借助了故事。古魏国雄丽的王都,也就是大梁城。魏国在文武二侯手中,陆续任用乐羊、吴起、西门豹、李悝等人,夺秦国河西,灭中山国,俘虏齐康公,击败楚国,国势达到鼎盛。而大梁城也盛极一时。吴兴华则只选了两个场景:凌云的宫观、槐柳的街衢。我们有必要补充进高适在《大梁行》中的描写:"忆昨雄都旧朝市,轩车照耀歌钟起,军容带甲三十万,国步连营一千里。"而大梁城中,最让后人纪念的,乃是信陵君这位极富传奇色彩的魏国公子。

> 当年上党方交兵时,赵王真失策,
> 四十万锐卒尽举付大言的赵括。
> 长平在冤血青碧处今尤无寸芽,
> 邯郸的命运似一发悬系在高崖。
> 请救的文书如雪片,团城中士女
> 以草根自饫;邺下的将帅与军旅
> 惟高坐饮酒,不知道虎狼的强秦
> 既弃绝道义,乃六国的共同敌人。
> 御侮不遑而为己的私心先伸长。

>彼此相妒忌排挤,学小人的伎俩;
>……

关于这一段,《史记》中记载:"魏安釐王二十年,秦昭王已破赵长平军,又进兵围邯郸。公子姊为赵惠文王弟平原君夫人,数遗魏王及公子书,请救于魏。魏王使将军晋鄙将十万众救赵。秦王使使者告魏王曰:'吾攻赵旦暮且下,而诸侯敢救者,已拔赵,必移兵先击之。'魏王恐,使人止晋鄙,留军壁邺,名为救赵,实持两端以观望。"吴兴华诗重在批判魏王的自私与怯懦,见友国临难,又怕惹火烧身,于是按兵不动,真是目光短浅,不知道强秦残暴,弃绝道义,乃是六国公敌,应当共同抵御,否则唇亡则齿寒。诗人写这一段,结合时局和地理位置,强秦为谁,似乎不难猜想。

>于是像海涛腾涌至高点,在此时
>从贫贱凡庸中显出向不为人知
>豪杰的人物——老者的两鬓如霜雪,
>市上的屠沽,深宫中宠幸的姬妾
>力量交集在一点上助公子成功,
>半夜间兵符盗到手,有力士随行。
>懦怯如晋鄙的将领世上不少有,
>恨不能一一使朱亥试他的身手。
>秦兵数十万临阵时面色如死灰,
>不经一击就解去了邯郸的重围。
>战国干戈扰攘间惟此战最快意,
>其事既新奇,其人则旷世不可遇。
>北乡自刭的意气尚未足算难能,
>可贵在出生入死求仁义的完成。

时局如此紧张,宛如"一发悬系在高崖",于是时势造英雄,烈火见真金,信陵君被推到了风口浪尖。关于他窃符救赵,《史记》中洋洋洒洒,写得详细生动,而吴兴华则略人所详,寥寥数笔而已。侯嬴如何献计,如姬如何愿意窃符,朱亥怎样锥杀晋鄙,因为耳熟能详,他都忽略不写,而将重点落在晋鄙的怯懦、秦兵的胆寒上，从反面看出信陵君的胆略，以及侯嬴等人的义气，令人心潮澎湃，拍案叫绝。其中"懦怯如晋鄙的将领世上不少有，恨不能一一使朱亥试他的身手"两句，诗人似乎别有所指；而"其事既新鲜，其人则旷世不可遇"，就有"但使龙城飞将在，不教胡马度阴山"的期待与失落。歌者的唱词激扬壮阔，唱到快意处，"如高风振荡"，让众人"皆因之充满了热情与希望"，浑然忘却此刻已夜深。等歌声戛然停止，众人才渐渐清醒，发现"窗外如泪珠闪着烁落落的星辰"。

诗歌至此到达高潮，却因为"泪珠"二字，又透露出悲戚与苍凉。因为历史毕竟是历史，听起来激动人心，但于此刻又有何裨益？歌者看着众人的神态，虽然也振奋，但他还有疑惑，于是问了一句：

> 可有识曲者能明白其中的托讽？

这句诗其实不仅是歌者质问听众，也是吴兴华在质问读者。所以那些认为吴兴华只知埋头书斋，不管窗外风雨的评论，大概都没能读到此句吧。

> 身命当大节关系处原无足轻重，
> 一掬尘土在地腹中永恒的埋葬，
> 茁发为奇蕊，千载下犹传有余香。

这三句，既是赞美信陵君与侯嬴等人轻生重义，流芳百世，也是诗人的慷慨陈词，直抒胸臆，极易理解，而用词精炼，节奏明快，读上去铿锵有力，激奋人心。同时，这三句诗也是全诗的一个转折，前面诗人写完"战"的好处，下面则写"不战"的坏处。

诗歌的第三节是信陵君的结局。信陵君窃符救赵后，留赵十年不归，秦国趁机出兵伐魏，他驾归救魏，领上将军衔，再败秦军，威震天下。秦王患之，使了离间计，魏王生疑，夺回兵权。信陵君"自知再以毁废，乃谢病不朝，与宾客为长夜饮，饮醇酒，多近妇女，日夜为饮者四岁，竟病酒而卒"。在吴兴华看来，这是"悲惨的尾声"。

> 一夜风雨后空林中繁响着虚籁，
> 朝阳下窥着磬寂的巷曲，朱门外

>     众宾客唏嘘着散去前依依的相对。
>     门内丝竹声不间断，声声如哀哭
>     英雄壮志在哀乐里寻得了出途——
>     高擎起金色，伊人有双腕如脂玉，
>     满缸美酒的浮沫似春江的新绿。

信陵君与宾客终日饮酒，通宵达旦，丝竹不绝，似乎快乐至极。但在诗人笔下，却是无比的寂寥。宾客唏嘘地散去，丝竹如哀哭，加上一夜的风雨，磐石般死寂的巷曲，一派荒凉萧条。英雄壮志无处施展，唯有在酒色中寻找点寄托，借以消磨时日。他似乎也自得其乐，酒杯是金色宝器，侍女是"双腕如脂玉"，美酒如"春江的新绿"。他像韩熙载一样，借酒色以表示自己已无大志，不须国君防范。时间一久，酒色伤身，居然一病而死。他一死，秦王大喜，立派蒙骜攻魏，拔二十城。此后逐渐蚕食，十八年后，秦国灭魏，大梁遭到屠杀。但诗中没有正面写攻城场景，而是抓住了魏国人的心理：

>     每一日一时敌国的旗帜移近来，
>     而一种无法解释的疲倦的胸怀
>     紧握着众人，使劲弩穿不透缔葛，
>     剑失去锋刃，坚城在摧攻下坠落，
>     连三月汤汤的河水在墙下号呼，
>     松柏如举袂荫覆着公子的骸骨，
>     逐渐的一只手抹尽六国的京邑，
>     丞相斯昧死刻石愿秦子孙万世……

试想，忠勇侠义如信陵君，尚且被遗弃不用，那魏国人还有什么斗志可言，眼看着秦国逐渐逼近，理应尽忠报国，但他们心里却被"一种无法解释的疲倦的胸怀/紧握"，于是劲弩无力，刀剑不利。失去了人心，大梁城再坚固，也只能陷落。在这里，诗中还描写了河水的号呼，"松柏如举袂荫覆着公子的骸骨"，这分明是亡国子民心中的悲愤与怨恨，愤恨魏王的狭隘，怀念公子的侠义。但他们又无可奈何，只能眼睁睁看着秦国扫灭六国。

如此历史的转捩处不出这两字,
宜战宜和间有多少志士曾雪涕?
秦与魏势悬绝至此,战尚可求活,
盲目举全土付人的对之将如何?
岂必要如姬与屠沽知眷恋家国?
众客中蓄志相类的定也有许多,
请拊膺慷慨为我作同声的讴歌!

说完了历史故事,就进入了诗歌的第四节,继续关注时局。此时和信陵君时代一样,也是"历史的转捩处",是战,还是和,许多人在讨论、犹豫。但魏国的例子摆在那里,选择战,则有求活的机会。如果求和,那么"举全土付人",结局就将和魏国一样,遭遇残酷的屠城。难道只有如姬和朱亥那样的人才知道保家卫国吗?不,在座诸位中,有许多人胸怀大志,那么就请和我一起,作"同声的讴歌"!

全诗宛如一首古风,用词典雅,语气激昂,宛如一股浩浩长风,气势恢宏,有极大的感染力。

附:

### 古大梁行
#### 高适

古城莽苍饶荆榛,驱马荒城愁杀人,魏王宫观尽禾黍,信陵宾客随灰尘。
忆昨雄都旧朝市,轩车照耀歌钟起,军容带甲三十万,国步连营一千里。
全盛须臾哪可论,高台曲池无复存,遗墟但见狐狸迹,古地空余草木根。
暮天摇落伤怀抱,抚剑悲歌对秋草,侠客犹传朱亥名,行人尚识夷门道。
白璧黄金万户侯,宝刀骏马填山丘,年代凄凉不可问,往来唯见水东流。

## 大梁行

### 何景明

朝登古城口，夕藉古城草。日落独见长河流，尘起遥观大梁道。
大梁自古号名区，富贵繁华代不殊。高楼歌舞三千户，夹道烟花十二衢。
合沓轮驺交紫陌，鸣钟暮入王侯宅。红妆不让掌中人，珠履皆为门下客。
片言立赐万黄金，一笑还酬双白璧。带甲连营杀气寒，君王推毂将登坛。
弯弧自信成功易，拔剑那知报怨难。已见分符连楚越，更闻飞檄救邯郸。
一朝运去同衰贱，意气雄豪似惊电。杨花飞入侯嬴馆，草色凄迷魏王殿。
万骑千乘空云屯，绮构朱甍不复存。夜雨人归朱亥里，秋风客散信陵门。
川原百代重回首，宋寝隋宫亦何有。游鹿时衔内苑花，行人尚折繁台柳。
繁台下接古城西，春深桃李自成蹊。朝来忽见东风起，薄暮飞花满故堤。

## 书《樊川集·杜秋娘诗》后

茶炉扬袅着青烟月正在三五
清辉无际里恻然欲与谁共语
自昔文章出一头憎恶人命达①
开眼忽然见前朝飘零的美女
清滑如脂奔流着京江的绿水②
小杜顿挫的五言独照耀千古
唐室不鉴于前代封建的遗辙
藩镇③争强其势如豢养着熊虎
苍头特起思规画江淮以自固④
后庭啼哭的蛾眉尽系于练组
钓取宠爱从他人身世的不幸
得马时宁复念及失马的愁苦
春梦过眼后富贵无计可追寻
秋风摇落时团扇何人来惜取
未足言生存华屋零落至山丘
差可称尘土为根回归于尘土

---

① 此句见杜甫《天末怀李白》:"文章憎命达,魑魅喜人过。"
② 此句见杜牧《杜秋娘诗》:"京江水清滑,生女白如脂。"
③ 藩镇:唐代初年在重要各州设都督府,睿宗时设节度大使,玄宗时又在边境设置十节度使,通称"藩镇"。各藩镇掌管一个地区的军政,后权力逐渐扩大,兼管民政、财政,掌握全部军政大权,形成地方割据,常与朝廷对抗。
④ 苍头:指以青巾裹头的军队。语出《战国策·魏策一》:"今窃闻大王之卒,武力二十余万,苍头二千万。"

　　　　城头孤鹤休悲悼变更的廛市①
　　　　堂前燕子难寻觅王谢的栋宇②
　　　　此日临水垂泪对憔悴的玉颜
　　　　当年听歌有谁解伤心的金缕③
　　　　翩然一舸诗人方渡江至南都④
　　　　槁木死灰初遇到知心的侪侣
　　　　海内宴安无异于沸鼎和积薪
　　　　河北三镇⑤动辄为天下的创楚
　　　　少年梦醒不复见扬州的花月⑥
　　　　一朝绿叶成浓阴亭亭在正午⑦
　　　　府兵欲撤十六卫表里的制障⑧
　　　　绮思遥飞廿四桥迷离的烟雨⑨

① 用丁令威典。据《逍遥墟经》卷一记载，丁令威为西汉时期辽东人，曾学道于灵墟山，成仙后化为仙鹤，飞回故里，站在一华表上高声唱："有鸟有鸟丁令威，去家千岁今来归，城郭如故人民非，何不学仙冢累累。"以此来警喻世人。
② 此句化自刘禹锡《乌衣巷》："旧时王谢堂前燕，飞入寻常百姓家。"
③ 即《金缕曲》，今所传"劝君莫惜金缕衣，劝君须惜少年时"即杜秋所作。
④ 南都，即金陵。杜牧《杜秋娘诗》中有"我昔金陵过，闻之为獻欷"之句。
⑤ 河北三镇，又称河朔三镇，是范阳节度使、成德节度使、魏博节度使三个节度使的合称，是指唐朝安史之乱后藩镇割据时位于河朔地区的三个藩镇势力，即范阳（又称幽州或卢龙，今日河北省北部，北京、保定及长城附近一带）、成德（幽州以南和山西接壤的地区，今日河北省中部）、魏博（后改称天雄，渤海湾至黄河以北，今河北省南部、山东省北部）。
⑥ 此句见杜牧《遣怀》："落魄江湖载酒行，楚腰纤细掌中轻。十年一觉扬州梦，赢得青楼薄幸名。"
⑦ 此句见杜牧《叹花》："自是寻春去较迟，不须惆怅怨芳时。狂风落尽深红色，绿叶成荫子满枝。"关于此诗，有一个传说故事：杜牧游湖州，认识一民间女子，年十岁余。杜牧与其母相约过十年来娶，后十四年，杜牧始出为湖州刺史，女子已嫁人三年，生二子。杜牧感叹其事，故作此诗。
⑧ 十六卫是卫府制的高级阶段，是隋唐府兵制的结晶。中唐以后，均田制遭到破坏，府兵制土崩瓦解，十六卫丧失战斗力，仅作为仪饰之用。杜牧曾写《原十六卫》，希望恢复十六卫。
⑨ 见杜牧《寄扬州韩绰判官》："青山隐隐水迢迢，秋尽江南草木凋。二十四桥明月夜，玉人何处教吹箫。"

青楼大道人争传薄幸的姓名
九禁天门无由击进言的鼍鼓①
颠踬至穷途难怪感恩而不择
壮怀当暮齿化为儿女相尔汝②
两家党祸终归于史家的平章③
一卷新诗乍理起开元的旧曲
始知悲哀的极致岂涉及个身
宇宙默默运行中另有人作主
成功者自喜是谁于后推车毂
失败者自怨是谁从中作梗阻
苍天为何有荫覆万物的至恩
大地为何作负载众生的慈母
悟彻变化原来是一贯的至理④
方觉自我的得失微渺不足数
平生跌宕的豪气颇不让前贤
南登霸陵岸亦会涕泪如零雨⑤
国事仓皇有甚于兴元与贞元⑥
所至惟见醉人在春冰⑦上歌舞
曼声长咏杜秋娘清新的诗篇
胸中无限的忧愤似为我倾吐

---

① 九禁天门，即宫禁，为帝王居住之处。鼍鼓：用鼍皮蒙的鼓。
② 尔汝：彼此以尔和汝相称，表示亲昵。
③ 两家党祸，即牛僧孺和李德裕结党争斗，史称"牛李党争"。
④ 见杜牧《杜秋娘诗》："自顾皆一贯，变化安能推。"
⑤ 见王粲《七哀诗》："南登霸陵岸，回首望长安。悟彼下泉人，喟然伤心肝。"霸陵，汉孝文帝刘恒陵寝。
⑥ 兴元：唐德宗李适年号，784年正月至十二月，共计1年。贞元：也是唐德宗的年号，785年正月至805年八月，共计21年。
⑦ 春冰：春天的冰。因其薄而易裂，多喻指危险的境地或容易消失的事物。陆游《示二子》诗："岂不怀荣畏友朋，一生凛凛蹈春冰。"

> 匆匆不顾抱鼓过雷门的讥嘲①
> 今古悲歌如出自同一的腔谱

## 【精读】

《书〈樊川集·杜秋娘诗〉后》发表于1946年，风格谨严，内涵深沉，属于吴兴华的成熟之作，很值得仔细解读。先来看杜牧的《杜秋娘诗》。杜牧为该诗写了一段序："杜秋，金陵女也。年十五，为李锜妾。后锜叛灭，籍之入宫，有宠于景陵。穆宗即位，命秋为皇子傅姆。皇子壮，封漳王。郑注用事，诬丞相欲去己者，指王为根。王被罪废削，秋因赐归故乡。予过金陵，感其穷且老，为之赋诗。"从中我们大致可以知道杜秋娘的生平。

《杜秋娘诗》分为两部分，先写杜秋的身世的大起大落，俯仰由人，最后穷老无依。第二部分由杜秋的身世，辐射到历史中众多女子。这些女子虽然身世各各有别，共同的一点却是都身不由己，或升或降，或浮或沉，历尽磨难。而后笔锋一转，"女子固不定，士林亦难期"，由女子而联想到"士林"中的男子，他们不也是一样吗？他们在政治舞台上也是冒险犯难，穷通难卜，只能听天由命，谁能事先预知自己的未来呢？然后，作者于伤感和迷惑之中，像屈原与《天问》那样，连珠炮般地提出了一连串问题："地尽有何物？天外复何之？指何为而捉？足何为而驰？耳何为而听？目何为而窥？己身不自晓，此外何思惟？"此诗由杜秋一人而推及历史上的许多人，最后又归结到自己一身，一方面点明了作诗的目的，同时也深深地寄托着个人的身世命运之叹，情感深沉荡气，结构也十分圆满、严谨。

知道了这些，再来看吴兴华的诗《书〈樊川集·杜秋娘诗〉后》，大致可以分为四节：

> 茶炉扬袅着青烟月正在三五
> 清辉无际里恻然欲与谁共语
> 自昔文章出一头憎恶人命达

---

① 雷门：东汉班固《汉书·王尊传》："毋持布鼓过雷门。"颜师古注："雷门，会稽城门也，有大鼓，越击此鼓，声闻洛阳，故尊引之也。布鼓，谓以布为鼓，故无声。"王勃《上绛州上官司马书》："抱鼓援鼙，过雷门而自失。"

> 开眼忽然见前朝飘零的美女
> 清滑如脂奔流着京江的绿水
> 小杜顿挫的五言独照耀千古

　　这一节交待诗人写作的时机。月明三五，清辉万里，茶炉青烟袅袅，诗人孤身一人，独叹遭遇——文章出头，命运不济，但身边却无人共语，于是只得读诗以消遣，不料读到杜牧的《杜秋娘诗》，不禁感慨于这位美女之飘零身世。"清滑如脂奔流着京江的绿水"一句，化用杜诗原作"京江水清滑，生女白如脂"，用于描写杜秋娘的美态。

> 唐室不鉴于前代封建的遗辙
> 藩镇争强其势如豢养着熊虎
> 苍头特起思规画江淮以自固
> 后庭啼哭的蛾眉尽系于练组
> 钓取宠爱从他人身世的不幸
> 得马时宁复念及失马的愁苦
> 春梦过眼后富贵无计可追寻
> 秋风摇落时团扇何人来惜取
> 未足言生存华屋零落至山丘
> 差可称尘土为根回归于尘土
> 城头孤鹤休悲悼变更的廛市
> 堂前燕子难寻觅王谢的栋宇
> 此日临水垂泪对憔悴的玉颜
> 当年听歌有谁解伤心的金缕
> 翩然一舸诗人方渡江至南郡
> 槁木死灰初遇到知心的侪侣

　　以上是第二节，写杜秋娘的生平。前四句写唐德宗时对各地节度使姑息养奸。宪宗继位，年轻气盛，思谋削藩以巩固皇权。李锜拥兵自重，异军突起，一意策反，结果兵败身死，后庭家眷大抵"系于练组"。五六两句将杜秋娘入宫受宠、春风得意的经历一笔带过，从第七句起，诗人专注于写她削籍为民，年老色衰之后的场景。繁华如春梦过眼，来去无定，飘忽无踪。如今秋风既临，过时的团扇又有何人怜惜？自不免少小离家老大回，昔年华屋今成灰。"未足言生存华屋零落至山丘"，却又自嘲：今日遭遇，倒真可谓是来自尘土，复归尘土。以笑谑道凄凉，闻之更是令人心伤。

"城头孤鹤"一句，化用丁令威典。丁令威，道教崇奉的古代仙人，据《逍遥墟经》卷一记载，其为辽东人，曾学道于灵墟山，成仙后化为白鹤，飞回故里，站在华表上高声唱："有鸟有鸟丁令威，去家千岁今来归，城郭如故人民非，何不学仙冢累累。""堂前燕子"一句，则是化自刘禹锡《乌衣巷》中的名句："旧时王谢堂前燕，飞入寻常百姓家"。诗人先用这两个典故，来类比杜秋娘眼中人世之变迁，不啻于沧海桑田。"此日临水"两句，则直接写杜秋娘抚今追昔，看水中倒影，已经面容憔悴，不免想到当年所唱的《金缕衣》："劝君莫惜金缕衣，劝君须惜少年时。花开堪折直须折，莫待无花空折枝。"却不知当时有何人能理解其中的伤心，以及对年华易逝、青春难再的恐惧。如今繁花凋谢，空剩枝条，老身独自飘零，更不能指望还有谁会来珍惜。最后两句写杜牧渡江至金陵，此时他刚过而立，风华正茂，"翩然一舸"，道出其潇洒风姿。而此时杜秋娘已然是"槁木死灰"，却将杜牧视为"知心的俦侣"，一吐胸中块垒。可见人生于天地间，悲剧总是相似，所以才有共鸣。

这一节诗道尽杜秋娘身世凄凉，其妙处在于，它与杜牧原诗相互补充，道其不详，略其有余。对于李锜谋反一事，杜诗中只有一句"濞既白首叛"（刘濞为汉朝皇室，李锜也与皇室同姓，以汉代唐，是唐人诗歌惯用手法），而吴诗中则加了政治形势的分析。杜诗中自"吴江落日渡"句到"秋放故乡归"，洋洋洒洒共二百四十字，色彩浓烈，极力写杜秋娘入宫到出宫的经历，而吴诗则只用了两句："钓取宠爱从他人身世的不幸／得马时宁复念及失马的愁苦"，其简洁如此。这一点在上文已然提及。且来看第三节：

> 海内宴安无异于沸鼎和积薪
> 河北三镇动辄为天下的创楚
> 少年梦醒不复见扬州的花月
> 一朝绿叶成浓阴亭亭在正午

府兵欲撤十六卫表里的制障
绮思遥飞廿四桥迷离的烟雨
青楼大道人争传薄幸的姓名
九禁天门无由击进言的鼍鼓
颠踬至穷途难怪感恩而不择
壮怀当暮齿化为儿女相尔汝
两家党祸终归于史家的平章
一卷新诗乍理起开元的旧曲
始知悲哀的极致岂涉及个身
宇宙默默运行中另有人作主
成功者自喜是谁于后推车毂
失败者自怨是谁从中作梗阻
苍天为何有荫覆万物的至恩
大地为何作负载众生的慈母
悟彻变化原来是一贯的至理
方觉自我的得失微渺不足数
平生跌宕的豪气颇不让前贤
南登霸陵岸亦会涕泪如零雨
国事仓皇有甚于兴元与贞元
所至惟见醉人在春冰上歌舞

这一节写杜牧遭遇。史载,杜牧出身名门,素有济世经邦之愿,研究政治、兵谋,慷慨论天下事,然而壮志未酬,只以诗文传世,恐非杜牧本人所愿。前两句写时事,国内虽貌似平安,但河北三镇"连串一起,反抗朝廷,朝廷毫无办法"①。第三句"少年梦醒",当指杜牧从"十年一觉扬州梦"中醒来,壮志未酬,花月也不复见。第四句化自杜牧"绿叶成荫子满枝",叹息时光流逝,繁花不再。这恰好与《金缕衣》主题相似,难怪杜秋娘要引为知

---

① 缪钺:《杜牧传》,百花文艺出版社1999年版,第18页。

音了。"府兵欲撤"四句，写杜牧怀才不遇。杜牧曾写《原十六卫》，结合唐代形势发表他论兵的意见，"认为府兵制是最好的制度，自从府兵制破坏，国家之兵居外则叛，居内则篡"①。但意见显然没有被采纳，失意之余，便思念起在扬州的生活来，在《寄扬州韩绰判官》中，他写道："二十四桥明月夜，玉人何处教吹箫？"他就是这样羡慕韩绰的。但扬州生活纵然无拘无束，浪荡痛快，可对于素有抱负的杜牧而言，回首望去，也不过"十年一觉扬州梦，赢得青楼薄幸名"，所获的到底只是空虚。

可想要有所作为，又谈何容易？杜牧三十三时，任真监察御史，从扬州赴长安任职，却恰逢朝廷中乌云密布，九禁天门之中，宦官专政，自然难以进言。"颠踬至穷途难怪感恩而不择/壮怀当暮齿化为儿女相尔汝"两句，应当是写杜牧"三年僻左，七换星霜"的经历，真是"拘挛莫伸，抑郁谁诉。……进退惟艰，愤悱无告"②。一腔壮志，到头来化作小儿女的卿卿我我。"两家党祸"是指"牛李之争"，牛僧儒与李德裕数十载明争暗斗，到头来不过只是供史家写上几笔而已。而杜牧夹在其中，一直不得重用，也是时运不济，倒是他写下的一卷新诗，似乎有开元盛世时的气象。

接下来是杜牧也是作者自己的浩叹和质问。杜诗中写道："地尽有何物？天外复何之？指何为而捉？足何为而驰？耳何为而听？目何为而窥？己身不自晓，此外何思惟？"吴兴华推演了一番，认定了宇宙默默运行之中，定是有人做主。"悟彻变化原来是一贯的至理"一句，得自杜诗原句："自古皆一贯，变化安能推？""方觉自我的得失微渺不足数"一句是说：既然自古如此，那么我也不需要记挂自己的得失了。貌似旷达，却显得刻意，非真心话。果然，下文中他便浩叹自己豪气不让前贤，而国势之乱却不下于德宗年间（兴元、贞元皆为德宗年号），使自己郁郁不得志。眼里所见，都是一些醉生梦死之人，不知春冰即融，兀自歌舞不休。

　　曼声长咏杜秋娘清新的诗篇
　　胸中无限的忧愤似为我倾吐

---

① 缪钺：《杜牧传》，百花文艺出版社1999年版，第42页。
② 见《樊川文集·上吏部高尚书状》。

匆匆不顾抱鼓过雷门的讥嘲

今古悲歌如出自同一的腔谱

这最后一节是吴兴华直抒胸臆，"胸中无限的忧愤似为我倾吐"一句，恰好透露出他写作此诗的用意。这首诗发表于1946年，当时国内局势紧张。国共两党箭在弦上，内战一触即发。所以"国事仓皇有甚于兴元与贞元"一句，既可指杜牧所处时代，也可指吴兴华所处的时代。所以杜牧的"天问"，同样也是吴兴华的反诘。

附：

### 杜秋娘诗
#### 唐 杜牧

京江水清滑，生女白如脂。其间杜秋者，不劳朱粉施。
老濞即山铸，后庭千双眉。秋持玉斝醉，与唱金缕衣。
濞既白首叛，秋亦红泪滋。吴江落日渡，灞岸绿杨垂。
联裾见天子，盼眄独依依。椒壁悬锦幕，镜奁蟠蛟螭。
低鬟认新宠，窈袅复融怡。月上白璧门，桂影凉参差。
金阶露新重，闲捻紫箫吹。莓苔夹城路，南苑雁初飞。
红粉羽林杖，独赐辟邪旗。归来煮豹胎，餍饫不能饴。
咸池升日庆，铜雀分香悲。雷音后车远，事往落花时。
燕禖得皇子，壮发绿緌緌。画堂授傅姆，天人亲捧持。
虎睛珠络褓，金盘犀镇帷。长杨射熊罴，武帐弄哑咿。
渐抛竹马剧，稍出舞鸡奇。崭崭整冠珮，侍宴坐瑶池。
眉宇俨图画，神秀射朝辉。一尺桐偶人，江充知自欺。
王幽茅土削，秋放故乡归。觚棱拂斗极，回首尚迟迟。
四朝三十载，似梦复疑非。潼关识旧吏，吏发已如丝。
却唤吴江渡，舟人那得知。归来四邻改，茂苑草菲菲。
清血洒不尽，仰天知问谁。寒衣一匹素，夜借邻人机。

我昨金陵过，闻之为歔欷。自古皆一贯，变化安能推。
夏姬灭两国，逃作巫臣姬。西子下姑苏，一舸逐鸱夷。
织室魏豹俘，作汉太平基。误置代籍中，两朝尊母仪。
光武绍高祖，本系生唐儿。珊瑚破高齐，作婢春黄糜。
萧后去扬州，突厥为阏氏。女子固不定，士林亦难期。
射钩后呼父，钓翁王者师。无国要孟子，有人毁仲尼。
秦因逐客令，柄归丞相斯。安知魏齐首，见断箦中尸。
给丧蹶张辈，廊庙冠峨危。珥貂七叶贵，何妨戎虏支。
苏武却生返，邓通终死饥。主张既难测，翻覆亦其宜。
地尽有何物，天外复何之。指何为而捉，足何为而驰。
耳何为而听，目何为而窥。已身不自晓，此外何思惟。
因倾一樽酒，题作杜秋诗。愁来独长咏，聊可以自怡。

## 行乞歌院图

随着落叶的消息来到院门前，
囚首垢面①却不要他人的哀怜，
飘泊在尘海当中失去了名姓，
只赢得皓齿朱唇转称道薄幸②。
我曾振九翼上窥壮丽的天门，
郁动的豪气未因铩羽而消沉③；
昔年的锦茵，此日藩溷与泥土④，
升降于其间，永远让飘风作主⑤。

---

① 囚首垢面：似用嵇康典，嵇康在《与山巨源绝交书》中，曾说自己性情疏懒，荣进之心日颓，甚至于"头面常一月十五日不洗，不大闷痒，不能沐也"。
② 皓齿朱唇：洁白的牙齿，彤红的嘴唇，形容女子容貌美丽。出自曹植《洛神赋》："丹唇外朗，皓齿内鲜，明眸善睐，靥辅承权。"薄幸：用情不专。如杜牧《遣怀》："十年一觉扬州梦，赢得青楼薄幸名。"
③ 用陶侃典。《晋书·陶侃传》称陶侃曾"梦生八翼，飞而上天，见天门九重，已登其八，唯一门不得入。阍者以杖击之，因坠地，折其左翼。及寤，左腋犹痛"。于是陶侃一生勤勉谨慎，"及都督八州，据上流，握强兵，潜有窥窬之志，每思折翼之祥，自抑而止"。窥窬：觊觎。陶侃位极人臣，而怀"止足之分，不与朝权"，被后世称道。
④ 锦茵：锦制的垫褥。如杜甫《丽人行》："后来鞍马何逡巡，当轩下马入锦茵。"藩溷：篱笆和厕所。《晋书·文苑传·左思》："复欲赋三都……遂构思十年，门庭藩溷皆著笔纸，遇得一句，即便疏之。"
⑤ 飘风：旋风，暴风。如杜甫《柟树为风雨所拔叹》诗："东南飘风动地至，江翻石走流云气。"

落笔赋鹦鹉惊倒峨冠的四筵①，
有备而下石并无伸手作引援②；
文质外露只招来妒光与灾祸，
怅然念及美人的青眼③与情热。
岂不像回到家乡？多年的浪游，
尝厌空虚的谀辞和海错珍馐④。
终结后，转向他们⑤伸出的手臂，
发现亲切的了解与从前无异。

惟有炫目的丽色已渐变为银灰，
锦瑟五十弦诉说华年的伤悲⑥；
天真无邪的心灵渗透了苦味，
怕细雨斜风又是群芳的无秽。
知己由来远胜似感恩与报恩，
一钵冷饭濡染着双方的泪痕；

---

① "落笔鹦鹉赋"，用祢衡典。祢衡，字正平，东汉末年名士。少有才辩，而尚气刚傲，好矫时慢物，与孔融等人亲善，因拒绝曹操召见，操怀忿，因其有才名，不欲杀之，罚作鼓吏，祢衡则当众裸身击鼓，反辱曹操。曹操怒，欲借人手杀之，因遣送与荆州牧刘表。仍不合，又被刘表转送江夏太守黄祖。后因冒犯黄祖，终被杀，终年26岁。曾作《鹦鹉赋》，语惊四座。其中有"虽同族于羽毛，固殊智而异心。配鸾皇而等美，焉比德于众禽"之句，显示自己卓尔不群。峨冠：高帽子，古代士大夫的装束，如元关汉卿《谢天香》第一折："必定是峨冠博带一个名士大夫。"
② 见唐韩愈《柳子厚墓志铭》："一旦临小利害，仅如毛发比，反眼若不相识，落陷阱，不一引手救，反挤之，又下石焉者，皆是也。"
③ 青眼，用阮籍典，指对人喜爱或器重。《晋书·阮籍传》："籍又能为青白眼，见礼俗之士，以白眼对之。及嵇喜来吊，籍作白眼，喜不怿而退。喜弟康闻之，乃赍酒挟琴造焉，籍大悦，乃见青眼。"
④ 海错：指众多海产品。如杨万里《毗陵郡斋追怀乡味》："江珍海错各自奇，冬裘何曾羡夏絺！"珍馐：珍奇名贵的食物。如李白《行路难》："金樽青酒斗十千，玉盘珍馐值万钱。"
⑤ 他们：疑为"她们"，指歌楼女子。
⑥ 见李商隐《锦瑟》："锦瑟无端五十弦，一弦一柱思华年。"

不似叩门乞浆在夭桃的深院①，
却如枫叶荻花里琵琶声凄断②。

**【精读】**

此诗主题为感慨世态炎凉，岁月蹉跎，真情难得，是吴兴华观《歌院行乞图》时心有所感写下的。虽然我们已无法目睹原画，但不妨将主人公视作一位昔日的少年才子，今天的落魄文人。他昔日胸怀壮志，如今却一事无成，在歌院中遇见昔日知音，一时百感交集。

随着落叶的消息来到院门前，
囚首垢面却不要他人的哀怜，
飘泊在尘海当中失去了名姓，
只赢得皓齿朱唇转称道薄幸。

诗歌一开头，便设置了这样的场景：秋风肆虐，落叶纷纷，这时节是行乞者最不喜欢的，衣衫褴褛，又无寸瓦容身，难以抵御日渐寒冷的秋风。这乞者踽踽而来，到了院门前，囚首垢面，落魄之极，却不要别人的哀怜。这是为何？此处留下了一点悬念。其实这乞者与平常乞丐不同，他乞讨的不是

---

① 用崔护典。崔护曾有《题都城南庄》诗："去年今日此门中，人面桃花相映红。人面不知何处去，桃花依旧笑春风。"后人觉此诗甚美，便演绎出一个故事。唐代孟棨《本事诗》中记载，"博陵崔护，资质甚美，而孤洁寡合，举进士第。清明日，独游都城南，得居人庄。一亩之宫，花木丛草，寂若无人。扣门久之，有女子自门隙窥之，问曰：'谁耶？'护以姓字对，曰：'寻春独行，酒渴求饮。'女入，以杯水至。开门，设床命坐。独倚小桃斜柯伫立，而意属殊厚，妖姿媚态，绰有余妍。崔以言挑之，不对，彼此目注者久之。崔辞去，送至门，如不胜情而入。崔亦睠盼而归，尔后绝不复至。及来岁清明日，忽思之，情不可抑，径往寻之。门院如故，而已扃锁之。崔因题诗于左扉曰：'去年今日此门中，人面桃花相映红。人面不知何处去，桃花依旧笑春风。'后数日，偶至都城南，复往寻之。闻其中有哭声，扣门问之。有老父出曰：'君非崔护耶？'曰：'是也。'又哭曰：'君杀吾女！'崔惊怛，莫知所答。父曰：'吾女笄年知书，未适人。自去年已来，常恍惚若有所失。比日与之出，及归，见在左扉有字。读之，入门而病，遂绝食数日而死。吾老矣，惟此一女，所以不嫁者，将求君子，以托吾身。今不幸而殒，得非君杀之耶？'又持崔大哭。崔亦感恸，请入哭之，尚俨然在床。崔举其首枕其股，哭而祝曰：'某在斯！'须臾开目。半日复活，老父大喜，遂以女归之。"

② 用白居易典，化自《琵琶行》："浔阳江头夜送客，枫叶荻花秋瑟瑟。"

残羹冷炙，而是真情温暖。

　　接下来，这乞者开始倾诉平生。在尘世中漂泊多年，也不曾赢得什么名声，倒是像风中转蓬一般，行走了许多地方，所遇的都是陌生之人，在人流中点头即过。逐渐地，他连姓名也丢失了。失意之余，就像杜牧一样，"落魄江湖载酒行，楚腰纤细掌中轻"，放浪形骸，在秦楼楚馆中厮混。而表面上繁华热闹，骨子里却是烦闷抑郁，最终一事无成，只在歌楼女子的口中，赢得了薄幸浪荡之名。而这名声，对于有志少年来说，不正是天大的讽刺吗？于是他开始追忆年少时的壮怀激烈。

> 我曾振九翼上窥壮丽的天门，
> 郁动的豪气未因铩羽而消沉；
> 昔年的锦茵，此日藩溷与泥土，
> 升降于其间，永远让飘风作主。

　　这一节的前两句极有气势，用的是陶侃的典故。陶侃曾在梦中肋生八翼，飞而上天，见天门九重，已登其八，唯一门不得入。而诗中乞者少年时，竟觉得自己比陶侃还多了一翼，应当能登上九重天门。就算守门者持杖击打，让他铩羽而归，但胸中豪气，郁热依旧，不曾有半点消沉。这真是少年人才有的勃勃生机。然而人生却充满无奈，让如此少年也意志消磨，如同旋风中的一粒尘埃，或升或降，完全不能自主。"昔年的锦茵，此日藩溷与泥土。"少年时，自己宛如锦垫，何其华贵，而今日却委身尘土，落入茅厕，令人扼腕叹息。这一句写得何其沉痛！

> 落笔赋鹦鹉惊倒峨冠的四筵，
> 有备而下石并无伸手作引援；
> 文质外露只招来妒光与灾祸，
> 怅然念及美人的青眼与情热。

　　他自信是有才的，落笔千言，敢自比当年祢衡，煌煌《鹦鹉赋》，让四筵的宾客都惊艳不已。而他既以祢衡自比，其恃才傲物，不容于世，也是可想而知的了。才华横溢，锋芒毕露，迎来的不是赏识和提拔，而是妒忌与仇恨。

于是，这帮头顶"峨冠"的士大夫们故意阻挠。"有备而下石"，更显出他们的蓄谋与阴险。人海茫茫，无一人援引，让他身居要津，施展才华。怀才不遇，年华虚度，让他倍感辛酸。惆怅之余，他忽然觉得，世味薄似纱，仕途少伯乐，倒不如那些歌楼的美女们，欣赏他的才华，给予他温柔的抚慰。世间常道："婊子无情，戏子无义。"这里却说她们胜过峨冠们，这样的对比，就很值得玩味了。

> 岂不像回到家乡？多年的浪游，
> 尝厌空虚的谀辞和海错珍馐。
> 终结后，转向她们伸出的手臂，
> 发现亲切的了解与从前无异。
> 惟有炫目的丽色已渐变为银灰，
> 锦瑟五十弦诉说华年的伤悲：
> 天真无邪的心灵渗透了苦味，
> 怕细雨斜风又是群芳的无秽。

"岂不像回到家乡？"此句问得甚是无理。歌楼舞榭，自古以来属于下三滥，怎能说是回了家乡？但在乞者看来，"但使主人能醉客，不知何处是他乡"，既然这温柔富贵乡，能容他的狂傲，欣赏他的才思，那就算是他的家乡了。一想到这些，乞者有些豁然开朗了。既然是家乡，那何不归去？"多年的浪游"，荣华也好，贫贱也罢，他早已看得透了世态炎凉，听厌了空洞的阿谀，吃厌了满桌的珍馐。

罢了，罢了，世间众相，富贵荣华，不过梦幻泡影，一切都终结了吧。告别之时，转向他们伸出的手臂，发现相识多年，却与初始时无异，一样的陌生。

但他心头释然，如获大赦，载欣载奔，连衣冠都抛弃了，只剩下"囚首垢面"，如同竹林七贤一般，越名教而任自然，来到歌院，再投美人怀，重归温柔乡。这时，从下文"一钵冷饭濡染着双方的泪痕"可知，歌女捧一钵冷饭出来，想要打发乞者，一见却是旧识，一时双目凝视，心事浩荡，无从言说，听任眼泪濡湿了脸颊。

他们发现时光流逝,而相知却依旧,这也是令人快慰的吧。唯一的变化,是昔日的美女娇娃都已老了,炫目的丽色,变成了银灰之色,于是不免心中有些凄楚,正如李商隐所说,"锦瑟无端五十弦,一弦一柱思华年"。一曲锦瑟,让人想到华年之往事,心烦意乱,怅惘难言。当年听曲时,都是天真无邪,但被乐曲所感染,有了一丝苦味。看着这如花美眷,想着那似水流年,世间原本污浊,又在这歌楼之中,不能总是细雨斜风,万一沙尘陡起,狂风扑面,这洁净无秽的群芳,怕是一并被污染了。如今,女子又是怎样的心境呢?还会清洁如往昔吗?

> 知己由来远胜似感恩与报恩,
> 一钵冷饭濡染着双方的泪痕;
> 不似叩门乞浆在夭桃的深院,
> 却如枫叶荻花里琵琶声凄断。

幸好,幸好,彼此依然引为知己,心心相印,哪里还计较什么感恩报恩?此刻乞者忽然想到了两个典故:一个是崔护叩门乞浆,在夭夭桃花之下,遇见娇媚少女,彼此暗自倾心,成就一段美妙姻缘;一个是枫叶荻花之中,白居易夜遇琵琶者,感慨同为天涯沦落人。而他此刻与歌女的重逢,同是知己,而说起心境,完全没有崔护那么欲说还羞,清新甜润,只有天涯沦落的凄楚与苍茫,一如此刻的秋风萧瑟,枯叶飘堕。不过,这种真情乃是雪中炭炉,因为难得,尤为珍贵。

## 无题

一舸明月离吴宫泛滥于五湖①
遥想阴山的弦管声调似唏嘘②
苎萝微波畔谁见黛眉的颦蹙③
绝塞风沙里徒悲千金的画图④
似海侯门此一去音信真全杳⑤
少年心性近日来思念也稍疏
但兀兀奔走关河，或埋头故纸⑥

---

① 用西施典。西施，姓施，名夷光，春秋时期越国人，出生于浙江诸暨苎萝山村，苎萝有东西二村，夷光居西村，故名西施，有绝色，被勾践送于吴王夫差。夫差喜之不尽，无心国事，以致身死国灭。东汉袁康的《越绝书》中记载，"吴亡后，西施复归范蠡，同泛五湖而去"。

② 用王昭君典。昭君出塞至阴山，善弹琵琶。见杨凌《明妃怨》："汉国明妃去不还，马驼弦管向阴山。匣中纵有菱花镜，羞对单于照旧颜。"王安石《明妃曲》："含情欲说独无处，传与琵琶心自知。"

③ 苎萝：西施世居诸暨苎萝村。《舆地志》载："勾践索美女以献吴王，得诸暨苎萝山卖薪女，曰西施。山下有西施浣纱石。"颦蹙：皱眉。《庄子·天运》："西施病心而颦其里。"

④ 此句用王昭君典。昭君出塞，风沙万里之中，想念中原，不免自伤身世。对此，杜甫曾写道："画图省识春风面。"意思是说，由于汉元帝的昏庸，对后妃宫人们，只看图画不看人，把她们的命运完全交给画工们来摆布。"省识"是略识之意。说元帝从图画里略识昭君，实际上就是根本不识昭君，所以就造成了昭君葬身塞外的悲剧。

⑤ 此句化自崔郊《赠婢》："公子王孙逐后尘，绿珠垂泪滴罗巾。侯门一入深似海，从此萧郎是路人。"

⑥ 兀兀：用心的、劳苦的样子，唐朝韩愈《进学解》："焚膏油以继晷，恒兀兀以穷年。"关河：原指大散关、渭河一带。陆游《诉衷情》："当年万里觅封侯，匹马戍梁州。关河梦断何处？尘暗旧貂裘。"此处泛指边疆。故纸：故纸堆，多指陈年古书。含贬义。朱熹《答吕子约书》之三一："岂可一向汩溺于故纸堆中，使精神昏弊，失后忘前，而可以谓之学乎？"

　　　　不再学惊飞蛱蝶贴上绣罗襦①

　　　　生命今对你怎样可过于从前
　　　　阴霾持续也该有开明的丽天
　　　　不知何故唯惊觉容颜的消减
　　　　欲语别情先拭去清泪似奔泉
　　　　夫痴姑恶遇已极人间的残酷
　　　　酒色衣香看将尽弹指的芳年
　　　　同一疏寥的细雨冷扑向窗扇
　　　　不知巴山的池水新近可增添②

　　　　寒灯如粟为我说相思的苦辛
　　　　纨扇绿衣常太息薄命为女身
　　　　三五夜中空望断摩勒的音迹③
　　　　后堂筵上无人解幽咽的琴心④
　　　　万种欢情怕提起只微词掩敛
　　　　一丝怨妒犹露出似旧日情深
　　　　差堪告慰称道我文章胜往昔⑤

---

① 见虞集《画双蝶》："舞罢庭花落，池边看睡凫。无端双蛱蝶，飞上绣罗襦。"绣罗襦：有绣花的绸制短衣。
② 此两句见李商隐《夜雨寄北》："君问归期未有期，巴山夜雨涨秋池。何当共剪西窗烛，却话巴山夜雨时。"
③ 事见唐裴铏《传奇·昆仑奴》。唐大历中，有崔生者，其父为显僚，与盖世之勋臣一品者熟。其父使往视一品疾，一品命歌舞妓红绡以匙为崔生进食，又命送崔生出院，二人遂相爱慕。崔生既归，神迷意夺。家有昆仑奴磨勒于月圆夜负崔生入一品宅，与红绡相会，复负崔生与红绡潜出，促成二人结合。
④ 用司马相如典。《史记·司马相如列传》："是时卓王孙有女文君新寡，好音，故相如缪与令相重，而以琴心挑之。相如之临邛，从车骑，雍容闲雅甚都；及饮卓氏，弄琴，文君窃从户窥之，心悦而好之，恐不得当也。既罢，相如乃使人重赐文君侍者通殷勤。文君夜亡奔相如，相如乃与驰归成都。"
⑤ 差堪：略可。文章胜往昔：借用杜甫《天末怀李白》中"文章憎命达，魑魅喜人过"之句，以文章胜过往昔，隐含境遇不顺。

云英已嫁唯应是罗隐不如人①

临别时辗转还思将去日掩遮
销魂看绵绵春草远送至天涯②
念旧犹不时开看陈箧的团扇③
情痴也曾经追随油壁的香车④
药裹重帘怕扶头善病如前日⑤
回廊复户见憔悴独倚似梨花
木石心肠今为你把青衫湿透
非同于蛮天瘴地听见了琵琶⑥

**【精读】**

这首《无题》诗以叙事为主，间杂抒情，形同乐府，写幽男怨女情爱之事。全诗共分四节，用了多声部，细读颇耐人寻味。其中第一节为旁白：

一舸明月离吴宫泛滥于五湖
遥想阴山的弦管声调似唏嘘
芷萝微波畔谁见黛眉的颦蹙
绝塞风沙里徒悲千金的画图
似海侯门此一去音信真全杳
少年心性近日来思念也稍疏

---

① 用罗隐典。大中十三年（859年），罗隐于南康郡首次入贡京师。途经钟陵，与妓云英同席。十二年后（咸通十二年，871年），见黜礼部，旅况穷途，于钟陵再遇云英。云英说：罗秀才尚未脱白（还是布衣）。罗隐感寓身世，遂写下其代表作《偶题》："钟陵醉别十年春，重见云英掌上身；我未成名君未嫁，可能俱是不如人。"
② 借用李煜《清平乐》："离恨恰似春草，更行更远还生。"
③ 见班婕妤《团扇诗》："新裂齐纨素，鲜洁如霜雪。裁为合欢扇，团团似明月。出入君怀袖，动摇微风发。常恐秋节至，凉飙夺炎热。弃捐箧笥中，恩情中道绝。"
④ 用《钱塘苏小小诗》："妾乘油壁车，郎骑青骢马，何处结同心？西陵松柏下。"或张泌词《浣溪纱》："晚逐香车入凤城，东风斜揭绣帘轻，慢回娇眼笑盈盈。"
⑤ 用郭麐（lín）："画帘暗想扶头起，粉壁昏曾点笔斜。"
⑥ 用白居易《琵琶行》典。青衫湿透，见"座中泣下谁最多？江州司马青衫湿"。蛮天瘴地：白居易被迁谪至江西九江，当时此地尚属南蛮之地，常有瘴气。

>但兀兀奔走关河，或埋头故纸
>不再学惊飞蛱蝶贴上绣罗襦

第一、三句用西施典，第二、四句用昭君典。二美身世飘零、难以自主，虽满腹悲伤，而只能独自承受，以"比"的手法，来映衬女主角的美貌和遭遇。五至八句，写女子别嫁，身入侯门，音信全无。而少年饱尝相思之苦后，不免转移了注意力，或金戈铁马，奔走关河；或潜心苦读，埋首故纸，总之是不再沉耽于儿女情长。来看这节诗的意象：舸、明月、吴宫、五湖、阴山、弦管以及蛱蝶、绣罗襦等等，无不化自古典诗词，极其艳丽。尤其"绣罗襦"，也只在花间词中常见，如"新贴绣罗襦，双双金鹧鸪"①。再看第二节：

>生命今对你怎样可过于从前
>阴霾持续也该有开明的丽天
>不知何故唯惊觉容颜的消减
>欲语别情先拭去清泪似奔泉
>夫痴姑恶遇已及人间的残酷
>酒色衣香看将尽弹指的芳年
>同一疏寥的细雨冷扑向窗扇
>不知巴山的池水新近可增添

这一节以女子口吻来写，先是遥问少年别来无恙，希望他的生活阴霾退去、丽天开明，而后感叹自己容颜易改、相思情深。五六两句倾诉自己的不幸："夫痴姑恶""酒色衣香""弹指芳年"，真是遇尽人间残酷。最后两句因景生情。看细雨扑窗，清寒寂寥，不免想起远方是否也是如此，化用"君问归期未有期，巴山夜雨涨秋池"，恰到好处地写出两地相思情状，读之凄惨悱恻。

第三节以男子口吻，写到二人相会：

---

① 温庭筠：《菩萨蛮·小山重叠金明灭》，见《花间集·尊前集》，华夏出版社1998年版，第13页。

  寒灯如粟为我说相思的苦辛
  纨扇绿衣常太息薄命为女身
  三五夜中空望断摩勒的音迹
  后堂筵上无人解幽咽的琴心
  万种欢情怕提起只微词掩敛
  一丝怨妒犹露出似旧日情深
  差堪告慰称道我文章胜往昔
  云英已嫁唯应是罗隐不如人

  第一、二句写一盏寒灯下，两个旧情人互诉衷肠，男子听女子叹息女身之薄命、相思之苦辛。第三句用唐人传奇之红绡事。在晚唐裴铏的《昆仑奴》中，摩勒聪明机智、侠骨义胆，突破重重难关，把红绡从大官僚的魔窟中救出来，使她与所钟爱的崔生结为夫妻。女子借此典故，诉说自己也曾希望有摩勒现身，救出自己，与情郎相会，然而月明当空，摩勒无踪，知音难寻，只能空叹"后堂筵上无人解幽咽的琴心"，一个"空"字，写尽孤苦无奈情状。

  这是写两地相思的苦辛，可是二人会面后，又是怎样的情景呢？一定是久旱逢甘霖吗？来看五六两句。

  在男子眼中，发现二人随着世事变迁，已经存在隔膜，纵然相会，也不能如先前那般亲密无间。谈及往事时，女子便以"微词掩敛"，只是偶尔的"怨妒"，暴露出内心里对"旧日情深"的追忆。因此，这样的相会显然是并不快乐的，男子肯定有所思考。这一节的七八两句："差堪告慰称道我文章胜往昔／云英已嫁唯应是罗隐不如人"，便是男子的自嘲。第七句化用杜甫诗句"文章憎命达"，意思是说，女子宽慰我文章胜过往昔，不正是暗指"我"命运日蹇吗？最后一句化用罗隐典。罗隐一生怀才不遇。他"少英敏，善属文，诗笔尤俊"，却屡次科场失意。此后转徙依托于节镇幕府，十分潦倒。罗隐当初以寒士身份赴举，路过锺陵县，结识了当地乐营中一个颇有才思的歌伎云英。约莫十二年光景他再度落第路过锺陵，又与云英不期而遇。见她仍隶名乐籍，未脱风尘，罗隐不胜感慨。更不料云英一见面却惊诧道："怎么罗秀才还是布衣!"罗隐便写了一首诗赠她:"钟陵醉别十余春,重见云英掌上身。我未成名君未嫁,可能俱是不如人?"

回到诗里来,男子看到如今女子已嫁入侯门,只有自己还功名未就,不免只能感叹才学命运都不如别人了。况且罗隐与云英同病相怜,还能相视惨笑,甚至把酒一欢,共看命运无常、世事零乱;而这位男子孑然一身,他的寂寞,则真是既无人可以倾诉,也无命运可以抱怨,一腔辛酸,只能自己慢慢咀嚼了,思之不免令人怆然。

第四节写二人告别:

> 临别时辗转还思将去日掩遮
> 销魂看绵绵春草远送至天涯
> 念旧犹不时开看陈箧的团扇
> 情痴也曾经追随油壁的香车
> 药裹重帘怕扶头善病如前日
> 回廊复户见憔悴独倚似梨花
> 木石心肠今为你把青衫湿透
> 非同于蛮天瘴地听见了琵琶

毕竟是旧日情深,二人临别时不免凄凄楚楚,缱绻难舍,竟想把"去日遮掩"。但留君千日,终有一别,纵然黯然销魂,却也无可奈何。第二句写得极妙,女子看男子渐行渐远,唯见道旁春草绵绵,一望无边,竟是要代自己为男子送别至天涯。春草绵绵,相思亦绵绵,真是"一切景语皆情语"。而且这句诗化用了乐府古辞《饮马长城窟行》中的"青青河边草,绵绵思远道",自然可以用原诗来对照此诗,从而能更深刻地理解此诗之意境。第三、四句化用汉朝《怨歌行》:"新裂齐纨素,鲜洁如霜雪。裁为合欢扇,团团似明月。出入君怀袖,动摇微风发。常恐秋节至,凉风夺炎热。弃捐箧笥中,恩情中道绝。"写女子独处,觉得自己宛如陈箧中尘封已久的团扇,不免想起当初与男子亲好的往事。第四句用苏小小典,"妾乘油壁车,君骑青骢马",让人想到这样的场景:女子身在香车,帘幕轻挑,且以团扇半遮玉面,眼波流动,顾盼生姿;而男子则心荡神驰,纵马追随,也是英姿飒爽。他们二人肯定也有松柏之下、喜结同心的甜蜜往事。可如今乃是离别之时，想起旧日快事，两相比较，判若云泥，更是摧人心肝。第五句化用"画帘暗想扶头起，粉壁昏曾点笔斜"，与第六句都是写女子别后独自凄楚、独自憔悴的情状，欲追随情郎而去已不可能，留在故处又只能在"回廊复户"间踟蹰，将青春以及活泼泼的生命重重封锁其中。内心矛盾酸楚，更与何人说？

最后两句是男子的抱怨之声。先是骂女子木石心肠，而后化用白居易诗"座中泣下谁最多，江州司马青衫湿"。白居易写《琵琶行》时，被贬至江州这片"蛮天瘴地"，正郁郁不得志。而在这里他却遇到了夜弹琵琶者，听其讲述身世，"是夕始有迁谪意"，喟然叹曰："同是天涯沦落人，相逢何必曾相识"。而吴诗中，男子却说："青衫湿透/非同于蛮天瘴地听见了琵琶"，自不免是说白居易仕途不顺，还能遇到同病相怜者，因而泣下如雨，纵然悲伤，却也痛快。而自己的"青衫湿透"，却只是因为孤单，因为失意。这里与上一节的"云英已嫁唯应是罗隐不如人"相呼应。

试想这男女二人，本是两情相悦，却始终不能携手，自是人间恨事。对于女子而言，她已有家室，深知自己不能脱身，不能与男子浪迹天涯，于是言语隐晦，硬生生将真情深埋。而男子不能洞察女子的用心，只深恨她身入侯门，贪恋富贵，已经全然不念旧情。因此比较二人的悲苦，显然是女子之苦更甚。

细细分析之后，再回顾这首诗，真是凄美哀伤，柔肠百转，深得歌行体之妙。

## 效清人感旧体①

今生愁怨岂皆是宿生的种因②
残月莺啼时悄然独掩上斋门③
初时尚疑惑元九游春是幻梦④
挑灯方看见袖角肩头有泪痕
见面若伤心如此，诀绝当何似⑤
此夜即展转度过，他年更难论⑥
八幅衍波笺写遍无题的诗句⑦

---

① 效清人感旧体，此诗效清朝诗人黄景仁的《感旧》四首及《感旧杂诗》四首。《清史稿》："黄景仁，字仲则，武进人。九岁应学使者试，临试犹蒙被索句。后以母老客游四方，觅升斗为养。朱筠督学安徽，招入幕。上巳修禊，赋诗太白楼。景仁年最少，著白袷立日影中，顷刻成数百言，坐客咸辍笔。时士子试当涂，闻使者高会，毕集楼下，咸从奚童乞白袷少年诗竞写，名大噪。尝自恨其诗无幽、并豪士气，遂游京师。高宗四十一年东巡，召试二等。武英殿书签，例得主簿。陕西巡抚毕沅奇其才，厚资之，援例为县丞，铨有日矣，为债家所迫，抱病逾太行，道卒。亮吉持其丧归，年三十五。著两当轩集。子乙生，通郑氏礼，善书，早卒。"据传，他年少时曾与一歌伎相恋，无果，常追思，写诗寄情。
② 愁怨：忧愁怨恨。宿生：佛家语，犹前生。种因：种下的因。根据佛教轮回之说，前世种什么因，今生受什么果；善有善报，恶有恶报。《涅槃经·遗教品一》："善恶之报，如影随形，三世因果，循环不失。"
③ 残月莺啼，见韦庄《清平乐》："莺啼残月，绣阁香灯灭。门外马嘶郎欲别，正是落花时节。妆成不画蛾眉，含愁独倚金扉，去路香尘莫扫，扫即郎去归迟。"
④ 元九：唐代诗人元稹的别称。元排行第九，因以称之。元稹有《梦游春七十韵》，梦中仙境，得遇亡妻韦丛，欢喜无限，可惜"梦魂良易惊，灵境难久寓"，此后"夜夜望天河，无由重沿溯"。
⑤ 诀绝：诀别，长别。《玉台新咏·皑如山上雪》："闻君有两意，故来相诀绝。"
⑥ 展转：翻来覆去，不能安定。
⑦ 诗笺名。《诗话总龟》卷三四引宋代王直方《直方诗话》："萧贯少时，尝梦至宫廷中……见群妇人如神仙，视贯，惊问何所从来？贯愕然，亦不知对。贯自陈进士，能为诗。中有一人授贯纸，曰：'此所谓衍波笺，烦赋《宫中晓寒歌》。'贯援笔立成。"

诗笔抛荒久翻觉流露出情真

不能记也不忍记初逢的情形
绿波菡萏拔出自凡俗卑下中①
挟弹洛阳早耳振紫云的绝色②
驱车长市曾笑呼宋祁的小名③
明镜盘龙方妆就宝髻尤偏堕④
红毹彻地来起舞弓鞡且缓行⑤
堪恨当年的篇什流轶十八九
如今思重新勾勒已感觉难能

倾心如此的迅速，相视如此迟
一天几度涌入我寂寞的情思

---

① 菡萏：荷花。如唐朝朱景玄《望莲台》："秋台好登望，菡萏发清池。半似红颜醉，凌波欲暮时。"
② 挟弹洛阳：用潘岳典。潘岳美姿仪，少时常挟弹出洛阳道，妇人遇之者，皆连手萦绕，投之以果，遂满车而归。黄景仁《感旧杂诗》："而今潘鬓渐成丝，记否羊车并载时；挟弹何心惊共命，抚孤底苦载交枝。"紫云，即崔紫云，唐朝尚书李愿妓也。李愿在东都，时会朝士。杜牧以御史分司，轻骑径往。引满三爵，问曰："闻有紫云者孰是？"愿指示之，牧曰："名不虚传，宜以见惠。"复引满高吟，旁若无人。李愿遂以紫云相赠。紫云临行，献诗而别："从来学制斐然诗，不料霜台御史知。忽见便教随命去，恋恩肠断出门时。"（斐然：有文采。霜台：御史台的别称，御史职司弹劾，为风霜之任，故称。）
③ 本句用宋祁典。年轻时，宋祁在京城，道逢宫车。有宫女撩开帘子，喊了一声："小宋。"
④ 盘龙：龙纹的一种，为盘屈交结之龙，寓意吉祥，常刻绘其状以饰器物。北周庾信《庾子山集·镜赋》："镂五色之盘龙，刻千年之古字。"宝髻：古代妇女发式，在髻上鬓间，缀以花钿、钗簪、金玉花枝等饰物。如北宋司马光《西江月》："宝髻松松挽就，铅华淡淡妆成。"
⑤ 毹（shū）：毛毯一类的织物。宋毛滂《调笑令·美人赋》词序诗："上宫烟娥笑迎客，绣屏六曲红氍毹。"红氍毹就成了唱戏舞台的代名词。弓鞡，即"弓鞋"，旧时缠脚妇女所穿的鞋子。宋黄庭坚《满庭芳·妓女》词："直待朱幡去后，从伊便窄袜弓鞋。"

封侯岂敢望，惟求不受人笞辱①
叩户道乞浆慧心明白是托辞②
羊车共载含笑听市中的惊羡③
青鸟飞来肯重作蓬山的歌诗④
可怜往复这七年鸾飘与凤泊⑤
料应是天公嗔怒寸步不曾离

向年每笑道我尚无殊于孩童
自道落花的身世已历尽霜风⑥
高冠长佩中流闻女嬃的悲詈⑦
白璧暗投行当悔滥用的痴情⑧

---

① 此句用卫青典。卫青为其父郑季与平阳侯帮佣卫媪所生，因此身份地位低微。《史记·卫将军骠骑将军列传》："青为侯家人，少时归其父，其父使牧羊。先母之子皆奴畜之，不以为兄弟数。青尝从人至甘泉居室，有一钳徒相青曰：'贵人也，官至封侯。'青笑曰：'人奴之生，得毋笞骂即足矣，安得封侯事乎！'"
② 叩户乞浆：用崔护典。
③ 羊车：古代一种装饰精美的车子。《释名·释车》："羊车。羊，祥也；祥，善也。善饰之车。"《晋书·卫玠传》："总角乘羊车入市，见者皆以为玉人，观之者倾都。"于是"羊车过市"就比喻男子才美绝伦，引人羡慕注目。黄景仁《感旧杂诗》："而今潘鬓渐成丝，记否羊车并载时；挟弹何心惊共命，抚孤底苦破交枝。"
④ 化自李商隐诗："蓬山此去无多路，青鸟殷勤为探看。"
⑤ 鸾飘凤泊：原形容书法笔势潇洒飘逸，后比喻夫妻离散或文人失意。
⑥ 落花身世，见龚自珍《减字木兰花》："人天无据，被侬留得香魂住。如梦如烟，枝上花开又十年。十年千里，风痕雨点斓斑里。莫怪怜他，身世依然是落花。"
⑦ 流闻：辗转传闻，流播。《后汉书·刘盆子传》："吏人负献，辄见剽劫，流闻四方，莫不怨恨。"女嬃：亦作"女须"，屈原之姐。《楚辞·离骚》："女嬃之婵媛兮，申申其詈予。"王逸注："女嬃，屈原姊也。"詈（lì）：委婉的劝诫。
⑧ 白璧暗投，见《史记·鲁仲连邹阳列传》："臣闻明月之珠，夜光之璧，以闇投人于道路，人无不按剑相眄者。何则？无因而至前也。蟠木根柢，轮囷离诡，而为万乘器者。何则？以左右先为之容也。故无因至前，虽出随侯之珠，夜光之璧，犹结怨而不见德。故有人先谈，则以枯木朽株树功而不忘。今夫天下布衣穷居之士，身在贫贱，虽蒙尧、舜之术，挟伊、管之辩，怀龙逢、比干之意，欲尽忠当世之君，而素无根柢之容，虽竭精思，欲开忠信，辅人主之治，则人主必有按剑相眄之迹，是使布衣不得为枯木朽株之资也。"意思是说，即使名贵如白璧明珠，但若是投在暗处，则不会被人珍惜，反倒惹人怀疑。行当：正应。高适《河西送李十七》诗："高价人争重，行当早着鞭。"

　　　　执手絮絮劝调摄饮食与眠起
　　　　半晌愔愔看薄愁堆聚上眉峰①
　　　　即今顾曲②的思致久已经灰死
　　　　犹忆那人的银甲拨弄着锦筝③

【精读】

　　此诗的主题是一位男子抚今追昔，想念心爱的女子，却因当年无情别离，如今追悔莫及。全诗以其绚丽的色彩，营造出一种幽怨而典雅的诗境。所谓"效清人感旧体"，效仿的应当是黄景仁的《感旧》四首。黄景仁少年时，曾与一歌姬相恋，没什么结果，却一直萦怀不已，曾经写过《感旧》四首。

　　此诗第一句就是当头棒喝，"今生愁怨岂皆是宿生的种因"，一时全诗主旨已然明了。今生的愁怨，岂能都归结为前世种下的因？于是疑问接踵而来：如若不是，那愁怨又源自何处呢？诗人没有正面回应，却荡开一笔，开始了叙事。

　　　　残月莺啼时悄然独掩上斋门

　　"残月"即下弦月，在黎明前出现，为时极短，而黄莺啼鸣，乃是被月所惊。韦庄在《清平乐》中曾写道："莺啼残月，绣阁香灯灭。门外马嘶郎欲别，正是落花时节。""残月"与下文的"灯灭""郎别""落花"相似，有种好景不再的凄凉预兆。"莺啼"则有缠绵留恋的哀苦。吴兴华诗中也有此意境，不过主角不是女子，乃是黄仲则，他在残月时分，悄然关门，一个"独"字，与残月、莺啼构成一幅萧条寂寞的画面。问题来了，他为什么要在此时

---

① 愔愔（yīn yīn）：柔弱貌。《资治通鉴·唐昭宗景福二年》："上曰：'朕不能甘心为屠酘之主，愔愔度日，坐视陵夷。'"薄愁堆聚上眉峰，类似唐寅《一剪梅》："愁聚眉峰尽日颦。千点啼痕，万点啼痕。晓看天色暮看云。行也思君，坐也思君。"

② 顾曲：用周瑜典。《三国志·吴志·周瑜传》："瑜少精意於音乐，虽三爵之後，其有阙误，瑜必知之，知之必顾。故时人谣曰：'曲有误，周郎顾。'"李端《听筝》："鸣筝金粟柱，素手玉房前。欲得周郎顾，时时误拂弦。"

③ 银甲：银制的假指甲，套于指上，用以弹筝或琵琶等弦乐器。如唐彦谦《无题》："锦筝银甲响鹍弦，勾引春声上绮筵。"

关门呢？下文透露了端倪。

> 初时尚疑惑元九游春是幻梦
> 挑灯方看见袖角肩头有泪痕

原来他是和元稹一样在梦中游春了。元稹原配韦丛，出身名门，却甘心与元稹做贫贱夫妻，"顾我无衣搜画箧，泥他沽酒拔金钗。野蔬充膳甘长藿，落叶添薪仰古槐"，真是贤惠之极。可惜二十七岁便病逝，让元稹一生追思不已，于是有了《梦游春》一诗。在诗中，他梦入仙境，经历种种奇幻美景后，见到了已名登仙籍的妻子韦丛：

> 身回夜合偏，态敛晨霞聚。睡脸桃破风，汗妆莲委露。
> 丛梳百叶髻，金蹙重台屦。纰软钿头裙，玲珑合欢袴。
> 鲜妍脂粉薄，暗淡衣裳故。最似红牡丹，雨来春欲暮。

夜合、晨霞、桃、莲、百叶髻、重台屦、钿头裙、合欢袴，诗句浓墨重彩，意象极尽华丽，将此梦渲染得令人如痴如醉，消魂缠绵。只可惜良辰易逝，好梦易醒：

> 梦魂良易惊，灵境难久寓。夜夜望天河，无由重沿溯。
> 结念心所期，返如禅顿悟。觉来八九年，不向花回顾。

吴兴华诗中的仲则也是如此，"枕上片时春梦中，行尽江南数千里"，与女子梦中相会。一梦醒来，似真似幻，竟一时茫然，于是要起身开门，等夜风扑面，残月在天，莺啼在耳，才发现之前只是做梦。不过情感是那样真切，因为袖角肩头尚有泪痕。这泪痕，源于思念之苦，相见之欢，如今梦醒，四壁空空，阒静无声，就更添几分酸辛。

> 见面若伤心如此，诀绝当何似
> 此夜即展转度过，他年更难论
> 八幅衍波笺写遍无题的诗句
> 诗笔抛荒久翻觉流露出情真

写到这里，吴兴华又将思念之苦递进了一层。相见本是快乐的，却伤心至此，那么离别时分，又是怎样的悲恸？此夜有美梦，还算得上幸福，却依然让人辗转难眠，那其他时间独守空床，又将如何打发永夜？于是只好起身写诗，奋笔疾书，倾诉积愫。这诗歌，应当就是《感旧》和《感旧杂诗》。

"衍波笺"三字，也是源于神话。萧贯年少时梦至宫廷，见群妇人如神仙，递他衍波笺，请他赋歌一首。这与前面"元九梦春"相呼应，都给人以迷离倘恍之感。当然，衍波笺既然是神仙写诗之物，自然显示出仲则对诗句的珍视，以及对情感的郑重。但他所写的诗句，大都"无题"。无题者，思绪万千，难以命名也。他原本诗笔抛荒已久，原因估计有二：一来人事怔惚，无心写诗；二来无病呻吟，终觉无聊。如今"诗缘情而绮靡"，强烈的思念驱使着他，于是诗句显示出情真意浓。而一写诗，神思飘荡，必然会怅惘地想到往事，因此就有了这样一句：

不能记也不忍记初逢的情形

"不能记"，也"不忍记"，两个"记"字，前浪未平，后浪又至，形成急促的语气，这在全诗的迟缓节奏中，显得非常特别，恰到好处地反映出仲则矛盾的心思。有些往事，沉埋心底，一旦触动，就会令人伤心，所以就选择了遗忘。但此刻黎明未至，虚室独卧，百无聊赖，回忆如浪潮滔滔，席卷而来，哪里抵挡得住？那就让自己被这股浪潮卷走吧，沉溺到浩茫的往事中去。

绿波菡萏拔出自凡俗卑下中
挟弹洛阳早耳振紫云的绝色
驱车长市曾笑呼宋祁的小名

初逢是如此的清新浪漫。那歌伎如清水芙蓉，虽处凡俗，而卓然不群，摇曳生姿。而仲则呢，恰好青春年少，如同潘岳一般，挟弹弓游于洛阳道，风流自赏，乃是翩翩佳公子。像杜牧知道尚书李愿家歌伎崔紫云的绝色一样，仲则对那歌伎的艳名也早有耳闻。更浪漫的故事发生了："驱车长市曾笑呼宋祁的小名。"要了解这句诗的意思，必须弄懂典故。宋祁，字子京，与其兄宋

庠皆有文采,名重一时。故兄为'大宋',弟为'小宋'。清代张宗橚《词林纪事》中记载了一段故事:

> 宋子京过繁台街,逢内家车子,有搴帘者曰:"小宋也。"子京归作《鹧鸪天》一词,曰:"画毂雕鞍狭路逢,一声肠断绣帘中。身无彩凤双飞翼,心有灵犀一点通。金作屋,玉为笼,车如流水马游龙。刘郎已恨蓬山远,更隔蓬山一万重。"此词传唱都下,达于禁庭。仁宗知之,问:"内人第几车子何人呼小宋?"有内人自陈:"顷侍御宴,见宣翰林学士,左右内臣曰:'小宋也。'时在车子偶见之,呼一声耳。"上召子京,从容语及,子京惶惧无地。上笑曰:"蓬山不远。"因以内人赐之。

原来一声呼叫,一曲鹧鸪天,成就一段美好姻缘。而歌伎天真浪漫,乘车街市,遇到仲则,也心生爱慕,一时忘情,也笑呼了其小名。如此两情相悦,自然是赏心乐事,于是就有了进一步的接触。

> 明镜盘龙方妆就宝髻尤偏堕
> 红毹彻地来起舞弓鞡且缓行

故事应该这样的:仲则获得邀请,前往赴宴。宴席当中,歌伎翩然出来,歌舞助兴。她是如此明艳,在盘龙明镜之前精心妆就宝髻,"偏堕",乃是其活泼内心的投射。她在红毯上翩然起舞,时而旋转迅疾,时而款步缓行,真是摇曳生姿,动人心扉。这两行诗用词极其典雅。镜不是平常的镜,乃是盘龙明镜,名贵之极。发型也不是普通的发型,乃是庄重的宝髻。地毯也不是常见的地毯,乃是大红氍毹,让人想到岑参的《田使君美人舞如莲花北鋋歌》:"美人舞如莲花旋,世人有眼应未见。高堂满地红氍毹,试舞一曲天下无。此曲胡人传入汉,诸客见之惊且叹。"鞋也不寻常,是精致的弓鞡。诗人如此不厌其烦地堆砌这些名词,用意就像元稹《梦游春》里一样,衬托出歌伎的美好与难忘。

> 堪恨当年的篇什流轶十八九
> 如今思重新勾勒已感觉难能

仲则爱慕不已，写下许多诗文，表述衷肠。只是可惜了，当时对诗文不太在意，随意丢掷，如今时过境迁，想要再去寻找，却早已散佚一空。靠记忆去勾勒当年的情景，到底已不能够。这实在是"堪恨"的。

而这种对"篇什"的不在意，不珍惜，也正是对歌伎的不珍惜。于是回到了全诗的开头，"今生愁怨岂皆是宿生的种因？"或许，答案已经有些浮现。不过在当时，他们哪里会想到以后的林林总总。

倾心如此的迅速，相视如此迟
一天几度涌入我寂寞的情思

相见之后，仲则一见倾心，但从倾心到彼此深情"相视"，却并不容易。因为仲则家境贫寒，又未曾有什么功名，所以虽然思慕，却无法亲近。"思之不得，辗转反侧"，对那歌伎魂牵梦萦，于是有了"寂寞的情思"，才下眉头，却上心头，难以解脱。既然如此，咬咬牙，还是行动吧。

封侯岂敢望，惟求不受人笞辱
叩户道乞浆慧心明白是托辞

这里用了卫青典。卫青出身复杂，其母为平阳侯一奴婢，守寡时与郑季私通，生下卫青。卫青稍长，回到父家，却备受欺辱。有人给他相面，说他有封侯之相。他笑道：封侯岂敢望，惟求不受人笞辱。这个典故用在这里，说明男子想去求爱，心里却完全没底：岂敢存夫妻恩爱之想，但求表白真心后，不被她笑语侮辱。于是找了个借口，叩开了那歌伎的家门。不料那歌伎却有慧心，一见之下，便洞察男子心思。

羊车共载含笑听市中的惊羡
青鸟飞来肯重作蓬山的歌诗

这两句诗乃是倒装，且先说"青鸟"句。此句化自李商隐的诗句，"蓬山此去无多路，青鸟殷勤为探看"，以及"刘郎已恨蓬山远，更隔蓬山一万重"。蓬山本是海上三仙山之一，自古以来便是可望不可即之地。刘晨与阮肇入山采药，遇两仙女，半载返家，子孙已过代。后重访仙女，行迹渺然，因而深恨蓬山之远。李商隐却说"无多路",真是如此吗?既然很近,那何不亲自前往,反而劳烦青鸟振翅前往探看呢?言下之意是,蓬山极远,之所以说"不远",乃是内心思念之迫切。

吴兴华却说,青鸟乃是信使,主动飞来,"重作蓬山的歌诗"。这显然还是借用宋祁的故事。皇帝得知宫女倾心宋祁,便有意成全,说:"蓬山不远。"吴兴华诗中的仲则也有这般好运,得到女子的倾心。于是幸福的时刻到来了,他们乘车共载,招摇过市。一对神仙眷侣,珠联璧合,自然惹人惊羡。"含笑"二字,就写出二人心满意得、如胶似漆之状。

这样的倒装,先说果,再说因,先说重点,再做次要的补充,很符合心理的逻辑。正如叶嘉莹评论杜甫"香稻啄余鹦鹉粒,碧梧栖老凤凰枝"一句:"这种句法,其安排组织全以感受之重点为主,而不以文法之通顺为主,因此,其所予人者全属意象之感受,而并非理性之说明。"① 而吴兴华诗的倒装,就宛如电影的文法,镜头里出现男女共载的喜乐画面,再以蒙太奇方式,闪回几个镜头,点明女子的芳心可可。这样的写法,更让读者直观地感受到二人浓烈的幸福。

可怜往复这七年鸾飘与凤泊
料应是天公嗔怒寸步不曾离

但幸福并不长久,欢会之后,便有了七年的分离。"鸾飘凤泊",写得非常传神,白朴《梧桐雨》第一折:"夜同寝,昼同行,恰似鸾凤和鸣。"而如今鸾凤相分,各自漂泊,真是人间惨事。至于别离的真正原因,黄景仁写道:"多缘刺史无坚约,岂视萧郎作路人。"为了些许俸禄,投靠刺史,做一刀笔小吏,身不由己,只能与歌伎告别,此后诸事烦忙,无法脱身,不能守相会之约。其实并非黄郎变心为萧郎,而是迫于生计之无奈。可吴兴华在诗中偏说:这七年的分离,肯定是天公嗔怒于当初的寸步不离。这种感觉是真切的。以此刻的会合无缘对比此前的如胶似漆,以此刻的室空人杳对比此前的鸾凤和鸣,不免令人心生往事不可复得的寂寥与怅惘。

---

① 叶嘉莹:《杜甫秋兴八首集说》,河北教育出版社1997年版,第50页。

分别时撕心裂肺的巨痛，随着时间推移，会转化为长久的隐痛。正如张爱玲在《沉香屑·第二炉香》中的妙喻："整个的世界像一个蛀空了的牙齿，麻木木的，倒也不觉得什么，只是风来的时候，隐隐的有一些酸痛。"所以诗歌的最后一节，写得深沉而迟缓，仿佛是仲则独自面壁，喃喃自语。

> 向年每笑道我尚无殊于孩童
> 自道落花的身世已历尽霜风
> 高冠长佩中流闻女媭的悲詈
> 白璧暗投行当悔滥用的痴情

他在默默与女子对话了：还记得吗？当年，你总笑我像个孩子。其实相爱之时，每个人都成为孩子，说些天真浪漫的话语。而此刻，我宛如落花，飘零多年，无法掌控命运，被一种无形的力量所主宰，奔波南北，早已历尽风霜，不再是个稚气的孩童了。当然，这第二句诗也可以如此理解：女子毕竟是歌伎，置身欢场，经历曲折，小小年纪便像落花一般，历尽了霜风。正因如此，能得一知心人，恰是她最为珍视的。

"高冠长佩"用的是屈原典。屈原忠而见逐，于是"高余冠之岌岌兮，长余佩之陆离"，表明自己不同流俗，高风亮节。"流闻女媭的悲詈"，说的是屈原在漂流之中，辗转听闻姐姐女媭的劝诫：在没有是非曲直的社会里，你若不能改变孤忠耿直的个性，将不会见容于当时，而且会惹来杀身之祸。此话虽然体贴，但显然缺乏对屈原的理解。于是屈原倍感孤单。

仲则以屈原自比，也有这种情怀。但这里的"女媭"，当指他所爱的女子。这女子的"悲詈"，也并非劝诫，而是一种抱怨。女子抱怨什么呢？"白璧暗投行当悔滥用的痴情！"这句诗比较难懂，需要细细分析。"白璧暗投"，显然是用典：

> 臣闻明月之珠，夜光之璧，以闇投人于道路，人无不按剑相眄者。何则？无因而至前也。蟠木根柢，轮囷离诡，而为万乘器者。何则？以左右先为之容也。
>
> ——《史记·鲁仲连邹阳列传》

邹阳的意思是，宝物无端地抛到眼前，即使抛出的是随候明珠、夜光之璧，还是要结怨而不讨好。而女子说这话，言下之意是，当初倾心得如此迅速，毫无保留，甚至到了"滥用痴情"的程度。这一来反倒坏了事，让仲则感觉感情得来容易，于是不知珍惜，酿成了轻易别离的结局。这是自己应当后悔的。而这也回应了全诗的开头，愁怨的根由，不是前世之因，而是今生的薄情，还有生计的无奈。

男子听到这样的"流闻"，也懊丧不已。于是想到了二人分别时的场景：

执手絮絮劝调摄饮食与眠起
半晌惜惜看薄愁堆聚上眉峰

这两句诗化自仲则《感旧杂诗》（一）："牵袂几曾终絮语，掩关从此入离忧。"女子是如此的温柔，告别在即，执手相看，没有一句怨言，也并不倾诉衷肠，而只是絮絮叨叨，说些在"饮食"与"眠起"方面注意"调理保养"的话语。其实，只有情深意长，体贴入微，期待日后重会，才会牵挂着如此琐碎的日常细节。而唯因如此，才更加感人至深。但女子是如此伤心。这伤心不是表现于痛哭流涕，而是表现于半晌无语，默默难过，却又不愿表露，只在眉峰上堆聚起薄愁。"惜惜"二字，写出了女子柔弱无助的可怜模样。万千话语淤积心头，只化作默默无语。而仲则当年并不怜惜，挥手而去，如今想来，真是愧疚难当。

即今顾曲的思致久已经灰死
犹忆那人的银甲拨弄着锦筝

此诗的最后两句，是仲则的决绝之词。想当年，周瑜丰姿俊雅，被江东人称为"美周郎"，每有宴饮，陪宴抚琴的歌女们为了让周瑜看她们一眼，就常常故意弹错。而如今，男子曾经沧海，心如死灰，再不会有"顾曲"的兴致。即便听曲，也只回忆"那人的银甲拨弄着锦筝"，对于旁人，是再也无法动情了。

行文至此，忽然想到李商隐《无题》。两诗主题颇为相似。同样的男子对远隔天涯的女子的思念，同样是月斜时分，同样是"梦为远别"，同样是"书被催成",同样是抚今追昔,却覆水难收,遗恨不已。于是,便引用李商隐诗结束这篇小文。

> 来是空言去绝踪,月斜楼上五更钟。
> 梦为远别啼难唤,书被催成墨未浓。
> 蜡照半笼金翡翠,麝熏微度绣芙蓉。
> 刘郎已恨蓬山远,更隔蓬山一万重。

## 附:黄景仁诗

### 感旧

#### 其一

大道青楼望不遮,年时系马醉流霞,
风前带是同心结,杯底人如解语花,
下杜城边南北路,上阑门外去来车,
匆匆觉得扬州梦,检点闲愁在鬓华。

#### 其二

唤起窗前尚宿醒,啼鹃催去又声声,
丹青旧誓相如札,禅榻经时杜牧情,
别后相思空一水,重来回首已三生,
云阶月地依然在,细逐空香百遍行。

#### 其三

遮莫临行念我频,竹枝留涴泪痕新,
多缘刺史无坚约,岂视萧郎作路人,
望里彩云疑冉冉,愁边春水故粼粼,
珊瑚百尺珠千斛,难换罗敷未嫁身。

其四

从此音尘各悄然，春山如黛草如烟，
泪添吴苑三更雨，恨惹邮亭一夜眠，
讵有青鸟缄别句，聊将锦瑟记流年，
他时脱便微之过，百转千回只自怜。

## 感旧杂诗

其一

风亭月榭记绸缪，梦里听歌醉里愁。
牵袂几曾终絮语，掩关从此入离忧。
明灯锦幄珊珊骨，细马春山翦翦眸。
最忆频行尚回首，此心如水只东流。

其二

而今潘鬓渐成丝，记否羊车并载时；
挟弹何心惊共命，抚孤底苦破交枝。
如馨风柳伤思曼，别样烟花恼牧之。
莫把鹍弦弹昔昔，经秋憔悴为相思。

其三

柘舞平康旧擅名，独将青眼到书生，
轻移锦被添晨卧，细酌金卮遣旅情。
此日双鱼寄公子，当时一曲怨东平。
越王祠外花初放，更共何人缓缓行。

其四

非关惜别为怜才，几度红笺手自裁，
湖海有心随颖士，风情近日逼方回。
多时掩幔留香住，依旧窥人有燕来。
自古同心终不解，罗浮冢树至今哀。

## 第四章

## 素体诗

### 给伊娃

伊娃,让我们活着时想一想明天
欲凋的花朵吧。今日徒费的劳力
还不是他年往回看,当新的香气
浮在美女的鬓边时悲苦的泪吗?
隔着明日的窗子我向下看,街心
来复着呜咽的微风,而你在园中
静立着如一座石像,象征着世外
常驻的美丽,却又不沾一粒尘土——
而我,作梦的诗人,在你的光辉里
看出来爱情的暂短,与热望如何
能凌越知识的范围,远去像流星
拜访些人类所未闻未见的境域。①

---

① 引自丁尼生(Alfred Tennyson)的长诗《尤利西斯》(*Ulysses*):"And this gray spirit yearning in desire / To follow knowledge like a sinking star, Beyond the utmost bound of human thought."

在不知多少年之前，当夜云无声
侵近了月亮苍白的圈子时，薄雾
抚摩着原野。西施在多树的廊间
听风，她的思想是什么呢？谁知道？
徒然为了她雪白的肌肤，有君王
肯倾覆自己正将兴未艾的国运；
纵使他在她含忧的倚着玉床时，
眼睛里看出将会有叉角的雌麋①
来践踏他的宫室。绝代的容色
沉浸在思维里，宇宙范围还太小，
因为就在她唇角间系着吴和越。
成败是她所漠然的，人世的情感
得到她冷漠的反应而以为满足
她的灵魂所追逐的却是更久远
可神秘的事物——或许根本不存在。
好奇的人们时常要追问：在姑苏
陷落后，她和范蠡到何处去流浪？
不受扰乱的静美才算是最完全，
一句话就会减少她万分的娇艳。
既然不是从沉重的大地里生出，
她又何必要关心于变换的身世？
从吴宫颦眉的王后降落为贾人
以船为家的妻子，她保持着静默，
接受不同的拥抱以同样的愁容，
日日呼吸着这人间生疏的空气，
她无时不觉得自己是一个过客。
啊这可悲的空间！我们所惊奇的

---

① 雌麋本是不长角的，此处却写"有叉角"，是笔误，还是别有深意，有待考证。

不过是一点微尘，她或许看见过，
直觉的感受过什么，以至相形下
一切都像是长流水，她则是岩石。
她则是万古的岩石屹立在水中，
听身后身前新的浪淹没了旧的，
自己保持着永远的神圣的静默。

然而唉，伊娃，在你的生命里没有
对于将来的忧虑，只要是时间仍
置她如玉的双足在人世的山上。
你的静默是历史上无数失名的
女子的象征，尽管你生在现代；
日夜灵魂总像是深闭在永巷①的
宫女，梦想着世界外芳馥的春天。

## 【精读】

诗歌标题是《给伊娃》(*To Eve*)，而现在 Eve 通译为夏娃，与亚当住在伊甸园中，因撒旦的诱惑，与亚当一起吃了分辨善恶树上的果子。上帝震怒，将二人逐出伊甸园。于是夏娃成为人类之母，也成为女性的象征。而夏娃贬落凡尘，终生劬劳，也时常向往完美之境——伊甸园，这就是全诗的诗眼所在。

全诗分为三节，第一节是诗人对伊娃的倾诉，讨论永恒与短暂的问题。第二节是由眼前园中静立的伊娃，联想到古代的西施。第三节又回到眼前，展开了现象与理念之辩。全诗前后照应，形成一首圆满、玄奥的现代诗。

首先来看第一节。

　　伊娃，让我们活着时想一想明天

---

① 永巷：皇宫中的长巷，是未分配到各宫去的宫女的集中居住处，也是幽禁失势或失宠妃嫔的地方。《史记·吕太后本纪》："吕后最怨戚夫人及其子赵王，乃令永巷囚戚夫人，而召赵王。"

> 欲凋的花朵吧。今日徒费的劳力
> 还不是他年往回看,当新的香气
> 浮在美女的鬓边时悲苦的泪吗?

诗歌的开头就说"伊娃,让我们……",好像是面对面的诉说,但语气却并不亲切,反而近似于玄想,语意飘忽不定。诗人说了一个最普通的现象:花朵此刻新鲜娇艳,但明天就会凋谢,往回一看,却发现美人鬓上又插上了新花,早将自己忘却了,于是只能潸然泪下。人生不也是如此吗?今天百般努力,赢得了些许美誉,但说到底,也不过是另一种形式的蹉跎岁月,等到暮年时分,老态龙钟,就被别人忘却,世人又在赞美另一些更年轻光鲜的人物了。既然如此,那么还有什么是可贵的呢?诗歌写到这里,毫无出奇之处,不过是"金缕衣""玉环飞燕皆尘土"式的陈旧主题罢了。而且从第二行到第四行,乃是一个拖沓的长句,过分欧化,读上去并不舒畅,而且颇为费解,像是蹩脚的英诗汉译,算不上成功。幸好,紧接着,吴兴华就出现了神来之笔,挽救了这一颓势。

> 隔着明日的窗子我向下看,街心
> 来复着呜咽的微风,而你在园中
> 静立着如一座石像,象征着世外
> 常驻的美丽,却又不沾一粒尘土——

"隔着明日的窗子",这句诗耐人寻味。"明日"可以是确切的第二天,也可以泛指未来。也就是说,我假想自己站在未来的某天,像此刻一样,隔着窗户往下看,发现世界已悄然变化。"街心来复着呜咽的微风",是指在我们的世界里,时间正如微风,几乎悄无声息,而又无孔不入,带走世人的韶华,令人黯然神伤,却又无可奈何。可诗人却看到,伊娃并没有变,她在园中"静立如一座石像,象征着世外/常驻的美丽,却又不沾一粒灰尘"。石像相对于肉身而言是永恒的,可以抵抗时间之风的侵蚀。而且她是如此美丽,不沾一点风尘。这个静态的描写,不由让人想到济慈的《希腊古瓮颂》:

> 哦,希腊的形状!唯美的观照!

上面缀有石雕的男人和女人，
还有林木，和践踏过的青草；
沉默的形体呵，你像是"永恒"
使人超越思想：呵，冰冷的牧歌！
等暮年使这一世代都凋落，
只有你如旧；在另外的一些
忧伤中，你会抚慰后人说：
"美即是真，真即是美"，这就包括
你们所知道、和该知道的一切

（穆旦译）

在济慈的笔下，古瓮上保留了生活场景。一旦雕刻完成，就变成永恒，并且超越思想，就算真实世界完全凋落，但它还是如旧。那伊娃为何拥有这样的能力呢？难道是诗人的眼里，心爱的人永不衰老，即使外表变化，但也爱她朝圣者的灵魂？这样的解读，显然偏离了吴兴华的意图。他雄心勃勃，岂能只写一首庸俗的情诗。所以我们联想到上文对夏娃的介绍，可以这样理解：伊娃（夏娃）在人世的花园中，突然触动心底的记忆，想到了上帝的花园——伊甸园，于是怅然出神，若有所思。但即便如此，她为什么不会衰老？

答案在雪莱的《赞智性美》中。在这首诗里，雪莱阐述了这样的观点：美既不在物质的对象，也不在主观者的心目中，它是一种纯精神的存在，即柏拉图的"美的理念"。柏拉图认为，世界由"理念世界"和"现象世界"所组成。理念的世界是真实的存在，永恒不变，而人类感官所接触到的这个现实的世界，只不过是理念世界的微弱的影子，它由现象所组成，而每种现象是因时空等因素而表现出暂时变动等特征。在变动不居的现实世界中，只要有这种"智性美"的存在，人类就不会黑暗，死亡也不可怕。

美的精灵呵，你飘向了何方？
你的光彩使人类的形体或思想
变得神圣庄严、不可侵犯，
……

> 你不为人知，却威严可怖，假如
> 你和你光荣的随从居于人的心灵，
> 人啊，定会永生不朽，而且无所不能。
>
> （吴笛译）

吴兴华的诗总有许多原型，而《给伊娃》中有明显的《赞智性美》的痕迹。伊娃之所以可以像石像一样，拥有常驻的美，恰是因为"智性美"居于她的心灵里了。于是红颜虽然易凋，但也藏有永恒的意义。

> 而我，做梦的诗人，在你的光辉里
> 看出来爱情的暂短，与热望如何
> 能凌越知识的范围，远去像流星
> 拜访些人类所未闻未见的境域。

这四句又是个长句，有两层意思：其一，我在你的光辉里看出来爱情的短暂；其二，我看出你在热望如何能凌越知识的范围，拜访些人类未闻未见的境域。

在"做梦的诗人"的眼里，伊娃像一尊石像，那么我们可以将她想象成许多永恒的艺术品，比如米洛的维纳斯，比如达·芬奇的蒙娜丽莎，她们是美的象征，可以超越时空。与她们相比，爱情都变得那么短暂。那么，像这样的女子，站在美的巅峰，她们心里的想法，肯定有别于芸芸众生。爱情、财富、名誉，她们似乎并不看重。她们该追求什么？要"凌越知识的范围"，又是什么意思呢？

冯睎乾敏锐地发现，这几句诗，出自英国诗人丁尼生（Alfred Tennyson）的长诗《尤利西斯》（*Ulysses*）：

> 让我灰色的灵魂徒然渴望①

---

① 丁尼生诗句中的"gray"翻译成"灰色"不太妥当，有心灰意冷的感觉。而丁尼生的原意是，尤利西斯虽已年老，但灵魂却在热望再次出征，所以翻译成"斑白"或"白首"似乎更佳。比如叶芝的名句"When you are old and grey and full of sleep"（gray = grey），袁可嘉就翻译成："当你老了，头白了，睡思昏沉。"

在人类思想最远的边界之外
追求知识,像追求沉没的星星。

(飞白译)

And this gray spirit yearning in desire
To follow knowledge like a sinking star,
Beyond the utmost bound of human thought.

对比吴兴华的诗句,可见两者极其相似。丁尼生笔下的尤利西斯,"烈士暮年,壮心不已",经过十年特洛伊战争、十年海上漂流,终于回到故乡,却又不甘心于平静的生活,于是激励自己的老部下一起再次出征,诗歌末节写道:

尽管已达到的多,未知的也多啊,
虽然我们的力量已不如当初,
已远非昔日移天动地的雄姿,
但我们仍是我们,英雄的心
尽管被时间消磨,被命运削弱,
我们的意志坚强如故,坚持着
奋斗、探索、寻求,而不屈服。

(飞白译)

Though much is taken, much abides; and though
We are not now that strength which in old days
Moved earth and heaven, that which we are, we are——
One equal temper of heroic hearts,
Made weak by time and fate, but strong in will
To strive, to seek, to find and not to yield.

冯睎乾认为,丁尼生的尤利西斯,并非取材自荷马史诗的奥德修斯(Odysseus),而是脱胎于但丁《神曲·地狱篇》第二十六章的尤利西斯。《神曲》中,尤利西斯和同伴们驾驶航船,直到"体貌衰老,行动迟钝",寻求未知之境。让我们看一下这位尤利西斯如何鼓励同伴:

> 我们的神志还有一点点的能耐。
> 这点能耐，可以察看事物。
> 那么，别阻它随太阳航向西方，
> 去亲自体验没有人烟的国度。
> 试想想，你们是什么人的儿郎；
> 父母生你们，不是要你们苟安
> 如禽兽，而是要你们德智是尚。①
> 　　　　　　　　（黄国彬译）

> a questa tanto picciola vigilia
>
> de' nostri sensi ch'è del rimanente,
>
> non vogliate negar l'esper? enza,
>
> di retro al sol, del mondo sanza gente.
>
> **Considerate la vostra semenza：**
>
> fatti non foste a viver come bruti,
>
> ma per seguir virtute e canoscenza.

但伊娃是一介女子，将她想成扬帆出海驶向世界尽头的尤利西斯，或是"万卷书已读遍，却不曾聪明半点"的浮士德，都觉得不适合。那么她该如何寻求无限与永恒呢？诗中没有明写。而我们通过雪莱的诗可以知道，她在寻求的是理念世界的智性美。

接下来，诗人由眼前的伊娃，想到了另一位女子——西施。于是诗歌进入第二节，由眼前之实，进入联想之虚。

> 在不知多少年之前，当夜云无声
> 侵近了月亮苍白的圈子时，薄雾

---

① 黄国彬译诗严格遵循但丁"三韵格"的押韵方式，韵格为 aba，bcb，cdc，但不免有凑韵之嫌，尤其"而是要你们德智是尚"一句，颇显生涩，没有原文的气势。冯睎乾译作："趁吾曹之感官/尚余少许清醒，且逐落日远逝/访彼无人之境。思汝种之生世，非效兽而苟活，乃求德行知识。"用文言文翻译，虽与原文韵格不同，但颇为悦耳动听，同时节奏快捷，激动人心，符合中国人的阅读习惯。

抚摩着原野。西施在多树的廊间
听风，她的思想是什么呢？谁知道？

吴兴华的诗笔灵动，一下子从"远去如流星"的气势，变得柔美清新，通过三个跨行，语气变得轻缓，充满冥想的气质。再来看他精心编制的意象群：月亮有"苍白的圈子"，又被"夜云无声侵近"；地上"薄雾抚摩着原野"；西施"听风"的所在，又是"多树的廊间"。这么多繁密的意象，勾勒出月光下的景色，静美，清冷，朦胧，带点淡淡的梦幻般的惆怅。至此，我们的眼前可以浮现出西施的形象了。她容颜绝美，无悲无喜，身在尘世，却又超俗绝尘。诗人思接千载，极力地想走进西施的内心，用她的眼光来打量四周。但诗人毕竟不是西施，只能揣测她的内心，却无法洞察，于是不由发问："她的思想是什么呢？谁知道？"正如所有的意象都是"此中有真意，欲辨已忘言"，西施的思想也是如此，让人捉摸不透，把握不定。而正因为这种不确定性，激发了吴兴华探索的兴味。

徒然为了她雪白的肌肤，有君王
肯倾覆自己正将兴未艾的国运；
纵使他在她含忧的倚着玉床时，
眼睛里看出将会有叉角的雌麋
来践踏他的宫室。绝代的容色
沉浸在思维里，宇宙范围还太小，
因为就在她唇角间系着吴和越。
成败是她所漠然的，人世的情感
得到她冷漠的反应而以为满足
她的灵魂所追逐的却是更久远
可神秘的事物——或许根本不存在。

这一段是全诗的核心部分。要理解这些诗句，我们可以先参考吴兴华自己的解释。他曾对宋淇说过写作此诗的动机：

我总想 speculate 一下她当时倚栏想的是甚么？没有人晓得。然而

（这一点我敢保你会同意的）她想的事一定不会是日常的辛苦，人类的劳累，吴越的战情。This is badly put. 可是你一定明白，我的意思是西施当时或许会想到吴越的情形，自己的身世等等。可是我们脑中的西施是不被这些杂思缠绕的，……（她）像雕像，纯粹是思想，而没有感情。你记得 Beatrice 吗？当然她是更高一层，而达到 Divine Grace 了。那种爱和人世的爱是不可并语的，而且有一个中世纪宗教在后面，那种爱不过是教义的一部，也就是 intellect 的化身。①

原来在吴兴华心目中，西施和海伦，甚至贝亚特丽采是一样的，是"理想化的女子"，宛如雕像，代表智性，没有感情，与俗世格格不入，可她们却是永恒的。西施并不为俗思所缠绕，总在思索"更久远可神秘的、或许根本不存在的物事"，她就像《庄子·逍遥游》中的藐姑射神人："肤若冰雪，淖约若处子。不食五谷，吸风饮露。乘云气，御六龙，而游乎四海之外。其神凝，是物不疵疠②而年谷熟。"这种美像是一个门窗紧闭的宫殿，让人仰望，迷恋，同时又无法亲近，空添几分惆怅。吴王夫差一心想要进入，却总被排拒在外。就算日日缠绵于床榻，但她是淡然的，一切不过曲意承欢。

此时吴国兴兵复仇，大败越国，国势如日中天。但就算如此，当他看着"倚着玉床"的西施，她"如雪的肌肤"，她的含忧和拒绝，让他陷入百无聊赖的境地，于是无心打理朝政，甘心颠覆"方兴未艾的国运"。他也有预感，若是沉溺其中，也许会导致兵败国灭，宫室荒废，将有麋鹿践踏这片废墟。

对于西施而言，成败是无所谓的，对于人世的情感，她也报之以冷淡。她对尘世无欲无求，只是一味沉浸在自己的思维里，神游于物外。相对于她的思维，"宇宙范围还太小"。宇代表着无限大的时间，宙代表无限大的空间，而诗人颠覆了传统的概念，认为宇宙是小的，而她却是无限大的。为什么呢？因为宇宙周流不息，变化不止，而西施沉思的却是永恒之物。这种永恒之物，就像她的美一样，都是永驻的。虽然到如今她已过世数千年，但其美名依然

---

① 见吴兴华一九四二年一月十三日致宋淇信，转引自冯睎乾：《吴兴华：A Space Odyssey》，载《万象》，2010 年第 6 期。

② 疵疠：疾病。

代代相传,每个人心中都有个西施:她早已是美的象征。

> 好奇的人们时常要追问:在姑苏
> 陷落后,她和范蠡到何处去流浪?
> 不受扰乱的静美才算是最完全,
> 一句话就会减少她万分的娇艳。
> 既然不是从沉重的大地里生出,
> 她又何必要关心于变换的身世?
> 从吴宫颦眉的王后降落为贾人
> 以船为家的妻子,她保持着静默,
> 接受不同的拥抱以同样的愁容,
> 日日呼吸着这人间生疏的空气,
> 她无时不觉得自己是一个过客。

相传,吴国灭亡后,范蠡接了西施,泛舟于五湖,逍遥自在去了。在大众的心中,这样的结局是完美的,才子佳人,乃是神仙眷侣。但吴兴华却在想,西施既然对吴国兴亡无动于衷,对夫差的宠爱也漠然视之,那对于范蠡,她会青眼有加吗?不,"不受扰乱的静美才算是最完全",对于身世变换,做尊贵的王后,还是做贾人之妻,她都无动于衷,保持着静默与愁容。诗中写道,西施"不是从沉重的大地里生出"。不是从大地出生,那她源于何处?与地相对的,我们的第一反应当然是"天"。由天而生的女子,我们容易想到海伦,天神宙斯的女儿。叶芝在《丽达与天鹅》中写道:

> 白热的冲刺下,那扑倒的凡躯
> 怎能不感到那跳动的神异的心?
> 腰际一阵颤抖,从此便种下
> 败壁颓垣,屋顶和城楼焚毁
> 　　　　　　(余光中译)

And how can body, laid in that white rush,
But feel the strange heart beating where it lies?
A shudder in the loins engenders there

> The broken wall, the burning roof and tower

据希腊神话传说，众神之王宙斯化作天鹅，与人间少女丽达野合，生下女儿海伦。海伦以其绝色，引发特洛伊十年战争，留下一片败壁颓垣。无论是艳色与遭遇，海伦与西施都颇为相似。在吴兴华的构思中，这二人几乎是同一人：

> （西施）就像海伦，那眼光柔弱的希腊美人，倚城看战士的独斗，战争在她脚下汹涌，而她的思想呢？荷马并不告诉我们。这就是她们的光荣。她们仿佛是不与我们一齐存在，或者，在她们眼中的世界是与我们所见到的大不相同的，这样那雄心的夫差和她不过是"咫尺天涯"的关系。她一定不以这一切为要紧。因为她从前所抛下的，现在所见到的，将来所要去的境界，都是我们所不能了解的。①

当然，西施有名有姓，在诸暨还有其故居，自然没有神的血统。虽然有神话说西施本是嫦娥的掌上明珠，奉玉帝之命，前来拯救吴越两国人民于连年战火，故有"尝母浴帛于溪，明珠射体而孕"之说，因此西施有可能会像夏娃想念伊甸园一样仰望月宫。

但这样理解，到底还有些牵强。所以我们还应该想到另一个与"地"相对的词语，如果把"地"理解为"现象世界"，那么与之相对的，就是柏拉图的"理念世界"。而西施的美，就属于这个"理念世界"。厘清了这一点，我们不难理解诗人说西施"日日呼吸着这人间生疏的空气，她无时不觉得自己是一个过客"。因为她不属于这个世界，所以当她看着眼前的"现象世界"，觉得一切都变动不居，正如雪莱在《赞智性美》中所说：

> *爱情、希望和自尊，如同行云，*
> *在借得的时光里来去匆匆，飘忽不定。*
> （吴笛译）

---

① 吴兴华致宋淇信，一九四二年一月十三日。

情爱也罢,希望也罢,荣名也罢,自尊也罢,都宛如梦幻泡影,当然都不值得用心。而这种不用心,就使她"与自然界和人世间的其他存在物毫无关联,她似乎是来自于、同时也向往着另外一个永恒的世界"①。

啊这可悲的空间!我们所惊奇的
不过是一点微尘,她或许看见过,
直觉的感受过什么,以至相形下
一切都像是长流水,她则是岩石。
她则是万古的岩石屹立在水中,
听身后身前新的浪淹没了旧的,
自己保持着永远的神圣的静默。

在这里,诗人又开始了对西施内心的探索。"这可悲的空间",是常人的生活空间与视野,与西施的无限相比,当然显得局促,可悲,宛如井蛙观天。我们平常所惊奇的,比如美景、美色、壮举、惨剧,都不过是"一点微尘"。西施或许看过,或许也感受到一些什么,但都只是浮光掠影,了无痕迹。只有她自己是永恒的,像长流水中屹立不动的万古岩石,前浪方去,后浪又及,但对她并无影响。她不随时间流逝而衰朽,"自己保持着永远的神圣的静默",散发出神秘而迷人的气息。

接下来,诗歌进入最后一节。诗人由幻想的西施,回到眼前院子里的伊娃身上。

然而唉,伊娃,在你的生命里没有
对于将来的忧虑,只要是时间仍
置她如玉的双足在人世的山上。
你的静默是历史上无数失名的
女子的象征,尽管你生在现代;

---

① 张松建:《新传统的奠基石——吴兴华、新诗、另类现代性》,见《新诗评论:2007年第一辑》,北京大学出版社2007年版,第105页。

> 日夜灵魂总像是深闭在永巷的
> 宫女,梦想着世界外芳馥的春天。

在诗人笔中,伊娃和西施是一样的,只要依然存在于人世,就没有"对于将来的忧虑"。因为在她们眼里,"天地者,万物之逆旅"而已。"你的静默是历史上无数失名的/女子的象征,尽管你生在现代"一句又让人想到柏拉图的二元论。在柏拉图看来,"理念世界"里的女子尽善尽美,"现象世界"里的诸多女子,呈现出千姿百态,但都是她的投影,所以她可以作为"无数失名女子的象征"。也正是出于这种观念,诗人在全诗结尾处,将世界比作"永巷",把伊娃的灵魂比作"深闭在永巷的宫女",并且"梦想着世界外芳馥的春天"。永巷相当于冷宫,宫女在这里深闭,于是梦想着外面的春天。伊娃和西施被禁锢于尘世,却在想象另一个更美好的世界。在这两句诗中,柏拉图的二元论是特别明显的。这个世界,何时才能到达?全诗到此结束,却是立意高远,余韵无穷。

## 吴起

我常常觉得生命在深思的眼睛
观察下,不过是永恒的蜕变,不过
是从古旧的关系挣脱了,沉溺入
新的,恻然的念及新的也将变旧……
于是我突然以为自己能了解他,
那古人,不奔母丧只西向而号泣,
眼泪,多余的眼泪,我明白它们的
意义。我想象如何在阴暗的屋中,
被贫病所压下,呼吸恶劣的空气。
母子把最高的希望寄托在将来
能有条干净的床单的一天;如何
他长大,野心的成熟更快过身体。
战抖的发觉自己在仰视太阳时
(把不可逼视的光荣)一方面悄悄
从那白发而无助的老妇人溜开,
不再是他自身不可缺少的部分,
躲避寒冷的风和雨最后的依归,
日日看见她;理想的神光晦暗了,
然后儿子惧怕的打算用别离来
维系将崩断的絷索①;日夜的苦学,
他人不矫饰的赞美,孤独的涕泪。
最后来到了解脱他束缚的时刻,
灵魂扑击在冷如玻璃的孝心上,

---

① 絷索:捆绑的绳索。

无力下垂的翅膀，不复能载他到
开展的欣欢；日光下不绝的桔柚，
爽气湿润的芳草与晶莹的水流，
一切对他都好象半死无生气，
因为他多年来日夜辛苦储集的
酸痛，只为这一瞬：就仿佛死去的
是他的童时与隶属于它的世界，
就仿佛邦国间纵横的诈谋暴取，
都视她最后一口气出入而决定，
就仿佛万物失去了意义，而获得
新的价值。当他转身回到书屋里
他觉得苍苍的天空是如此卑下，
崎岖的地面升起来微拂着群星，
当大道拐角处马蹄把轻尘蹴①起，
每一朵花蕾擎满了凄凉的暗影，
"再一次天明将不是平常的天明"，
如此他想遍：坐下来，漠然而宁静，
等候着黑夜的布开，如同我现在——

## 【精读】

吴起是一个复杂而传奇的人物。他母死不归，杀妻取将，贪求荣名，置人伦于不顾。他极能用兵，建魏武卒，"卧不设席，行不骑乘，亲裹赢粮，与士卒分劳苦。卒有病疽者，起为吮之"，于是剑锋所指，所向披靡。他懂仁义，劝诫魏武侯治国"在德不在险"，但自己在楚国为相时，却刻薄寡恩，以雷霆之势推行新法，废公族，好征战，最后触发众怒，死于宫廷内乱。可吴兴华对这么多的传奇材料都视若不见，唯独选择了吴起即将告别母亲的时刻，以细腻的文笔，深入主人公的内心，体验他的心路历程。

---

① 蹴：踢。

> 我常常觉得生命在深思的眼睛
> 观察下，不过是永恒的蜕变，不过
> 是从古旧的关系挣脱了，沉溺入
> 新的，恻然的念及新的也将变旧……

诗歌一开头，诗人就阐述了一个体悟：生命不过是蜕变，"从古旧的关系中挣脱，进入新的"，而新的也将变旧，人又将进入更新的关系。这是易于理解的。人的一生，从出生就开始成长，先沉溺于父母之怀，而后蹒跚学步，逐渐成长，十五有志于学，三十而立，四十知天命。遇到不同的人，做不同的事。随着时间流逝，过去的一切，都在层层脱落，凝结成记忆，而自己则抽身而出，开始新的征程。想通了这一点，诗人说：

> 于是我突然以为自己能了解他，
> 那古人，不奔母丧只西向而号泣，
> 眼泪，多余的眼泪，我明白它们的
> 意义。

《史记》中记载："（吴起）与其母诀，啮臂而盟曰：'起不为卿相，不复入卫。'遂事曾子，居顷之，其母死，起终不归。曾子薄之，而与起绝。起乃之鲁，学兵法以事鲁君。""齐人攻鲁，鲁欲将吴起，吴起取齐女为妻，而鲁疑之。吴起于是欲就名，遂杀其妻，以明不与齐也。鲁卒以为将。将而攻齐，大破之。"

吴起在鲁国贪求荣名，母死不奔，杀妻取将，纵然日后成就伟业，但一直为后人所不齿。司马迁评论道："吴起说武侯以形势不如德，然行之于楚，以刻暴少恩亡其躯。悲夫！"这几乎已是历史定论了。

可吴兴华在这首诗中，却没有写他的刻薄寡恩，而是对他的行为和心理表示"了解"。对于吴起"不奔母丧"，《史记》中仅写了七个字"其母死，起终不归"，于是曾子将他逐出师门。而诗人却写到吴起的"号泣"和"眼泪"。奔丧仅是形式，号泣乃是真心。而真心的意义，须超过外在的形式。这样的做法，嵇康等魏晋贤士无疑会认同，因为这是"越名教而任自然"。诗中"多余的眼泪"耐人寻味。母亲去世，让吴起痛哭流涕，这是"必要的眼泪",而"多余的眼泪",吴起又洒向了什么?从下文可知,眼泪洒向了自己死去的过往。于是,诗歌开始了追忆。

> 我想象如何在阴暗的屋中,
> 被贫病所压下,呼吸恶劣的空气。
> 母子把最高的希望寄托在将来
> 能有条干净的床单的一天;如何
> 他长大,野心的成熟更快过身体。

在这里,诗人进入了吴起的内心,与他一起抚今追昔。吴起出身贫贱,住在"阴暗的屋中","被贫病所压"。母子二人相依为命,在"恶劣的空气"中,最高的希望不过是日后"能有条干净的床单"。在这里,诗人改造了历史。在《史记》中,"(吴起)少时,家累千金,游仕不遂,遂破其家。乡党笑之,吴起杀其谤己者三十余人,而东出卫郭门"。这样的改编,显然是为了突出诗歌的主题:蜕变。早年的贫苦生活,让吴起痛苦不已。那么渴望改变命运的野心,就在小小的身躯里迅速膨胀,甚至快过身体的成长。

> 战抖的发觉自己在仰视太阳时
> (把不可逼视的光荣)一方面悄悄
> 从那白发而无助的老妇人溜开,
> 不再是他自身不可缺少的部分,
> 躲避寒冷的风和雨最后的依归,
> 日日看见她;理想的神光晦暗了,
> 然后儿子惧怕的打算用别离来
> 维系将崩断的紫索;
> …………

吴起逐渐长大,开始"仰视太阳",渴望一种"不可逼视的光荣",这也就是《史记》中所谓的"为卿相",要扬名天下,永垂青史。这种渴念是少年人都会有的。而他母亲一生劬劳,老实本分,自然不会理解儿子胸中的大志。在她心里,满口空洞的志向,不如一担柴火来得实惠。由此,我们甚至可以联想到于连和他的父亲。于连嗜好读书，有野心，父亲老索海尔却不能理解，连打带骂，视为废物。

（索海尔）抬头一看，只见于连骑在五六尺高的一根房梁上，不专心看机器，反而在那儿看书。索海尔老头对此最反感不过了。于连身材瘦削，不适合干力气活，和两个哥哥长得大不一样。这一点，索海尔老头可以原谅，但看书成癖却实在可恶，因为老头子自己是不识字的。

——司汤达《红与黑》，张冠尧译

于连在父亲的暴力与鄙弃之下，期待着脱离这个"旧的关系"。而吴起的母亲应该是温和的，但他也想要别离。童年时，母亲是吴起"躲避寒冷的风和雨最后的依归"，如今他已长大，要驰骋天下，"白发而无助的老妇人"的爱，以及其卑微的人生观，显然成了吴起的束缚。换句话说，母亲遮挡了他的理想之光。如果还久居一处，母亲将责骂儿子忤逆，儿子将埋怨母亲保守，最后只能变得母子疏离。而一旦分别，儿子鹏程万里，母亲日夜牵挂，倒会将母子亲情维系得分外牢固，也即诗中所说的"维系将崩断的絷索"。

> 日夜的苦学，
> 他人不矫饰的赞美，孤独的涕泪。
> 最后来到了解脱他束缚的时刻，
> 灵魂扑击在冷如玻璃的孝心上，
> 无力下垂的翅膀，不复能载他到
> 开展的欣欢：日光下不绝的桔柚，
> 爽气湿润的芳草与晶莹的水流，
> 一切对他都好象半死无生气，
> ……

吴起为了改变命运，在孤独中师从曾子，日夜苦学，终于习得满腹韬略，也获得他人真心的赞美，做好了展翅高飞的储备。但正在此时，母亲亡故的消息传来。按照儒家古训，他应当立即返乡守孝。

到了这一刻，他的灵魂像一只飞鸟，或是飞蛾，向往着外面的世界，振翅飞去，却扑击到了冰冷的玻璃。而这玻璃，就是孝心，是"父母在，不远游"的古训。前途与孝道，孰重孰轻，真是个千古难题。吴起陷入了矛盾。他也想要两全，不想辜负自己的才学，也不想遭受世人的谴责，但却并不能够。于是他变得消沉（"无力垂下的翅膀"），没有了"开展的欢欣"。以前让他陶醉的风景——"日光下不绝的桔柚""爽气湿润的芳草""晶莹的水流"——都与他无关。他眼前的一切，只有"半死无生机"。

> 因为他多年来日夜辛苦储集的
> 酸痛，只为这一瞬：就仿佛死去的
> 是他的童时与隶属于它的世界，
> 就仿佛邦国间纵横的诈谋暴取，
> 都视她最后一口气出入而决定，
> 就仿佛万物失去了意义，而获得
> 新的价值。

这一段是全诗中最关键的部分。他日夜的苦学，内心的挣扎，储集了那么久，"只为这一瞬"。在这一瞬，他痛下决心，不顾世人眼光，不回家乡守孝，继续追寻自己的梦想。而这一瞬，恰好就是吴兴华在里尔克影响下选择的"最丰满，最紧张，最富于暗示性"的时刻。在这一瞬间，他想到了过去。他的童年，以及属于童年的世界（或许包括贫穷、天真、善良等），伴随着母亲的去世，也一并死去了。他也想到了未来，没有了母亲，他将再无顾忌，在列国纷争中，他将捭阖纵横，不惜"诈谋暴取"，大展身手。一旦决心已定，他眼中的天地骤然发生了变化。以前的"万物都失去了意义，而获得新的价值"。吴起的人生开启了新的篇章。

> 当他转身回到书屋里
> 他觉得苍苍的天空是如此卑下，
> 崎岖的地面升起来微拂着群星，
> 当大道拐角处马蹄把轻尘蹴起，
> 每一朵花蕾擎满了凄凉的暗影，
> "再一次天明将不是平常的天明"，

> 如此他想遍：坐下来，漠然而宁静，
> 等候着黑夜的布开，如同我现在——

这一个结尾是奇特的。按理说，既然吴起开始了新的人生，那应该以"黎明""朝阳"等意象来形容。而诗人却写了黑夜，并充满了灰暗的意象："苍苍的天空""崎岖的地面""轻尘"，好不容易出现了代表希望的"花蕾"，却"擎满了凄凉的暗影"。其实这样处理符合人物的处境和形象。母亲新亡，他抛却人伦，目光务实而锋利，内心不可能鲜亮，像一切厚黑的野心家一样，冷漠、多智、自信。在他看来，连天空也变得卑下。"崎岖的地面"象征着他经历的磨难，"升起来微拂着群星"，说明光阴没有虚度，他将出人头地。"大道拐弯处马蹄把轻尘蹴起"，这一场景触及了吴起的联想，他也将跃马扬鞭，一路扬尘，人生就此拐弯。"花蕾擎满了凄凉的暗影"，正像此刻的吴起，孤独、凄凉，但毕竟蕴含着勃发的力量，或许将随着明天的太阳而灿烂绽放。想遍了这些，他变得气定神闲，等待"黑夜的布开"。这"黑夜"，似乎象征着众人的口诛，甚至青史上的笔伐。但他"漠然而宁静"，只是坚信："再一次天明将不是平常的天明。"至此，一个历尽苦难然而胸怀壮志，在人生关键时刻毅然决断，并且我行我素、不顾他人褒贬的人物形象跃然于纸。

诗歌最后写道："如同我现在——"短短五个字，加一个破折号，非常简单，却照应了开头，不仅实现了形式上的完整圆融，还能生发一些联想：这个"现在"，代表的是相同的时间，还是相似的遭遇。于是叙事者和主人公产生互文，吴起的遭遇和决断，就从个体性上升到了某种普遍性。当然，这种互文在本诗中宛如蜻蜓点水，若有若无，而在《听〈梅花调·宝玉探病〉》一诗中，就展现得非常明显了。

## 听《梅花调·宝玉探病》

她出现在台上,一个可怜的身形,
脸色煌煌的像冬日泥土隐没在
稀薄的雪下;两片板悠曳在手中,
走到鼓架前,让灯光流泻到身上:
瘦削的两肩与发育不全的胸部
仿佛禁不起观众们眼光的撕食。
突然我觉得鼓声如从世界深幽
不可窥探的胸怀里解放出,突然
神异的火焰生灭在她的纤指下,
苍白的发射在她的颜面上,使她
像是思想的孩子,当零落如雨点,
她的歌降落到老少男女的头上,
有时轻,有时重,无所不包像外面
展开的黑夜,却又似循一个圆心
急促的旋转,追寻不存在的终止。
而轻柔的滑过表面一层丝质,
单调的弦声,单调而不濒于哭泣,
像是弹者的脸,永远漠然的守视
如何将余剩的感情浸润入世人
无守御的心灵。我们屏息的倾听,
那自作多情的公子与她,生长又
凋零在悲叹自怜里绝色的美人……
童时就熟知的故事,成年后不时
嗤之以鼻的故事在歌曲里重述:
一声可曾来看过了?求来的仙方

可曾见效验？夜晚的咳嗽可见轻？
几乎涌现在眼前的那含愁的微笑，
那雪色的手强支着褪色的面颊——
突然的这一切努力，我怕我不久
就要化为你脚底下践踏的灰尘。
清明日只望你几滴同情的眼泪，
润湿我的坟，给我在地下挣扎的
灵魂以安息。梦，梦是我们的一生，
当更声低微，月亮与参宿西落①，
你或能再见我不定如水的姿容：
谁这时还记得开始鄙俚的辞句，
排列着西风与鸿雁自以为高雅；
或是还注意她拙劣凌乱的烫发，
浓厚的脂粉，贱价钱发光的绸衣？
她已经不再以眼波使别人沉醉，
不再是供人在掌心玩弄的偶人，
投入悲哀的海洋里，像是潜水者，
激动的白波立刻在她顶上合没。
战抖的手和沙哑而战抖的喉音，
如飞翔的梭在无数平行的线间，
穿出又穿入那才子佳人的遭遇，
使我们辨不出故事和她的分野。
不死的爱恋如甘露洒下来，长久
干枯的心田满蕴着未来的绿意。
唉这绝顶的辛劳，再感到坚实的

---

① 参宿：西方白虎七宿的第七宿，古时晋之分野。西方白虎七宿包括奎、娄、胃、昴、毕、觜、参。《西步天歌》："参宿七星明烛宵，两肩两足三为腰。"参宿在夜空中的夺目程度由此可见一斑。从冬季到次年的初夏，参宿都是夜空中最醒目的一个星座。

> 大地在脚下，身子在狭窄的椅中，
> 再抬起两眉对至情无私的牺牲，
> 准备自己的身心对一切不信任。
> 当灯光灭去，当幕在我眼前垂下，
> 当灰的夜风从大开的窗间流入，
> 当掌声告别声响彻黑暗的厅廊，
> 生命开始在喧嚣里对我像如此
> 贫乏而不具有意义，日夕鞭策着
> 有限的心脑向无限距离里趋行，
> 已经冻冷的永远不再转回灼热。
> 暂时追忆起歧路在凄凉残照里，
> 那一个世界对我已隔绝如梦寐。

**【精读】**

《听〈梅花调·宝玉探病〉》一诗，本是诗人听一曲梅花大鼓引发的思索。而其妙处在于，诗歌将表演者与所表演的故事融合在一起，戏与人生形成极大的反差。这样一来，主题就充满张力。

诗中首先写女艺人的出场，这是"一个可怜的身形"，"脸色黄黄的像冬日泥土隐没在/稀薄的雪下""瘦削的两肩""发育不全的胸部"，勾勒出一个单薄的女孩子形象。然后是她出色的表演：

> 突然我觉得鼓声如从世界深幽
> 不可窥探的胸怀里解放出，突然
> 神异的火焰生灭在她的纤指下，
> 苍白的发射在她的颜面上，使她
> 像是思想的孩子，当零落如雨点，
> 她的歌降落到老少男女的头上，
> 有时轻，有时重，无所不包像外面
> 展开的黑夜，却又似循一个圆心
> 急促的旋转，追寻不存在的终止。

> 而轻柔的滑过表面一层丝质,
> 单调的弦声,单调而不濒于哭泣,
> 像是弹者的脸,永远漠然的守视
> 如何将余剩的感情浸润入世人
> 无守御的心灵。

这里将无形的鼓声弦响写得具体可感,鼓声像"雨点"、像"黑夜",在"旋转"、在"追寻";弦声"轻柔",滑过丝质表面。这种写法,很能让人想到白居易《琵琶行》里的诗句:"间关莺语花底滑,幽咽泉流冰下难。冰泉冷涩弦凝绝,凝绝不通声暂歇。……银瓶乍破水浆迸;铁骑突出刀枪鸣。曲终收拨当心画,四弦一声如裂帛。"但吴兴华诗的妙处,在于他将弦声的"漠然"和"单调",与女艺人的"漠然"融在一起,尽管鼓弦之声能将人感动,但她却漠然不在意。这样弦声便有了人情味,而《琵琶行》里对琴曲的动人描写,也只是说明那位女子技艺高超,别无深意。

然后女艺人开始了《宝玉探病》的唱词,华丽而细腻。宝玉嘘寒问暖,表露真情;黛玉以为病体不能好转,口口声声说着尽头的话,由此吐露出含悲饮恨的一段痴情。对话纵然悲哀,却是二人互吐衷肠之时,长久的隔膜涣然冰释,内心自是畅快的,甚至是销魂的。观众陶醉于其中:"谁这时还记得开始鄙俚的辞句,排列着西风和鸿雁自以为高雅;或是还注意她拙劣凌乱的烫发,浓厚的脂粉,贱价发光的绸衣。"女艺人也陶醉其中:

> 她已经不再以眼波使别人沉醉,
> 不再是供人在掌心玩弄的偶人,
> 投入悲哀的海洋里,像是潜水者,
> 激动的白波立刻在她顶上合没。

她在弹奏歌唱中,得到了暂时的解脱,忘记了今夕何夕,忘记了自己的身份:以眼波娱人,供人玩弄的木偶。这时她是幸福的,超然的,她"战抖的手和沙哑而战抖的喉音,如飞翔的梭在无数平行的线间,穿出又穿入那才子佳人的遭遇,使我们辨不清故事和她的分野"。然后心里是一派生意:

> 不死的爱恋如甘露洒下来，长久
> 干枯的心田满蕴着未来的绿意。

无论是表演者，还是观众，都沉浸在如此幸福的境界。但它只如梦幻泡影，待到一曲终了，他们被扔回大地。灯光灭去了，幕布垂下了，"灰的夜风从大开的窗间流入"，现实又摆在了面前：

> 生命开始在喧嚣里对我像如此①
> 贫乏而不具有意义，日夕鞭策着
> 有限的心脑向无限距离里趋行，
> 已经冻冷的永远不再转回灼热。

真实的生命处在喧嚣之中，贫乏而无意义，只是被世事驱策，片刻不得余闲，"有限的心脑向无限距离里趋行"活脱脱就是庄子的"以有涯随无涯，殆矣"。最后叹息道：

> 暂时追忆起歧路在凄凉落照中，
> 那一个世界对我已隔绝如梦寐。

虽然这首诗和《琵琶行》十分相似，都由乐曲入手，再写表演者的身世，联想到自身，最后感叹"同是天涯沦落人"。但吴兴华诗显然在写作技巧上要高超一些。对于此诗，爱·冈曾经这样评价：

> 诗中将她虚弱的外表与精力充沛的演出，漠然的琵琶弹奏者与心灵被打动的观众，她吟唱的感情细腻的歌词与她卖身的那个破败世界相对比。这些讽刺性的对比在诗人的脑海里翻滚，使他"辨不出故事和她的分野"——和歌女的分野，把他带入到某种幻觉和现实、空虚和困惑的个人天地里。幻象、不安和嘲讽的不断变换，表明这首诗无疑是现代派的。②

---

① 原文如此，笔者疑心是"生命开始在喧嚣里，对我如此/贫乏而不具有意义"。
② [美]爱·冈恩：《吴兴华——抗战时期的北京诗人》，见《吴兴华诗文集·文卷》，人民出版社2005年版，第271页。

这个评价是中肯的。

附：

### 梅花调·宝玉探病

夏尽秋来换了金风，
秋到重阳爽气增。
点点金菊齐开现，
鸿雁一声飞过楼东。
表得是多病的姑娘她叫黛玉，
病在了潇湘馆院中。
到了这一天，林姑娘正在房中闷坐，
想起宝玉奴家我的表兄。
莫非说这几日天寒你的身怕冷？
莫非说在南学您把书攻？
林姑娘叨叨念念说了声瞓，
叫丫鬟你与我放下绣帘栊，
你与我拿过绣花枕，
搭上一件旧斗篷。
且不言林姑娘睡了午觉，
再表探病贾二相公。
贾宝玉迈步就把潇湘进，
慢闪二目细看分明。
但则见仆女丫鬟廊儿下，
紫鹃雪雁二爷来迎。
紫鹃说：莫非我的二爷你前来探病？
千万的莫要你高声。
贾宝玉一掀帘栊走进去，
阵阵清香向外冲。

金漆八仙迎面放，
太师交椅列西东，
左边金钟右边玉磬，
梅花鹿与仙鹤古铜的寿星，
在那廊檐下鹦鹉把茶唤，
案上方交十二钟。
钟声惊醒林黛玉，
皱皱蛾眉把倦眼睁，
叫丫鬟：你快与二爷铺好坐褥，
急忙倒茶擦茶盅。
这是贵人来到贱地，
潇湘馆外刮顺风！
这不顺风刮动了哥哥的腿，
概不由己来到馆中。
宝玉说：来不来的咬吃我，
动不动的眼圈红，
拿来的丸药可见效？
送来的偏方可见灵？
午后发烧怎么样？
夜晚咳嗽可见轻？
黛玉听，流痛泪，
开言有语尊表兄：
你是拿来的丸药不见效，
送来的偏方也不灵，
午后发烧添上喘，
夜晚咳嗽到天明。
昨夜偶得南柯梦，
我梦见妹妹的身体被土蒙，
不久要辞阳间路，

求二哥，好好买口木棺灵，
将我抬在荒郊外，
深深与我刨个坑，
你若念咱兄妹意，
抓一把黄土把妹妹我来蒙！
清明佳节多烧纸，
若想奴，手扶着坟头儿哭妹妹几声。
要得兄妹咱们重相见，
鼓打三更，相会就在梦中！
这一回，宝玉探病病上添了病，
他们二人空有夫妻意，天不该成。

# 第五章

## 商籁体

### 褒姒的一笑

工作完结了他心里微微的抖战
抬起头看她伫立在高窗户旁边
长久所希望的来到却这样艰难
楼外黄昏的脚步又像格外缓慢

而她所需要的并非他所能供给
盛国落而为荒墟时她视若不见
映著她雪白的两颊像羞像欢喜
落日消沉了山头的烽火光灿烂

现在她转身两人的视线相接触
他觉得他的心像要跳到她手里
霎时间悲愁的空气向四围散布

微笑出现在她唇边。他闭上眼睛
觉到有死亡的神祇在与他耳语
柔顺的却不含恐怖,他向他倾听

**【精读】**

周幽王烽火戏诸侯的故事家喻户晓。《史记·周本纪》记载："褒姒不好笑，幽王欲其笑万方，故不笑。幽王为烽燧大鼓，有寇至则举烽火。诸侯悉至，至而无寇，褒姒乃大笑。幽王说之，为数举烽火。其后不信，诸侯益亦不至。幽王以虢石父为卿，用事，国人皆怨。石父为人佞巧善谀好利，王用之。又废申后，去太子也。申侯怒，与缯、西夷犬戎攻幽王。幽王举烽火徵兵，兵莫至。遂杀幽王骊山下，虏褒姒，尽取周赂而去。於是诸侯乃即申侯而共立故幽王太子宜臼，是为平王，以奉周祀。"

历代文人行经骊山，都会发思古之幽情，写一些诗词，且大都是在谴责周幽王和褒姒。比如《诗经·雅·瞻卬》：

> 哲夫成城，哲妇倾城。懿厥哲妇，为枭为鸱。妇有长舌，维厉之阶。乱匪降自天，生自妇人。匪教匪诲，时维妇寺。

诗中写周幽王昏愦腐朽，宠爱褒姒，以致被她专权，任用奸人，迫害贤才，终于招来了国家大乱。直斥褒姒"为枭为鸱"，是"长舌妇"，毫无顾忌。唐代著名诗人胡曾也写有褒姒倾国的诗篇：

> 恃宠娇多得自由，骊山烽火戏诸侯。
> 只知一笑倾人国，不觉胡尘满玉楼。

《东周列国志》对褒姒倒较少批判，更多笔墨用于讽刺周幽王的荒唐。

> 良夜颐宫奏管簧，无端烽火烛穹苍。
> 可怜列国奔驰苦，止博褒妃笑一场！

这些诗无论角度如何，都是在做道德批判。但吴兴华的诗卓尔不群，不做道德宣讲，而是深入人物的内心，将周幽王和褒姒还原成一对普通的男女，并选择了一个"最丰满，最紧张，最富于暗示性"的片刻予以展现。而这一刻，就是周幽王和褒姒看到诸侯空忙一场的瞬间。

> 工作完结了他心里微微的抖战
> 抬起头看她伫立在高窗户旁边

>长久所希望的来到却这样艰难
>楼外黄昏的脚步又像格外缓慢

"工作完结了",是指周幽王点燃了烽火。诸侯正在赶来勤王,但吴兴华只关注周幽王的内心。他是如此爱慕褒姒,曾用尽办法希望她快乐,鸣钟击鼓,品竹弹丝,甚至手裂彩缯,但总是未能如愿。褒姒始终面如冰霜,怏怏不乐。

面对忧郁冷淡的褒姒,幽王不厌其烦,再三殷勤探问,褒姒冷冷回道:"妾无所好。"再问为何不笑,褒姒高傲回应:"妾平生不笑。"

这让周幽王心疼,又觉得失落:自己乃是堂堂天子,却不能博得美人一笑,失败感在所难免。而烽火戏诸侯,乃是他最后的把戏,如再若不济事,那他就束手无措了。所以,此刻他非常忐忑,"心里微微的抖战",就抬头去看褒姒的反应。褒姒伫立在窗户旁边,正在看山下诸侯军队的忙乱,似乎颇有兴趣。这次能看到她的笑容吗?周幽王热切地希望着,但又只能默默地等待。而正因期待之焦灼,时间过得特别缓慢,几乎能听见"楼外黄昏的脚步"。这一节写的都是周幽王的心理,我们看不到昏君的无道,而只看到一位男子的痴情。这首诗的每一句都是五顿,节奏显得迟缓,散发着慵懒颓废的气息。

>而她所需要的并非他所能供给
>盛国落而为荒墟时她视若不见
>映著她雪白的两颊像羞像欢喜
>落日消沉了山头的烽火光灿烂

第二节写的是周幽王眼中的褒姒。这个褒姒也是吴兴华改造过的,与传说中专权狠毒的褒姒截然不同。她似乎超然于物外,不是凡俗中人。周幽王所能供给褒姒的,可以说已达到一个男人能力的极限:外在的,有至高无上的王后之位;内在的,是万千宠爱于一身。褒姒得遇周幽王,正如杨贵妃得遇唐明皇,"在天愿作比翼鸟,在地愿为连理枝",可以说是平生幸事。但这些,居然都不是她所需要的。在她眼里,"盛国落而为荒墟",都无关紧要,视若不见。这让周幽王十分无奈。

那么，她到底需要什么？周幽王不知道，其实也无人知晓。此刻落日消沉，烽火灿烂。晚霞和火光映着她雪白美丽的双颊，有点微红，像是含羞，又像是欢喜。当然，这些都是周幽王的想法而已。

> 现在她转身两人的视线相接触
> 他觉得他的心像要跳到她手里
> 霎时间悲愁的空气向四围散布

褒姒终于转身了，与周幽王四目相对。而周幽王分明看到，褒姒的脸上并没有笑容，眼眶还有点湿润。他一时万念俱灰。一切都无济于事。他感到"他的心像要跳到她手里"，爱到深处，他的哀乐完全掌控在她的手里。而此刻，一种灰暗的情绪笼罩着他的心灵，觉得四周都是悲愁的空气，将他笼罩，攥紧，难以逃脱。这几乎是个初恋少男的心态了，哪里像个阅人无数的帝王？

> 微笑出现在她唇边。他闭上眼睛
> 觉到有死亡的神祇在与他耳语
> 柔顺的却不含恐怖，他向他倾听

啊，终于看到了她的微笑。那么璀璨夺目，娇媚无伦，让他忽然觉得，天地一时都明亮了。以前他们"坐则叠股，立则并肩，饮则交杯，食则同器"，也颇为快活。但此刻褒姒脸上的笑容，是他从未看到过的，一时激动竟难以言说。在这里，我们可以添上许多周幽王的想法：

刚才她的脸色娇红，像害羞也像欢喜，或许都是真的。为什么含羞？是因为爱。为什么欢喜，也是因为爱。在这一瞬间，她感觉到了周幽王的爱情。或许，在她看来，以前周幽王的宠爱，不过是帝王仗着地位高崇，要阅尽天下美色，纵然一时对她爱若珍宝，但到底是不可靠的。褒姒是个至情至性之人，除了真情，其余都视作浮云。

而此刻，周幽王能冒着亡国的危险，来博取她的一笑，可见其内心已全然被她占据，再无一点空隙去打理朝政之类的外事了。爱美人不爱江山，才是旷世之恋，前无古人，后无来者，如此深情，让褒姒无比感动。

有了这些联想，他就做了个动作，"闭上眼睛"。是啊，长久的希望，此刻终于如愿，人生能有此时，夫复何求？然而这种如愿，代价却是巨大的。诗中写到，周幽王"觉到有死亡的神祇在与他耳语"。这耳语，大概是说：身为大周国君，烽火戏诸侯，如此荒唐，死期已不远。这些话如同晴天霹雳，但在周幽王的耳中却变得"柔顺而不含恐怖"，因为他此刻心里的回答是：得成比目何辞死？

诗歌这样处理人物的内心，很新颖，似乎在为这对情人翻案，然而过于理想化。解志熙敏锐地指出："《褒姒的一笑》重构了那著名的毁灭性一笑，但过于戏剧化了，仍然显露出浪漫派诗风的余绪。"① 确实一语中的。毕竟，此时的诗人，才不过二十岁。

值得一提的是，这首诗的风格有明显的里尔克的痕迹。吴兴华曾说："黎尔克终于学习到能够在一大串不连贯或表面上不相连贯的事件中选择出'最丰满，最紧张，最富有暗示性'的片刻。同时在他端详一件静物或一个动物时，他的眼睛也因训练的关系会不假思索地撇开外表上的虚饰而看到内心的隐秘。"② 在《最后的一夕》中，里尔克选择的片刻，就是二人告别的时分。男子在弹琴，女子立在窗边，而部队正在开拔，他们掩饰着内心的悲戚，同时有死亡的不祥预感。整首诗含蓄、冷静，同时阴沉压抑。

吴兴华自己也承认，他在翻译里尔克时，"时常禁不住吃惊，自己和他暗合的地方会如此多，有许多诗句竟是从他的诗里搬过来的。我以前念 Rilke 太多了，因此有些深入脑海的印象不知不觉的也就转移到自己诗上"（见一九四三年十二月十日致宋淇信）。

而这首《褒姒的一笑》，显然是个明证。吴兴华和里尔克一样，抛开了烽火戏诸侯的场景描写，也没有红颜祸水的道德谴责，而选择了烽火点燃的一瞬间。而后，诗人全力揣测周幽王的微妙心理：点燃烽火后的期待与慌乱，看到褒姒无动于衷时的失落与悲愁，骤然目睹褒姒粲然一笑时的激动与满足，还有冥冥之中的不祥预感。这一瞬间，几乎是历史的分水岭，幸福中夹杂着

---

① 解志熙：《现代与传统的接续——吴兴华及燕园诗人的创作取向评议》，见《新诗评论：2007 年第一辑》，北京大学出版社 2007 年版，第 87 页。
② 吴兴华：《黎尔克的诗》，载《中德学志》，1943 年第 5 卷第 1、2 期合刊。

苍凉，宁静中伴有死亡的气息。

要想读懂此诗，读者不再只是被动的接受者，而是一个创造者，必须调动经验和知识，并与诗人一起回到历史现场，抛开历史的定论，用自己的眼睛去创造真实。这时我们将认同亚里士多德的话：诗比历史更真实。因为"诗人的职责不在描述已经发生的事实，而是描述可能发生的事实。即按照可然率或必然率是可能的事。……真正的差别在于历史学家描述已经发生的事，而诗人却描述可能发生的事"①。这也正是吴兴华"古事新诠"诗的意义所在。

全诗在语言层面上，追求一种玄想而深邃的风格。在诗歌格律方面，严格遵循十四行诗的写法，押韵工整，每行五顿，有一种雍容轻缓的节奏感，恰到好处地传达了整首诗所营造的艺术氛围，是一首雕琢精细的现代诗珍品。

---

① ［古希腊］亚里士多德：《诗学》，陈中海译注，商务印书馆1996年版，第53页。

## Sonnet

啊你微笑的凝视着四季变化的女人——
蔑视着早春的群花,因为她们的艳色
比不上你两颊左右阳光轻柔的涂抹,
因为她们淡的香气不能够迷醉心神;

夏季树木徒然披戴重不可负的浓阴,
小鸟整日唱着不变的歌曲,秋天一过
月亮变得更晦暗了,冷气从高空降落,
清澈的霜在窗板上预告严冬的来临。

的确,她们的武器不足以使你改变,
你在爱者的眼睛里永远是美如晨光;
然而当"死"轻的马车将你载离了地面,
四季的景物仍然会使他欢悦或悲伤;
因为唉,此世的容颜不过如高枝一叶,
落后,人晓得是秋天,不怨一切的凋谢。

**【精读】**

此诗主题简单,当女子光艳如春,在爱人的眼里美如晨光,可以度过许多甜蜜的岁月,即便春秋变幻,夏冬相续,都不能改变爱情的美好。可惜,生命总是匆忙飘逝,容颜更是轻脆易老,而爱的记忆即便温馨,但总会被爱人移到心灵一隅。唯有眼前的四季,总在变换不停,让人忧伤和欢愉。于是诗人明白,此世的容颜,不过如高枝一叶,在秋天里飘零。那么,何者为真,何者为幻?这又是一个永恒的疑问。

此诗效仿莎士比亚十四行诗,而主题、意象、表现手法也都未能出新。

# 西珈①(组诗选七)

## (一)

像一个美好的梦景开放在白日中间,
向四周舒展它芳香鲜艳欲滴的花瓣,
同样我初次看见她在人群当中出现,
不稳的步履就仿佛时时要灭入高天。

她的脸如一面镜子反映诸相的悲欢,
自己却永远是空虚,永远是清澄一片,
偶尔有一点苍白的哀感轻浮在表面,
像冬日呵出的暖气,使一切润湿黯然。

不能是真实,如此的幻象不能是真实!
永恒的品质怎能寓于这纤弱的身体,
战抖于每一阵轻风,像是向晚的杨枝?

或许在瞬息即逝里存在她深的意义,
如火链想从石头内击出飞迸的歌诗,
与往古遥遥的应答,穿过沉默的世纪……

【精读】

这是一组精美绝伦的情诗,辞藻华美,音调流畅,既有外在韵律之美,又有内在的情绪律动,舒展自如,实在是不可多得的十四行诗精品。众多诗评家都以这组诗作为吴兴华的代表之作。

---

① 西珈,即 sonnet 的音译,十四行体,也译作商籁体。

第一节写的是惊艳。二十岁的诗人，乍然在人群中看见一位美妙的少女，顿时目瞪口呆，只觉眼前宛如梦境，就"开放在白日中间"，并且"向四周舒展它鲜艳欲滴的花瓣"，整个世界都明亮了。在耀眼的丽色之前，他忽然有种虚幻之感，觉得这位少女，不应该属于尘世，而属于高远的天空。她翩然而来，但诗人却感到她步履不稳。真是不稳吗？应该是诗人的感觉，此刻他正魂不守舍，恍惚迷离。

第二节写的是女孩宁静的气质。"她的脸如一面镜子反映诸相的悲欢，自己却永远是空虚，永远是清澄一片"。对于尘世，她只是一个观察者，或是过客，她的思维从不真正落脚在这里，而是牵挂着高远的洁净的地方。少女美得那样宁静，超然，像是与周围无关。这样描写美的笔法，在吴兴华的诗中随处可见，比如《褒姒的一笑》中的褒姒，《给伊娃》中的伊娃，《明妃诗》中的昭君，都是美的化身，属于柏拉图的理念世界，因完美而没有世俗的念想，更添其纯净气质。而这种气质，让诗人爱慕，同时也有些敬畏，并且觉得遥远，无法靠近。在这里，诗人用了一个精妙的比喻：

　　偶尔有一点苍白的哀感轻浮在表面，
　　像冬日呵出的暖气，使一切润湿黯然。

这就让人困惑：既是"哀感"，怎会像"暖气"？既是暖气，又何来"黯然"？这么细致设置的矛盾，恰好透露了诗人的心思。每当少女流露出"哀感"，就让他心疼，于是有"黯然"，似乎少女一发愁，他也觉得天昏地暗。但正因她有心绪波动，说明她不是遥远的仙人，而是可以接近的凡人，于是他又有些欣慰，觉得有暖气将他"润湿"。初恋少年的情思，就是这般微妙而美丽。

第三节语言忽转，像是诗人忽然从沉迷中惊醒，语速变得急促："不能是真实，如此的幻象不能是真实！永恒的品质怎能寓于这纤弱的身体，战抖于每一阵轻风，像是向晚的杨枝？"两个"不能是真实"，加上第一、第三句中的逗号，"真实"与"杨枝"的押韵，使语言节奏加快，说明诗人的思想在发生着变化。"永恒的品质"是什么？是诗人念兹在兹的"美"。这"纤弱的身体"，诚然拥有一时的美丽，让他心醉神迷。但她那么娇柔，怎能承担守护

"美"的重责？而且容颜在时光面前，总显得那么脆弱。如果一旦年华逝去，美又将沦落何处？原来诗人并不满足于写一首单纯的情诗。他所爱慕的，也不单纯是眼前的少女，还有她所代表的"永恒的美"。

最后一节，诗人找到了一种解释：

> 或许在瞬息即逝里存在她深的意义，
> 如火链想从石头内击出飞迸的歌诗，
> 与往古遥遥的应答，穿过沉默的世纪……

这几句诗充满哲思，将一时一地的惊艳，高擎到浩大的时空背景之中，陡然就有了深意，让人生发沉思。在诗人看来，少女之美，虽然是"瞬息即逝"，也有"深的意义"。这里他做了一个比喻，"如火链想从石头内击出飞迸的歌诗"，火链击石，闪烁的火花自然是瞬息的，但那种灿烂，却是文明的动力、寒夜的慰藉。因此，少女之美是瞬息的，但却是永恒的一部分，连接着过去和未来。然而，这种守护是寂寞的，所以诗歌末句显得那样苍茫悲凉，一边是"遥遥的"往古，一边是"沉默的"世纪，不由让人想到陈子昂的"念天地之悠悠，独怆然而涕下"。

这首虽是情诗，但许多学者愿意将它视作吴兴华"自悼"之诗。吴兴华才学绝世，却英年早逝。唯有光辉的诗篇留下，"与往古遥遥的应答"，却因造化弄人，被埋没多年，"穿过沉默的世纪"，令人读其诗，念其人，不由扼腕叹息。

## （二）

> 中夜不知几点钟，我突然醒来，像儿时，
> 想哭泣，想找得亲人诉说心中的悲苦；
> 一窗烂然的雪色似伸手就可以掬取，
> 伊人的心怀，梦境已非我此生能推知。
>
> 一半的空间，一半的时间被黑暗吞食，
> 丽日下痴想我俩已化为同胎的泥土，

> 如今她却又回到嵌星而幽深的殿宇,
> 当世界那一半人人相了解,没有阴私……
> 当他们谈说着爱情与并不需要的誓言,
> 时时因过度的光热搜寻树木的影子,
> 可有人想到我因内心的阴冷而发狂?
> ——她在我身边,在远处,看不见我的地方,
> 她的鬈发在垂下来拂拭着一页信纸,
> 她在拥雪衿独坐着,好像我,不能睡眠——

**【精读】**

这是组诗的第二首,语气一转,从第一首的惊艳转为痴想和哀伤。这也难怪,见到一个"美好的梦境","仿佛时时要灭入高天",心里纵然是万分喜爱,但深感自己乃是凡夫俗子,思之不得,空惹一番惆怅。

第一节音韵非常美好:

> 中夜不知几点钟,我突然醒来,像儿时,
> 想哭泣,想找得亲人诉说心中的悲苦;

这两行诗句,用了五个短句,显得错落有致,尤其是"像儿时""想哭泣""想找得",押了头韵,非常传神地表现了诗人的心绪:因为思念,因而悲苦,虽是成人,却柔弱如儿童,半夜被梦境惊醒,要寻找亲人的安慰。

但身边一个人都没有,唯有"一窗烂然的雪色",照得夜晚也如此明亮。但"雪"虽然洁净,却是冰冷的。诗人的内心又何尝不是如此冰冷,只因"伊人的心怀,梦境已非我此生能推知",伊人如此遥远,诗人自感无法飞进她的心怀,只能独自忧伤。

不过,诗人也曾有过幻想,"在丽日下痴想我俩已化为同胎的泥土"。这行美妙的诗句,让人想到管道升《锁南枝》:

> 傻酸角,我的哥,和块黄泥儿捏咱两个。捏一个儿你,捏一个儿我。捏的来一似活托,捏的来同床上歇卧。将泥人儿摔碎,着水儿重和过,再捏一个你,再捏一个我。哥哥身上也有妹妹,妹妹身上也有哥哥。

这首小曲写得俚俗而透彻，将爱情的妙境都写尽了。诗人当然也想和伊人化为同胎，"哥哥身上也有妹妹，妹妹身上也有哥哥"。只可惜这一切都是痴想。"如今她却又回到嵌星而幽深的殿宇"。这"殿宇"又在何处？是天堂，伊甸园，还是广寒宫？反正都不是人间。读到这里，我们不免要联想到但丁笔下的贝亚特丽采，作为美、爱、纯洁的象征，居住在高高的天宇。

在那个世界里，"人人相了解，没有隐私"，他们谈说着爱情，而且因为坚贞所以连誓言都显得多余。他们爱到浓处，身心俱热，于是要"搜寻树木的影子"，去那儿幽会缠绵。诗人在幻想中忧伤：他们都如此情热，"可有人想到我因内心的阴冷而发狂"？这样的对比，的确让诗人辗转反侧，难以宁静，于是他又往好处想。

　　——她在我身边，在远处，看不见我的地方，
　　她的鬈发在垂下来拂拭着一页信纸，
　　她在拥雪衾独坐着，好像我，不能睡眠——

是的，或许情况并没有那么坏。伊人或许"拥雪衾独坐"，正在读诗人的心，陷入甜蜜的思绪，迟迟不能入眠。如果真能这样，那么她就算"在远处"，也等于"在我身边"。诗人又从这样的想象中得到安慰了。

再来看这一节的语句，对比一下第一节，发现有惊人的相似，那就是都用了长短错落的句子，把诗人心里细腻、温柔的思绪都表现出来，就像在精心地编织自己的爱情故事。于是，在这里，外在的格律和内在的格律达到了统一。

## （三）

　　我并不怨恨她常时表现的轻蔑无情——
　　纵使我有时说：某日她所说的某句话
　　刺伤我的心，她却像毫不在意或惊讶；
　　某日她决意要离去，不肯作半刻留停，

当我还恋恋注视她双手纤美的模型，
　　她疲倦的瞳子逐渐在暗影里面扩大……
　　我清楚告诉自己，她把你心践在脚下，
　　踩在荆棘里，她不是你所崇拜的神灵。

　　然而我并不怨恨，因为我知道爱的苦，
　　施予者常常会变得比受者更加贫穷，
　　为了要保全自己，她不得不分外残酷，

　　分外寒冷；然而我又想起炽热的火星
　　终于要抓住最坚固，足以自卫的庙宇
　　摧裂的栋柱，飞扬的烟灰——我掩住眼睛。

### 【精读】

　　第三首承接第二首，因为心中略有希望（"她在拥雪衾独坐着，好像我，不能睡眠"），所以诗人的情思并未断绝，也明里暗里表达着眷恋之意。而正因如此，他品尝到了"爱的苦"。

　　当两个人的情感不在同一温度，伊人不经意的话语、举动，都可能刺伤诗人的心，于是觉得她"轻蔑无情"。但是爱到深处，他对此"并不怨恨"，只是"恋恋注视"她的纤手、她的美眸。下面这行诗，写得意味深长：

　　　　她疲倦的瞳子逐渐在暗影里面扩大

　　试想一下，如果是热恋中的情侣，相依相偎时，眼瞳里必然是欢欣的光芒，偶尔对视，彼此嫣然一笑，更是甜润于心，妙不可言。但这位"伊人"和诗人在一起，瞳子却满是"疲倦"，并在眼睛的"暗影"里逐渐"扩大"。这说明，尽管诗人满腔热情，而她内心并无爱意。这让诗人无比失望，暗自叹息："她把你的心践在脚下，踩在荆棘里。"当爱情没有得到回应，诗人陷入了强烈的自卑之中，感觉到心被践踏，被踩躏，但又难以自拔。

　　然而，诗人说："我并不怨恨。"这就回应了诗歌的开头，更展现出爱的坚决。他甚至为伊人的无情做出了辩解：

施予者常常会变得比受者更加贫穷，

为了要保全自己，她不得不分外残酷，

原来在爱情中，一旦付出真情，就像失去高墙与守兵的城池。诗人对此深有体悟，因此他理解伊人的残酷：弱小女子，只能用残酷和寒冷来自卫。

然而，诗人又不由地想到自己。他感觉到炽热的情思，此刻正像火星一样，"要抓住最坚固，足以自卫的庙宇"。这个庙宇，应该是诗人的内心。火星燎着了庙宇，火势愈演愈烈，栋柱摧裂，烟灰飞扬，一切都在崩塌。

诗人不由掩住眼睛：

我怜惜你，谁又怜惜我呢？

## （四）

当你回转头，宇宙都好像为你而静止
你低声说道：我等你！而你明丽的眼睛
像不忍分割的放开一点宝贵的事情
垂下来；这时我方才察觉柔情的开始：

残余的高傲仍如同游丝附着你身体，
但你冰雪的双足已降自插天的绝峰，
你已像解脱重负的回到我们的群中，
可怜我们几乎因惊愕而不敢接受你。

这三字慢慢伸展开，扩大而充斥空间——
欢乐，永远不清纯，杂有苦味的渣滓
如果你必须感到我恋爱时候的疑惧，
必须将自己抑下，使另个灵魂得完全，
必须为孤花的生成，看满园绿意凋死，
我宁可看你转背重新在微光中离去。

**【精读】**

诗人良久的痴情，终于收到了回应。伊人"回转头"，让诗人非常意外，顿觉呼吸急促，"宇宙都好像为你而静止"。他原本以为，自己所能收获的，只有伊人远行的背影，以及自己垂落的泪行。而现在伊人不仅回头，而且低声说：

"我等你。"

这本是诗人朝思暮想的时刻，但真正到来，他却并不觉欢欣，而是有些意外，甚至有些哀伤。他从伊人"明丽的眼睛"里看到，她像是"不忍分割地放开一点宝贵的事情"。

这"宝贵的事情"是什么？从前面三首诗中，我们可以知道，在诗人心目中，伊人"像一个美好的梦境"，属于"嵌星而幽深的殿宇"，像是冰雪纯净的仙人。她被诗人的痴情打动，要降临凡尘，必须像织女一样，放弃自己的仙籍，于是，"冰雪的双足已降自插天的绝峰"，"像解脱重负的回到我们的群中"，"残余的高傲仍如同游丝附着你身体"。

她的举动，让"我们几乎因惊愕而不敢接受"。因为诗人的情思异常复杂，他既渴望得到伊人的垂青，又总在自惭形秽，不愿破坏伊人的超然高洁。

当然，他还是"察觉到柔情的开始"，心里慢慢回味着"我等你"这三个字，幸福逐渐蔓延，"扩大而充塞空间"，把他完全笼罩了。这种感觉，非常快乐，但又掺杂着苦味的疑惧。由于这种矛盾的心理，诗歌进入了意味深长的最后一节：

> 必须将自己抑下，使另个灵魂得完全，
> 必须为孤花的生成，看满园绿意凋死，
> 我宁可看你转背重新在微光中离去。

这三行诗是诗人对伊人的告诫：与我恋爱，或许是种牺牲，你将要"把自己抑下"，从超然物外降到红尘浊世，来充实我的灵魂，就像一个偏心的园丁，为了一朵孤花的生成，"看满园绿意凋死"。你的灵魂太丰富，如大音希声，大象无形。所以，为了保存这种宁静完美，"我宁可看你转背重新在微光中离去"。

## （五）

那一夜我自觉托身高天辉耀的明星：
问题还没有解答，忧疑也未获得销释，
只攀登万丈云梯，接受她无语的凝视，
不洒光在众人头上，却灼透我的心灵。

片刻间将枯唇贴近宇宙的泉源而倾听
那搏动如沸的热情，永不能结为实质，
永不能割碎在盘里，献到她眼前炫示：
"我曾痛苦过，看哪，这是我忍受的牺牲。"

幻想描画过，静中痴想的岂不是此时？
长途酸辛的补偿，已坠的得机会重拾，
当生命高涌至极峰，岁月竟停止奔驰。

恰可在一瞬间梦见自己像完全占有，
不防清醒后觉出露湿了扶栏的两手，
层楼上斜斜整整，回忆我萦思的珠斗……

【精读】

当伊人说："我等你！"并深情地凝视，诗人顿时"自觉托身高天辉耀的明星"，同时受宠若惊。正因他经历了冷热两重天，所以心里有许多问题，也有许多忧疑一时之间没能得到解答，只是感到自己"攀登万丈云梯"。云梯啊，身后就是万丈的落差。危险，销魂，百感交集。他为什么不能享受纯粹的欢乐呢？下面的诗行透露了原因：

不洒光在众人头上，却灼透我的心灵。

在诗人心目中，伊人是高天的明星，本来是要"洒光"于众生，而如今却凝视他一人，让他有"灼透"之感。

既被爱情"灼透",诗人有了神异的感觉,仿佛一下子贴近了"宇宙的泉源"。就像修行之人,拨开迷雾,体悟大道运行。他感到身心沸腾,难以自禁,但又找不到语言表达此刻的欢悦心情,也无法倾诉此前的苦思的艰辛("永不能割碎在盘里,献到她眼前炫示")。

就是这样的时刻,心里宛如天堂,但又风起云涌,忽然想到:

> 幻想描画过,静中痴想的岂不是此时?
> 长途酸辛的补偿,已坠的得机会重拾,

多么美好的时刻,朝思暮想的美满结局,岂不是此时?于是一切都是值得的,相思的苦楚,无望的煎熬,梦中的牵挂,独自的憔悴,如今都得到补偿,一切都可以重新开始。

一股强烈的快乐奔涌至全身,他感到生命"高涌至极峰",在这一刻,"岁月竟停止奔驰"。是的,这一刻,就是永恒。人生至此,夫复何求?

但事情却没有这么美好,最后一节残酷地揭示,这一切竟然不过是美梦一场。

> 恰可在一瞬间梦见自己像完全占有,
> 不防清醒后觉出露湿了扶栏的两手,
> 层楼上斜斜整整,回忆我萦思的珠斗……

幸福的幻象逐渐退去,他这才发觉,放在扶栏上的双手已被露水润湿,层楼之上,天空中闪烁着星斗。这星斗是伊人的化身吗?依然在高远的天空,让诗人萦思,却毫无反应,只是沉默地运转不休。

## (六)

> 像一线初日的微光拂着曼侬的石像,
> 使他从僵硬的胸中发出弦乐的声音,
> 诗歌从石头里醒来,比石头更冷的心;
> 他认识悲恸的母亲,我,我多年的热望,

这奔涌不息的流泉你必须加以原谅,
记着它如何长久在地下哽咽而找寻,
现在它只恨不能高跃入奄忽①的浮云
对你表示它因你寻得的自身的力量。

西珈,你使我富有以你如日光的爱情,
放在我口里千百诗句作忠实的记录,
像他因荣耀的死亡而能够日日重生,

弓刀矛盾都抛弃了,长久被灰尘掩封,
神话的遇合仍引起旅人无限的思慕,
当在宏丽的殿下,他停住疲倦的脚步。

【精读】

曼侬(Memnon)是古希腊神话人物,埃塞俄比亚国王,黎明女神厄俄斯(Eos)之子,勇力过人,在特洛伊战争中被阿克琉斯杀死,埋在阿索甫斯河边,在圣林中垒起一座坟墓,并在宙斯的帮助下得以永生。后来,在底比斯附近,法老阿蒙霍特普三世神殿前,耸起一尊巨大石像。在日出前,石像会发出一种奇妙的声音,似琴弦崩断之微声。据说这是曼侬在欢呼并祝福他的母亲黎明女神的升起。母亲看到自己的儿子还活着,眼泪忍不住夺眶而出,滴落在花草树林上,形成晶莹的朝露。

在这首诗里,诗人以曼侬石像自喻,原本已僵硬冰冷,但一线晨光轻拂,胸中忽然发出弦乐的声音。曼侬之所以奏乐,是认出了悲恸的母亲。而诗人有诗情的萌发,是因为"多年的热望"。

是爱情,让诗人的心灵复苏,宛如"奔涌不息的流泉",经过长久"在地下哽咽而找寻",终于像喷泉一样,"恨不能高跃入奄忽的浮云",享受身心的愉悦而轻便。他因爱情而寻找到了一种力量。这种力量,又是什么呢?

第三节揭开了谜底:

---

① 奄忽:疾速,倏忽。《古诗十九首》之《今日良宴会》:"人生寄一世,奄忽若飙尘。"

> 西珈，你使我富有以你如日光的爱情，
> 放在我口里千百诗句作忠实的记录，
> 像他因荣耀的死亡而能够日日重生，

西珈即十四行诗。诗人用十四行诗，忠实地记录了"如日光的爱情"。而爱情凝结成诗句，就成了永恒。正如曼侬在沙场中英勇战死之后，每天都伴随着晨光熹微而得以重生。而这种永恒、重生，就超越了短暂的爱情，也只有这样，才配得上伊人的超然高远。

于是，诗人开始展望未来：

> 弓刀矛盾都抛弃了，长久被灰尘掩封，
> 神话的遇合仍引起旅人无限的思慕，
> 当在宏丽的殿下，他停住疲倦的脚步。

在曼侬神像前，战争早已消散，"弓刀矛盾都抛弃了"，淹没于尘土之中。这证明，昔日的功业都在时光中烟消云散。唯有曼侬的神话流传下来，让过往的旅人在"宏丽的殿下"停步，思接千载，神游万仞，沉醉在英雄的往事中，一时无限思慕，心中慷慨激昂。

诗歌到此戛然而止，但我们可以揣摩出诗人的意思。曼侬依靠英勇的死亡而永生，而诗人自己，则可以靠诗歌的流传化作永恒。他或许在想，若干年后，斗转星移，他早已不在人世，却有人在静静阅读他的西珈，体会他当年的情思，并且产生共鸣，那么他的生命就在此刻复苏了。

在诗人的笔下，爱情脱离了狭隘情欲和得失，获得了时空的超越。当然，我们也知道，这大概不是热恋中人的体悟，而是失意之人无奈的收获。

## （七）

> 我愿意看见你不在白日的清澈当中，
> 多余的光热不适合你半寒冷的举止；
> 最小的一片阴影也不许附着你身体，
> 你的美色将如报纸餍足大众的眼睛。

不管是被浓云布满，或者一天的月明，
我愿意看见你前来不在烦忧的夜里，
仿佛给永恒的睡眠作为前驱的女使，
祝福或诅咒，只把手放在唇上不发声。

当西方光亮将消尽，东方新光亮初生，
原始时代的嘿然①笼罩着房屋和街道，
工作休止了，希望在心深处刚具雏形，

尚未膨胀而被戳破，像是彩绘的水泡；
来在暂短的黄昏里，当羊群摇着铜铃
回到木栏去，一颗星悬在碧天边微笑。

## 【精读】

在诗人心目中，伊人之美，宛如冰清，宛如玉洁，绝非诗经中《硕人》的"巧笑倩兮，美目盼兮"的妩媚性感，而是林黛玉式的"娴静时如娇花照水，行动处似弱柳扶风"，也即诗中所写的"半寒冷的举止"。

因此，诗人说："我愿意看见你不在白日的清澈当中……你的美色将如报纸餍足大众的眼睛。"诗人既不愿意看到伊人身在白日之中，因为让世人围观她的美色，是对她极大的不恭。况且，既有白日，必有阴影。而她那么洁净，不允许一片阴影"附着你身体"。

那么，她该出现在黑夜？不，夜晚不管是浓云布满，或是一天月明，都属于"烦忧"。浓云让人沉闷，月明让人惆怅，都不适合于她。

白日不行，黑夜也不行。诗人说，只有黄昏时分，才适合伊人前来。

仿佛给永恒的睡眠作为前驱的女使，
　祝福或诅咒，只把手放在唇上不发声。

这两句耐人寻味。"永恒的睡眠"既是黑夜，又是死亡。对于诗人而言，这思之不得的伊人，竟然是死亡的前驱，在黄昏时分到来，赠予他"祝福或

---

① 嘿然，即"默然"。《荀子·不苟》："君子至德，嘿然而喻。"

诅咒",让他进入永恒的安睡。

　　这个场面,原本有种恐怖的氛围,但在诗人笔下,却显得温馨、轻松。这种意境,在第三节中体现得尤为明显。

　　　　当西方光亮将消尽,东方新光亮初生,
　　　　原始时代的嘿然笼罩着房屋和街道,
　　　　工作休止了,希望在心深处刚具雏形,

　　西方光亮将要消尽,就是说夕阳正在西坠。东方新光亮初生,说的是月亮升起,启明星闪烁于空际。"原始时代的嘿然",让人想到的是自然之伟力,喧嚣散去,静谧升起。这一切源于自然之节奏,天色向晚,"工作休止了",铁匠放下锤子,农夫荷锄回家,渔歌在江上唱晚,紧张开始松弛,疲惫正在释放,一切归于安详宁静。

　　诗人心里得到安慰。尽管自己心里的希望"刚具雏形/尚未膨胀而被戳破,像是彩绘的水泡",但在这黄昏时分,他没有感到过度的忧伤,而是有种解脱之感。

　　　　当羊群摇着铜铃
　　　　回到木栏去,一颗星悬在碧天边微笑。

　　这最后两句,很像是《诗经·君子于役》中的"日之夕矣,羊牛下来",一派田园的和谐宁静,加上星星在碧天边微笑,诗人心中浮现出淡淡的喜悦。这种喜悦,显然是种灵魂的超脱,看淡了得与失,并且带有向死而生的决绝。

# 第六章

# 其他诗体

## 《明妃诗》（自由体）

他们说我已应该
脱离得失的心情
像脱离垂髫娇痴折花的姿态
而当我转身走下时
我的背与圆柔的两肩
微微抽动泄露出我的情感——
只是为现在，这片时
揽不起在两掌之中
我储积着多年的力量与期待
不当众人中斗画入时的纤蛾
守视着一切的成长，朝晨，春天
回转向大地，然而不向我回转
活泼的勇气，让美充分的舒展开
如画卷尽时使观者重足屏息
多年泯没在暗里
一颗不入表志的星宿

如今轮到我前来抵御黑夜

我的悲苦已圆满
最后的痉挛然后它给予我
苦求不得的平和,火,热情的火,
环奔向我来,我用衣裾拨退它
用小指抹下它,一只手尚在前额
追想起宫中的明月白露无声
正如狷洁人,不肯以微云自累①
推测,计划和辨析,昼夜如狂
为保全并且宣露这点纯真
"有人在上的地位就不该归我!"
那画师丑恶的恐吓我嗤之以鼻
天地父母生下我,你岂能改变?
敲碎,扬在狂风里,践踏在脚下,
看啊洗浴着眼泪,美仍然跟随着我。

……这么静,这世界,
多么静四周的人,我的心,多么静!
只有乳白色的怜悯自破裂处溢出
"她们可还珍惜着素日的粉脂黛绿?"
已经完成的不必吃痴想再超始
我已经刻出自己的命运与历史

---

① 狷洁:洁身自好。微云,王士源的《孟浩然集序》说道:"(浩然)闲游秘省,秋月新霁,诸英华赋诗作会。浩然句曰:'微云淡河汉,疏雨滴梧桐。'举座嗟其清绝,咸阁笔,不复为继。"孟浩然仕途不顺,而秉性高洁。李白赞之曰:"红颜弃轩冕,白首卧松云。"

锦绣的中原无地葬我如香桃的瘦骨①
　　　这样我转身走下
　　　钗影衣香犹使人目眩心醉
　　　向塞外，浩浩的风沙直卷上长天
　　　在那里等候着我，胡笳与毡幕

**【精读】**

　　这首《明妃诗》在吴兴华风格谨严的诗作中较为另类，因为它是自由诗。而在吴兴华看来，自由诗是最难写的。

　　　因此最严最难的莫过自由诗
　　　思想向四方流溢将以何为师
　　　诗人自己的观念如果不可靠
　　　从头到尾定成为无稽的玩笑

　　换句话说，格律诗可以借助格律之便，就是散文也可以装进去，拥有诗的韵律。而自由诗则不行，其成功的关键就是"诗人自己的观念"。那么在这首《明妃诗》中，诗人又有何独特的观念呢？

　　对于昭君出塞，历代文人多有佳作，其主旨大抵有二。一种以杜甫为首，说的是昭君之怨："一去紫台连朔漠，独留青冢向黄昏。画图省识春风面，环佩空归夜月魂。千载琵琶作胡语，分明怨恨曲中论。"另一种观点以王安石为首，认为昭君若是久留汉宫，只能终生失意，"咫尺长门闭阿娇，人生失意无南北"，而一旦出塞，却是"汉恩自浅胡自深，人生乐在相知心"，这分明有些"昭君乐"的意味了。

　　而吴兴华不想人云亦云，他在诗中不讨论，不评判，而是冷静地叙述。他所用的是里尔克的手段，选择出"最丰满，最紧张，最富于暗示性"的一刻——昭君步出宫殿之门转身走下台阶之时，并剥去历史给昭君披上的各类华服，深入昭君的内心，揭示个人面对命运转折时的形而上的思索。同时，考虑到诗歌以第一人称"我"贯穿全诗，"既使得作为美的象征的昭君与作为

---

① 见李商隐《海上谣》："海底觅仙人，香桃如瘦骨。"

美的创造者的诗人之间存在着一种镜像关系,又因为抒情人称'我'的使用,容易加入现代个体的经验和情感,从而使整个故事脱离古代和亲政治的历史氛围,获得一种凝定的永恒之美"①。因此,明妃即吴兴华,吴兴华即明妃,这使诗歌充满张力。

先来看诗歌第一节:

> 他们说我已应该
> 脱离得失的心情
> 像脱离垂髫娇痴折花的姿态

这一节写的是王昭君辞别汉宫,在众人瞩目中,转身走下台阶的瞬间。这里的"他们",是指送别的众人。在他们看来,昭君出塞,乃是为国为民,秉承大义,所以应该舍弃了个人得失的"小利"。在这一刻,她应告别过去,就像人长大就要"脱离垂髫娇痴折花的姿态"一样。为国为民,舍生取义,诚然是一种美德。但如果以此来要求个人,并想当然地认为求仁得仁是快乐之事,就会表现为对个人的漠视,乃至压抑。

而吴兴华就是要将昭君从一个单薄的符号,还原为真实饱满的活人。所以他紧接着就写道:"而当我转身走下时/我的背与圆柔的两肩/微微抽动泄露出我的情感——"一个破折号,说明接下来所说的,乃是她的真情感,而非道德家们的猜想。

> 只是为现在,这片时
> 揽不起在两掌之中
> 我储积着多年的力量与期待

这三句的意思是,王昭君在汉宫里一居数年,储积了多年的力量,乃是别有期待。"揽不起"三字,说明王昭君并不因远嫁塞外而满足。《西京杂记》中记载:"匈奴入朝,求美人为阏氏,于是上案图以昭君行。"可见出塞和亲,并非昭君自愿,乃是身不由己。那么,她的希望是什么呢?诗人开始

---

① 张芝国:《放逐、认同与拯救》,载《名作欣赏》,2011年第17期。

回顾王昭君在汉宫中的岁月："不当众人中斗画入时的纤蛾/守视着一切的成长，朝晨，春天/回转向大地，然而不向我回转。""斗画"化用的是晏几道《浣溪沙》中"日日双眉斗画长"之句。歌女在贵人们要求下，每日仔细地画眉，以此争妍取怜。一"斗"字，已饱含辛酸。而吴兴华化用此句，写出王昭君的卓然不群，不与群女争宠，而是静静地等待，"守视着一切的成长"。我们可以从两个角度读解昭君的心理。一是她的超然，将名利眷宠看得淡漠，视生活为体验；二是自信，认为凭借自己容颜定能赢得圣眷。当然，在她心里，这两者或许兼而有之。只是元帝的宠爱如同春天，"回转向大地"，赐给了其他嫔妃，却没有转向她。这段王昭君遭遇冷落的故事妇孺皆知，诗人自然不会赘述，以免落入俗套，而是用隐喻的手法，将故事化入其中。

> 活泼的勇气，让美充分的舒展开
> 如画卷尽时使观者重足屏息
> 多年泯没在暗里
> 一颗不入表志的星宿
> 如今轮到我前来抵御黑夜

这一段让人想到昭君临行前的场景：她"丰容靓饰，光明汉宫，顾影徘徊，竦动左右。帝见大惊，意欲留之，而难于失信，遂与匈奴"（《后汉书·南匈奴传》）。而吴兴华的诗中，并没有对昭君令人惊艳的美进行正面描写，而是用"画卷"的舒展，"观者重足屏息"来表现，更令人遐想无限。而且，"画卷"二字，又隐含对毛延寿的批判，正是他不如实作画，使昭君成了"一颗不入表志的星宿"，"多年泯没在暗里"。直到今日，她才被发现，却是被放逐出汉宫，去荒漠和亲，"抵御黑暗"。同时，昭君以"星宿"自命，当然也是一种自信。

前文说过，昭君是吴兴华"夫子自道"，那他也有同感。在当时的诗坛中，吴兴华志大才高，目下无人，希望凭借一己之力，将东西两大诗歌传统汇流，只是他一直被诗坛边缘化，也成了"一颗不入表志的星宿"，20世纪50年代后期，更是有着"被放逐"的感觉，其中透露出千古一致的悲剧色彩。

诗歌进入第二节：

> 我的悲苦已圆满
> 最后的痉挛然后它给予我
> 苦求不得的平和，火，热情的火，
> 环奔向我来，我用衣裾拨退它
> 用小指抹下它，一只手尚在前额
> 追想起宫中的明月白露无声

王昭君面对自己无法改变的命运，逐渐也就认命，接受了。于是说，"悲苦已圆满"。"圆满"二字，有着历尽世事，终得正果之意。但痛苦是不可避免的，尽管诗人没有铺展开来描述，可"最后的痉挛"，就透露了她的内心。然而，既然认命，她就变得"平和"。之所以说"苦求不得的平和"，说明她之前身居内宫，未蒙圣眷，心里也何尝没有渴念？然而一个意外，她却变得平静。"火"这个意象，可以有两种解释：一是昭君接受命运，并懂得和亲的意义，于是产生热情献身之火；二是她的明艳，让汉元帝及大臣们震惊，并心生爱欲之火。从下文"用衣裾拨退它/用小指抹下它"来看，第二种解释更合适。于是一种孤芳自赏的气质跃然于纸。于是"一只手尚在前额/追想起宫中的明月白露无声"，既是表现她对过往生活的眷念，也是一种无声的抱怨：那时我空对明月，白露无声，你的热情又在何处？也罢，从此之后，这一切都与"我"无缘。

在吴兴华笔下，王昭君获得了超越，像《给伊娃》里的西施一样，只作为美的存在，不为外界变幻而心旌摇曳。于是诗人写道"正如狷洁人，不肯以微云自累"。这里用的孟浩然的典故，他秉性孤高狷洁，曾写"微云淡河汉，疏雨滴梧桐"，语惊四座。所以"微云"在才子身上可以解释为"才华"，在女子身上可以理解为"美貌"。孟夫子不以才具自累，隐居白云之中；王昭君不以美貌自累，唯从容自得，不在意世人眼光。而这种境界，须从磨难中得来。这磨难，一是来自内心："推测，计划和辨析，昼夜如狂/为保全并且宣露这点纯真"，为了从后宫脱颖而出，她也曾"昼夜如狂"，难以自安；二是来自外界："'有人在上的地位就不该归我！'那画师丑恶的恐吓我嗤之以

鼻"。毛延寿索贿不成,便发恶言,但王昭君对此嗤之以鼻:

> 天地父母生下我,你岂能改变?
> 敲碎,扬在狂风里,践踏在脚下,
> 看啊洗浴着眼泪,美仍然跟随着我。

这三句是王昭君对毛延寿的反击,语气坚决有力。相貌是天地父母所赐,便是敲碎扬灰,便是以泪洗面,美一直跟随,当然不会因一幅画像而改变。在吴兴华笔下,王昭君已不再以元帝宠信为念,她守护着美,便是人生的全部意义。而吴兴华也借用这三句诗,对那些贬低他诗歌价值的人,做出了铿锵的回应。

而后,诗歌进入第三节。上文还是激烈的回应,这里却接连出现三个"静":

> ……这么静,这世界,
> 多么静四周的人,我的心,多么静!

一个省略号,说明王昭君抚今追昔,思绪澎湃之后,喧嚣退去,归于彻底的平和。尽管是在宫殿,尽管是万众瞩目,但她却感到一切都很安静。这个静,就是上文的"圆满",就是"平和"。这说明她接受了新的身份,获得了真正的"平和"。她在这种超然的心态中,打量了那些本与她命运相同,此刻依然在等待的宫女们。

> 只有乳白色的怜悯自破裂处溢出
> "她们可还珍惜着素日的粉脂黛绿?"

这两句诗用词非常巧妙。"乳白色的怜悯"似乎用了通感,如果单看显得突兀。而有了下文"破裂处",一切都合理了。联系到上文的"轮到我前来抵御黑夜",这里的"破裂处"似可理解为黎明时分,天空破晓,露出"乳白色"的天光。此时上天开始怜悯昭君,而昭君又在怜悯着宫女:她们是否还在无望地等候?看到她们,就想到自身。而想到自身,就不免会想到过去。于是王昭君决然地告诉自己:"已经完成的不必痴想再超始/我已经刻出自己的命运与历史/锦绣的中原无地葬我如香桃的瘦骨"。如果说以往的王昭君是俯仰由人,从此刻开始,她抛下了过去,不幻想人生有另一种可能,而是毅然告别"锦绣的中原",认同了新身份,并将执着地走下去。"香桃的瘦骨",化自李商隐《海上谣》中"海底觅仙人,香桃如瘦骨"之句,而"香桃"正是仙界桃树,又回应了前文的"星宿",两者都不是凡间之物。

> 这样我转身走下
> 钗影衣香犹使人目眩心醉
> 向塞外,浩浩的风沙直卷上长天
> 在那里等候着我,胡笳与毡幕

诗歌最后四句中,"这样我转身走下"回应了第一节的第四句"而当我转身走下时",使诗歌严密紧凑。但这两次"转身走下",昭君的心态并不相同,前一次她的背和双肩还在微微抽动,而这一次,她已完全释然,尽管她的"钗影衣香犹诗人目眩心醉",但她已在畅想未来,在风沙的塞外,在胡笳声里,在毡幕中,她的美将依然绽放。

这首诗的主题充满了现代感:个人面对难以掌控的命运,是该奋起抗争,还是默然接受?对于这个哈姆莱特式的疑问,王昭君的选择是,顺应命运的流水,但保持自己的美。对于吴兴华而言,同样面临这样的问题,他所能做的,只能与王昭君一样,寻求自我的超越与解脱,保持对美的追求,写出大美的诗歌。于是笔者想到了这首诗的这样三句:

> 多年泯没在暗里
> 一颗不入表志的星宿
> 如今轮到我前来抵御黑夜

这几句诗,正是他的宣言,或是预言。原本不入文学史的他,随着时间推移,学界逐渐发现他的价值,惊叹他的光彩,他的预言正在实现。

## Hendecasyllabics（十一音节无韵体）

攀尽陌上的杨柳……没有人儿①
穿过清晨里缓缓张遍山谷
仿佛败网的雾气来对我说
踏着江南岸青青芳草，听着
流莺乱啼的王孙回不回来
昨夜渡口有渔人招呼伙伴
曳长悲戚的声音沉落下去
如一绝望的父亲抚着孩子
毫无生机的身躯抽咽，明天
河畔荷花该光剩叶和梗了
花间溶溶的月是不能久住②
蜂蝶昨天已纷纷度过墙了
人家高树的阴影伸在檐上……
难道非等到群花委于泥土
车轮将泥点溅到门上时，你
才会负着你书囊施施回来
坐在你从前那把破臂椅里
吐口烟叹道：怎么荷花谢了

【精读】

　　Hendecasyllabic，即十一音节无韵体，源于古希腊，罗马时使用较多，此后多见于意大利诗歌和西班牙诗歌中，英文诗中甚为少见，仅丁尼生（Ten-

---

① 见《古诗十九首·庭中有奇树》："庭中有奇树，绿叶发华滋。攀条折其荣，将以遗所思。馨香盈满袖，路远莫致之。此物何足贵，但感别经时。"
② 溶溶：（水）宽广的样子，此处形容月色笼罩大地的情态。

nyson）等数人做过尝试。而吴兴华却用汉语写的这首诗，题目就是十一音节无韵体，只是用每行十一字取代十一音节，其实每行仅有四顿，与正宗十一音节无韵体显然差别甚多，倒有些像吴兴华自己创制的新古风，只是时有跨行，又无韵脚，也有些十一音节无韵体的风格。

诗歌主题是一位女子"有花堪折直须折，莫待无花空折枝"的幽怨。开篇五句，竟是一个长句，若是不分行，就成了这样句子："攀尽陌上的杨柳……没有人儿穿过清晨里缓缓张遍山谷仿佛败网的雾气，来对我说踏着江南岸青青芳草听着流莺乱啼的王孙回不回来。"当中居然再也加不进一个逗号，就算是散文体，这样的句子也是蹩脚的，要一口气读完，当中不能停歇，着实令人恼火。"攀尽陌上的杨柳"显然是用典，《古诗十九首》中有"攀条折其荣，将以遗所思"之句，而柳枝本有留人之意，所以这女子在清晨时分，攀尽陌上的杨柳，可见思念之深。但那远在江南的王孙，踏着青青芳草，听着流莺乱啼，竟无心归来，甚至连信儿也不寄来一个。而"芳草""流莺"，又往往有其他含义，更令女子嫉恨伤怀。"仿佛败网的雾气"，颇有现代诗的意味，"败网"二字，不仅是说女子无法留住男子，显然是失败，同时以"败网"来形容雾气，也极贴切别致，给人以阴沉的感觉。

而后诗歌荡开一笔，写起了"昨夜渡口有渔夫招呼伙伴"，接下去三句颇为出奇：

> 曳长悲戚的声音沉落下去
> 如一绝望的父亲抚着孩子
> 毫无生机的身躯抽咽，

夜里渔夫招呼伙伴，显然是伙伴打渔不慎失踪，生死难料，他的招呼，自然有些像招魂，甚至像父亲抚着死去孩子的身躯，声音曳长，绝望而悲戚，让人听了撕心裂肺。而女子有此联想，说明她也曾如此召唤，也是悲伤欲绝，而男子却听不到。

诗歌最后一节，用了许多意象来说明时光易逝，"明天/河畔荷花该光剩叶和梗了"，花间溶溶月色不能久住，蜂蝶昨天已纷纷过墙了，连那棵高树，叶子都已丰满，将阴影伸在檐上。正如杜甫所说："一片花飞减却春，风飘万点正愁人。"春天繁盛美好，却也稍纵即逝，难以久留。而女子的容颜呢，少女的情怀呢，不也如这眼前花月，焉能长久？

> 难道非等到群花委于泥土
> 车轮将泥点溅到门上时，你
> 才会负着你书囊施施回来
> 坐在你从前那把破臂椅里
> 吐口烟叹道：怎么荷花谢了

这最后几句，是女子直抒胸臆，对男子发出抱怨，甚至是责骂了。"群花委于泥土"，显然是用了陆游"零落成泥碾作尘"之句，颇显悲伤无助。而诗句不满足于此，还让"车轮将泥点溅到门上"，更显语气决绝。而与此形成鲜明对比的是：那男子的举止却是"施施回来"，坐在"从前那把破圈椅里""吐口烟""叹道：怎么荷花谢了"。如此从容不迫，显然是对女子的苦心无动于衷。女子在自己的设想中，男子已如此无情，无怪乎会绝望，像"父亲抚着孩子毫无生机的身躯抽咽"，她也抚着毫无生机的爱情抽咽。

整首诗主题意象都不见新鲜，显然是新瓶装旧酒。正如卞之琳所评："辞藻富丽而未能多赋予新活力。"就算用了西洋的十一音节无韵体，除了句子欧化，却也不见得有多少现代气息。

## 《尼庵》（斯宾塞体）

啊宏丽的建筑，永恒眼泪的泉源，
多少苦难在你怀中寻得了解放！
空间多狭窄，皈依的心境多广宽，
大千世界的诸变异像孪在掌上！
我生长，我灭没，不禁微风的吹荡，
除了我虚造以自解，别没有缘因；
是否挥慧剑斩断了烦恼丝万丈，
便能清澈地寻到亿万年的前身？
人人这样问，有多少听到回答的声音？

男子们挣扎向不可逼视的光荣，
妇女的眉发却造成整个的历史。
菩提树底下趺坐着仰首见明星，
她们中有多少不曾解放到如此？
风暴和号角声，血在脉管里急驶，
我们的生活向没有一定的依归，
情不是我们的终结，也不是起始，
固无妨将自己交给抽象的思维。
但那些柔弱的心灵却何故苦苦追随？

唉不然，不必惊异于这一带曲桓，
日夜唯看见失路的鸦雀们栖息：
认为它隔绝了外面微笑的春天，
噪音和杂念，只留下轻声的幽细。

也不必怜悯那些用苦刑把肉体
折磨得纤细几乎如不存在的人——
一条清明的水流在胸膛中冲洗，
把年华抛弃，为等待幻景的来临，
为等待一些在我们理解之外的事情。

虚空之存在只因为无所不包容，
它的吸引力非外人所能够臆测；
或者你永远沉浮在红尘攘攘中，
或者你生下来就向那一方欹侧。
入门者不知所以然，被摒者走过
鄙夷地耸肩，竟无法能使之谐和；
徒然你深究她们的语言和动作，
徒然经典上数万言谆谆的劝说，
瞽者看不见白日，屠人放下刀而成佛。

穿过这狭细的窗缝她们望出去：
大地布满了代换的暗影和阳光，
而念及雨云在灰的小城上堆聚
每个人背负他们所不解的悲伤；
永远设法想遮掩起坦白的地方，
像在明镜前深垂下厚重的锦幕；
甚或于至友间也要时刻地提防，
深怕自己因不留心走错了脚步——
这不息精神的疲倦想找寻一条出路。

叹息着如解脱重负掩上了斋门，
情欲的联系可能就如此被切断？

秾花和飞蝶怅然地消失入黄昏①,
心欲其收敛不使无目的地消散:
但人类的仇敌不止在人群里面,
青灯黄卷旁感觉到困斗仍未休
狂热的画图浮动着强闭目不看,
春日来秋日去灵魂呼唤着自由,
并非在万顷的绿野,却反在囚禁里头。

而这些不同的故事奔向同一点——
泯灭而成为不幸者共有的秘密。
山上下十里的蘼芜,弃妇的泪眼②,
彩凤因不肯与凡鸟同群而远避③。
梦醒在繁华富贵里折回至岑寂④,
正当我们为得与失辗转反侧时;
如果因片刻的抑□向往净地⑤,
这长年哀祈与失望谁愿意支持?
但割舍而不望答报永远不能算太迟。

如此我伫立在门前黯黯地寻思:
那些人怎样以信仰否定了一切,

---

① 秾:花木繁盛状。李白《清平调》:"一枝秾艳露凝香,云雨巫山枉断肠。"
② 此句化自古乐府《上山采蘼芜》:"上山采蘼芜,下山逢故夫。长跪问故夫,新人复何如?新人虽言好,未若故人姝。颜色类相似,手爪不相如。新人从门入,故人从阁去。新人工织缣,故人工织素。织缣日一匹,织素五丈余。将缣来比素,新人不如故。"一般认为,二人是被迫离异,却又彼此依恋。吴兴华用此典故,比喻爱情的悲剧。
③ 凡鸟:平常的鸟,比喻庸才。典出自《世说新语·简傲》:"嵇康与吕安善,每一相思,千里命驾。安后来,值康不在,喜出户延之,不人,题门上作'凤'字而去。喜不觉,犹以为欣故作。'凤',凡鸟也。"
④ 用黄粱一梦典。卢生入梦,享尽富贵,醒来黄粱未熟,顿觉人生空幻,于是求道修仙而去。
⑤ 此处原文缺失,似可补成"如果因此刻的抑制而向往净地"。

>  欢跃痛哭都不需要日常的饰辞，
>  永恒与我们共处着，却不相牵涉；
>  简单是他们的梦想，最后的凭藉
>  只在这窄圈里，当宇宙默然旁观
>  众生愚昧地斗争与孩童的喜悦；——
>  我想起一个人常罩在冷静里边
>  移动着，仿佛整个的世界是一座尼庵。

**【精读】**

此诗刊载于香港《人人文学》1953 年 8 月 16 日第 16 期，署名梁文星。诗歌后面有一段介绍说："梁文星的《尼庵》用的是史宾塞体（Spencerian Stanza），这恐怕还是中国诗第一次尝试用这种体裁。有人说这种体裁，前面八行，每行五拍，像一粒粒珍珠，最后一行，六拍，像一根把这些珠子穿起来的丝线。这个譬喻未必十分妥当，但至少可以说明这种形式的谨严性。"

史宾赛通译为斯宾塞（Edmund Spenser，1552—1599 年），他曾作长诗《仙后》（*The Faerie Queene*），开创一种九行新诗体，如《仙后》第一节：

>  A Gentle Knight was pricking on the plaine,
>  Ycladd in mightie armes and silver shielde,
>  Wherein old dints of deepe wounds did remaine,
>  The curell markes of many a bloudy fielde;
>  Yet armes till that time did he never wield:
>  His angry steede did chide his foming bitt,
>  As much disdayning to the curbe to yield:
>  Full jolly knight he seemd, and faire did sitt,
>  As one for knightly giusts and fierce encounters fitt.

>  有一位高贵的骑士驱马在平原，
>  全副武装，银质盾牌手中持，
>  归时的深深创痕残留在盾面，
>  那是多次血战的残酷标记；

> 但直到此时，他尚未用过武器：
> 怒马咬啮着笼头，口沫喷飞，
> 仿佛不甘于屈从马勒的绊羁；
> 那骑士英姿飒爽，端坐在马背，
> 适合于激烈的战斗和骑士的比武大会。
>
> （胡家峦译）

此诗体有两个显著特点：一是诗歌韵式为 ababbcbcc，其中前八行中的连锁韵（interlocking rhyme）b 韵，把两个四行紧密连接在一起，故增加了全诗的整体感和紧凑性；二是第九行的亚历山大诗行使整个诗节显得庄重，往往是全节内容的重点，或是前八行的总结和概括，它有时更以警句形式出现，使结尾更有力量。在形式上，它也增加了诗节韵律的变化，尤其在长叙事诗中效果更明确。第八、九两行是双韵，这样，把最后一行与前八行连接起来，便形成一个有机整体。

由此可见斯宾塞体结构之严谨，在汉语诗歌中鲜有尝试，而吴兴华自恃才高，亦步亦趋，写了一首韵式严格，体例完整，而意境宏大深邃的长诗。

诗歌第一节，赞美尼庵让人皈依，同时获得广宽的心境，因为人之生死，万象变异，均为虚造，正所谓"万法唯心"，用慧剑斩断烦恼，便可获得清澈。但是，又有几人可以做到呢？

诗歌第二节写道，男子追逐着功名，女子却用美色左右着历史。佛祖跌坐于菩提树下，仰首看明星，生活在宇宙之周流之中。但世人有几个可以得此解放？我们总是急促地奔忙，像是被卷在风暴里不能自主，像是有号角在耳边响起，催动我们去奋斗竞争。"血在脉管里急驶"，充分展现出世人紧张的生存状态。

诗歌第三节中，"失路的鸦雀"，是指走投无路者。他们百无聊赖，于是遁入空门。苦刑者，是指苦修士，抛却年华，一味折磨肉体，让心灵纯净，等待有一天开悟，进入另一重世界。他们都在等待开悟的一天。可是，修行能心想事成吗？

> 把年华抛弃，为等待幻景的来临，

为等待一些在我们理解之外的事情。

第四节的回答是,修行各有因缘,不可勉强。若是无缘者,便如瞽者不见白日,于是终生在红尘中浑噩地沉浮,并对空门嗤之以鼻,"鄙夷地耸肩"。有缘者,自幼便有慧根,比如鲁智深,便如屠夫般杀人无数,却也能放下刀而成佛,但他心里却不知道自己如何达到了这种境界。这种"缘",几乎是天赋,有些人研究着佛修行的动作,有些人阅读厚厚的经卷,但这些表面的东西,对于修行而言,或许都是枉然。

正因为这种不确定性,修行者就被置于一种矛盾的境地。第五节和第六节,说的就是这种矛盾:她们懂得世事如梦幻泡影,于是渴望走出无尽的轮回;但同时她们又不能确信,自己通过努力,是否就能够达到涅槃。她们后退无门,前进无路,不免陷入迷茫之中。

第五节是对红尘的批判。尼庵中的她们望向窗外,看到的都是变幻的泡影。每个人奔波于人世,都有难耐的悲伤,都有隐私不能坦白,于是沉积日多,也就日渐劳累,想要寻觅一条出路。

第六节是写修行之难。群尼关上斋门,把红尘浊世关在门外,一时如释重负,但内心的情欲,岂能轻易隔绝在外?秋花和飞蝶,都是春的意象,容易惹起人的情思。每到此时,必须勒令自己收敛内心,不能放任自流。但收敛何其难,尽管身居尼庵,青灯黄卷为伴,内心的困斗依然不休。"狂热的画图"有着强烈的性意味,是群尼内心的原始欲念。但这种欲念是与宗教禁忌及佛法修行背道而驰的,她们只能强闭目不看。接下来诗人写道:"春日来秋日去灵魂呼唤着自由。"但自由是什么?是在万顷的绿野中无拘束地奔驰?还是心灵摆脱肉体的欲求,于是无挂无碍?后者显然是真正的自由。

第七节则将写作对象从尼庵中人,扩展到普遍的世人。"这些不同的故事奔向同一点"中的"不同的故事",是指芸芸众生,演绎着各自的人生。"蘼芜"和"弃妇",是化用《上山采蘼芜》中夫妻相爱,却被拆散的典故,说明爱情有悲剧。"彩凤因不肯与凡鸟同群而远避"中的彩凤,自然是才学之士,而"凡鸟"是指庸人。才学之士如嵇康、陶渊明等,高傲狷洁,不愿从俗,只能洁身自好,孤芳自赏,但不能经邦济世,于是要寻找心灵的寄托。

"梦醒在繁华富贵里折回至岑寂"一句，自然让人想到黄粱梦的典故，卢生在梦中享尽繁华富贵，但梦醒时才觉一切皆是空幻，于是追随道士前去修行，渴望岑寂。其余的平常人每日锱铢必较，因一时得失而心绪难平，庸庸碌碌之中，偶尔也想得到清净，可是却又心生犹豫：如果遁入空门，忍受长年的孤寂，到头来却又毫无所获，只留下满心失望，那是否值得呢？可是，一旦渴望得道，也是一种欲求，与修行南辕北辙。真正的修行，乃是割舍尘缘，就无欲无求，只要能这样想，就"永远不能算太迟"。

最后一节，诗人站在尼庵门口，静静地思考里面的世界。为什么他们能凭借信仰生存，而舍弃了其他享乐与追求。"欢跃痛哭都不需要日常的饰辞"，是说从心所欲，大喜大悲，都率性自然。这样的人，一直与我们共处，却又彼此不相牵涉。他们向往简单，也生活在简单里。而其余众生，都在愚昧地斗争，因为蝇头小利便欢喜，因为毫发之损便悲伤，像孩童一样。他们能否也简单一些，再简单一些？诗歌最后，诗境提升，认为真的修行，无须身在尼庵，世界这么大，其实都是修炼之所。

此诗的主题在中国诗歌中是少见的，它"书写原始欲望与宗教禁忌的冲突，以及对生命意义的庄严思考，瑰丽的辞藻、丰沛的想象、恢诡的气魄与深邃的哲理渗透交融"①。而其形式又严谨庄重，与诗歌主题相辅相成。而作者在意象和形式上的用心，也理应得到读者的重视和欣赏。

---

① 张松建：《"新传统的奠基石"——吴兴华、新诗、另类现代性》，见《新诗评论：2007年第一辑》，北京大学出版社2007年版，第95页。

# 《采石矶》（双行长短无韵体）①

高高在上面是月亮，以长裙荫覆

暗黑的崖石，风在枯树间奔走着，
大江在底下汹涌
呼号，不认识昼夜②：——

而在小舟中端坐着似一切无睹，
仿佛全世界都在他家中畜养着，
他熟悉它们就像
自己手中的纹理。

他曾在梦中远听见天鸡第一声，
海日初生把极东的空际染成血③；
蜀道傲睨着飞鸟④，
嵯峨在青苍天半⑤；

九天奔落下昆仑的黄流及其他⑥

---

① 采石矶：在安徽当涂西北，突入长江中，为著名景点。李白曾多次来此，写过"天门中断楚江开，碧水东流至此回"之句，晚年居于当涂，据五代王定保的《唐摭言》说："李白着宫锦袍，游采石江中，傲然自得，旁若无人，因醉入水中捉月而死。"为李白之死增添了浪漫色彩。继后北宋宣城人梅尧臣在《采石月下赠功甫》诗中又说："采石月下闻谪仙，夜披宫锦坐钓船。醉中爱月江底悬，以手弄月身翻然。"
② 见《论语》："子曰：逝者如斯夫，不舍昼夜。"
③ 见李白《梦游天姥吟留别》："半壁见海日，空中闻天鸡。"
④ 见李白《蜀道难》："蜀道之难难于上青天……但见悲鸟号古木，雄飞雌从绕林间。"
⑤ 见清代江之纪《六榕寺有怀坡公作次南城师韵》："魑魅逢迎又何妨，罗浮天半同青苍。"
⑥ 见李白《公无渡河》"黄河西来决昆仑，咆哮万里触龙门"，及《观庐山瀑布》"飞流直下三千尺，疑是银河落九天"。

壮阔的使人血液欲沸腾的景物,
经他一手开辟出
后来人难予为继。

现在呢,一种空虚的感觉在四周
浮荡着,时时想找寻侵入的微隙;
夜郎①辽远的飘流
余下希奇的疲倦……

他觉得失掉了什么,忘记了什么,
曾在眼前,手掌中而他却未抓住
那足以奠定他们
不朽最后一枚钉。

波间依依的银色几乎如不存在,
阅尽朝代的兴亡仍不改变颜容;
盈虚在暗中乘除,
不关人世的消息。

那完整开始且终结在自然当中,
那平静而不嵯岈②在目中的美丽,
与其他列在一起
几乎毫无以自辨。

如清水吐生出芙蕖③,如白云舒卷
瞬间他看出这是自己的领域,

---

① 夜郎:一说在今贵州桐梓,永王兵败后,李白曾被流放于此,中途遇赦。李白《经离乱后天恩流夜郎忆旧游书怀赠江夏韦太守良宰》中有"夜郎万里道,西上令人老"之句。
② 嵯岈:错杂不齐貌。
③ 见李白《经离乱后天恩流夜郎忆旧游书怀赠江夏韦太守良宰》中"清水出芙蓉,天然去雕饰"之句。

压抑下惊世之心
回到原始的淳朴。

一船的霁月擎载着锦袍的诗人,
炯炯如饿虎的双眸①寂然的清澄;
飞扬跋扈②的豪气,
在最后一顷屈膝:

挣扎着,飞扑着,天才初归于节度,
最高的表现竟会在平庸折衷里,
他,超过有似不及,
大不必回头嗤笑:

唉,唉这一抔荒土及千首珠玉的
新词如寒花茁长在万人齿牙中③,
磨下过峻的锋芒,
使两端悄然相遇。

崇高的,伟大的,风不吹海水自立,
金钰与铙钹齐奏着,只要越出了
自然正常的范围
都不是诗人本色。

**【精读】**

在这首诗中,诗人借用李白在采石矶乘舟的体悟,来谈对诗歌的见解。采石矶位于安徽当涂西北,为著名景点。李白曾多次来此,写过"天门中断楚江开,碧水东流至此回"之句,晚年居于当涂。

---

① 炯炯如饿虎的双眸,见魏颢《李翰林集序》:"(李白)眸子炯然,哆[chě,张口的样子]如饿虎,或时束带,风流酝籍。……少任侠,手刃数人。"
② 飞扬跋扈,见杜甫《赠李白》:"秋来相顾尚飘蓬,未就丹砂愧葛洪。痛饮狂歌空度日,飞扬跋扈为谁雄?"
③ 见唐齐己《读李白集》"锵金铿玉千馀篇,脍吞炙嚼人口传"之句。

从《采石矶》中有"一船的霁月擎载着锦袍的诗人"之句,引用了五代王定保的《唐摭言》中对李白晚年居于当涂的描述:"李白着宫锦袍,游采石江中,傲然自得,旁若无人,因醉入水中捉月而死。"据此推断,诗中的李白已是晚年,游于江中,在月下饮酒,生发了一些感慨。他的感慨又是什么呢?

诗歌一开头,是对景物的描写。月光高高在上,月光仿佛其长裙,荫覆着采石矶"暗黑的崖石","风在枯树中奔走","大江在底下汹涌",有颜色,有声音,勾勒出一幅浩茫宽广的图景,象征着宇宙的周流不息。在这种背景中,李白出场了。

> 而在小舟中端坐着似一切无睹,
> 仿佛全世界都在他家中畜养着,
> 他熟悉它们就像
> 自己手中的纹理。

李白此时已年过花甲,经历过人世沉浮,早已洞察宇宙。这不免让人想到里尔克在《布拉格随笔》中一段极著名的话:

> 一个人早年作的诗是这般乏意义,我们应该毕生期待和采集,如果可能,还要悠长的一生:然后到晚年,或者可以写出十行好诗。因为诗并不像大众所想象,徒是感情,而是经验。单要写一句诗,我们得要观察过许多城许多人许多物,得要认识走兽,得要感到鸟儿怎样飞翔和知道小花清晨舒展的姿势。

(梁宗岱译)

吴兴华对这段话也深为服膺,认为"一个诗人的头脑必须是空白的。他必须小得比最微细的尘土还小,以便能穿入最紧闭的门缝,阖起的花蕊,歇在粉蝶的薄翼上。他必须能够像一面镜子,忠实的反映出大千诸相,而自己没有甚么来阻碍或屈曲反射出的形象。他必须把许多景物、书籍、男女、伟大或微不足算的事件都藏在脑中,等候它们沉淀。然后在清朗时,才会现出他所热望的东西——事物所有不变的特性"①。

李白把所有的过往都存在脑中,简直感觉"全世界都在他家中畜养着",他无比熟悉,就像熟悉"自己手中的纹理"一样。他应该已懂得,什么是"事物所有不变的特性"。要达到这种境界,他所走过的道路是长久的。接下来,李白回顾了他以前的经历和创作。

> 他曾在梦中远听见天鸡第一声,
> 海日初生把极东的空际染成血;
> 蜀道傲睨着飞鸟,
> 嵯峨在青苍天半;
>
> 九天奔落下昆仑的黄流及其他
> 壮阔的使人血液欲沸腾的景物,
> 经他一手开辟出
> 后来人难予为继。

在李白早年的诗歌中,充满了新奇壮丽的诗篇,诸如《梦游天姥吟留别》《蜀道难》《观庐山瀑布》等等,其中充满飞流急湍、奇峰险壑的意象,有"半壁见海日,空中闻天鸡""地崩山摧壮士死,然后天梯石栈相钩连""飞流直下三千尺,疑是黄河落九天"之句,有着"落笔摇五岳,啸傲凌沧州"的气势。虽然诗作绮丽壮伟,"使人血液欲沸腾",并且"后来人难予为继",堪称空前绝后,但晚年李白似乎并不以此为满意,于是一种"空虚的感觉在四周/浮荡着,时时想找寻侵入的微隙"。

这种空虚,不仅源于身世飘零,壮志难酬(夜郎辽远的飘流/余下希奇的疲倦……),也是对诗歌本质的一种思考与困惑。他没有抓住"那足以奠定他们/不朽最后一枚钉"。

李白又看着眼前的江景,看到了其中隐藏的神秘。波浪中浮荡着月光的银色,"阅尽朝代的兴亡仍不改变颜容",时盈时虚,却与人世无关。这当中,

---

① 吴兴华:《黎尔克的诗》,见《新诗评论:2007年第一辑》,北京大学出版社2007年版,第64页。

肯定包含着万事万物的本质——永恒的美，完整，朴素，平静，如月之升，如花之落。李白悟到这一点，顿时豁然开朗。

> 如清水吐生出芙蕖，如白云舒卷
> 瞬间他看出这是自己的领域，
> 压抑下惊世之心
> 回到原始的淳朴。

诗中连用两个比喻，如清水出芙蓉，如白云自舒卷，都是清新飘逸的意象，这就是属于李白的领域，从容自在，无须"语不惊人死不休"，只要回到"原始的纯朴"。这种见素抱朴的胸怀，恰是一个诗人至高的境界。李白的确也写过许多这样的诗句，比如：

> 桃花流水杳然去，别有天地非人间。
> ——《山中问答》
> 桃花潭水深千尺，不及汪伦送我情。
> ——《赠汪伦》
> 相看两不厌，只有敬亭山。
> ——《敬亭山》

这些诗句都是信手拈来，再没有飞扬跋扈、刻意雕琢之气。对比一下早期的诗句，反差是非常鲜明的。于是这位诗人"炯炯如饿虎的双眸"中出现了"寂然的清澄""飞扬跋扈的豪气，在最后一顷屈膝"。他一生挣扎飞扑，最终归于"节度"，而不是过分铺张。诗歌最后做了一个结论：

> 崇高的，伟大的，风不吹海水自立，
> 金钰与铙钹齐奏着，只要越出了
> 自然正常的范围
> 都不是诗人本色。

所谓"自然正常的范围"，显然又是里尔克的标准："黎尔克诗中的语言是极简单而不加炫饰的——有时因太简单了，结果很容易使人忽略在这薄脆的外表下含蕴着多少欲迸裂直出的深意。"①

  吴兴华也想达到这种境界，但是他的诗作，大都是浓墨重彩，用力甚猛，还不到挥洒自如的程度。

---

① 吴兴华:《黎尔克的诗》，见《新诗评论：2007年第一辑》，北京大学出版社2007年版，第66页。

第二部分 02

诗艺研究

第七章

# 主题与意象

诗歌的主题,往往与意象密不可分。关于意象,康德在《判断力批判》一书中指出:"审美意象是一种想象力所形成的形象显现。"意象派诗人庞德则认为"意象是理性和感性的复合体"。但这样的定义总显狭窄。诗歌中名词可以是意象,那形容词、动词就不能成为意象了?"凡是能够唤起我们感觉和知觉的过往经验之再现的、有着具体到语词上的物质存在的一切语言表达,都可以叫做意象,不管它是在描述,在比喻,还是在象征。"[1] 这似乎不够严格,但却是实用的。意象的作用,其实就是把一切感之则有、扣之则无的概念,转化为具体可感(包括听觉、视觉、触觉等)的形象。

我们从具体的作品出发,来分析吴兴华诗歌的意象与主题。卞之琳在评价吴兴华的诗时,曾说:"吴诗辞藻富丽而未能躲赋予新活力,意境深邃而未能多吹进新气息。"[2] 通过作品细读,我们的确可以发现,吴兴华的诗很多是古色古香,但也有不少作品散发着新气息。

---

[1] 江弱水:《卞之琳诗艺研究》,安徽教育出版社2000年版,第16页。
[2] 卞之琳:《吴兴华的诗与译诗》,见《吴兴华诗文集·文卷》,上海人民出版社2005年版,第266页。

## 一、新绝句和新古风:"化古"不成反被"古化"

先来看新绝句的主题和意象:

表1 新绝句的主题和意象

| 诗歌 | 主题 | 意象 |
| --- | --- | --- |
| 《绝句二首》之一 | 写时光匆忙,岁月可怖 | 落日的金车、繁响的黄叶、尘镜、深秋的痕迹 |
| 《绝句二首》之二 | 赞美人容颜,兼兴古今之叹 | 柳叶、微颦的双眉、迎风的柳枝、细的腰围、十里台城的柳色、六朝金粉 |
| 《绝句三首》之一 | 叹春光易逝,红颜畏老 | 陌上的游女、长巷尽处、一春桃李、践踏成泥、惜影的红衣、长河 |
| 《绝句三首》之二 | 奔波于俗务,忽有悔悟 | 熙来攘往的路歧、垂柳、一夜的西风、落叶之国、无尘的素衣 |
| 《绝句三首》之三 | 写游子思乡之情 | 肠断、深春鹧鸪声、辞枝的落花、故山的平林、寒雨 |
| 《绝句四首》之一 | 描绘风景 | 东风、暮潮、兰桡、江南一夜春雨、乌桕千万树、秦淮、长桥 |
| 《绝句四首》之二 | 极赞美女绚烂夺目 | 满月、无垢的楼台、微步、重开的桃李、孔雀的丽尾 |
| 《绝句四首》之三 | 情诗 | 朝日的蔷薇、十里的蜂蝶、素衣、无色的花朵、白云 |
| 《绝句四首》之四 | 感叹鹤立鸡群,易遭人嫉 | 人力的凝妆、美人盛时的颜色、才子的文章 |

由表1可见,诗歌的主题是我们极熟悉的,九首绝句,有三首叹息时光,有两首写思乡之情,一首感叹俗事缠身,另有赞叹美女以及情诗,都与《古诗十九首》、唐诗宋词之类有相通之处,绝少时代烙印。而意象都化自我们太熟悉的古典诗词,能够调动脑海中储存的古典诗词,进而发生互文,达到两

者相互辉映、彼此补充的效果。如《绝句》：

> 肠断于深春一曲鹧鸪的声音
> 落花辞枝后羞见故山的平林
> 我本是江南的人来江北作客
> 不忍想家乡此时寒雨正纷纷

这首诗，总体意境很能让人想到杜牧的"清明时节雨纷纷，路上行人欲断魂。借问酒家何处有，牧童遥指杏花村"。所选用的意象中"鹧鸪"一词，更有深厚的文化背景。李涉的《鹧鸪词》中有"惟有鹧鸪啼，独伤行客心"。李白诗《越中览古》有"越王勾践破吴归，战士还家尽锦衣。宫女如花满春殿，只今唯有鹧鸪飞"。因此，"鹧鸪"自然成了游子思乡、中心凄惶，或繁华不再、满目凄凉的意象。吴兴华诗中出现"鹧鸪"二字，我们有了这个阅读积淀，便能轻而易举地触摸到诗人的思绪，这也是他讨巧之处。但这并不是不好，这样很好，那么庞大的文化传统，我们怎么能弃之不用？

不过，这些新绝句中古典的意象、古典的意境，形神皆为古典，构建起来的绝非"化古"，而是被古所化，只能被视作语言松散一些、意象繁密一些的古典诗。

五绝小巧精致，不容易闪展腾挪。让它表现更新颖的主题，确实有些难度。那么我们再来看看诗体较长的《拟古》。全诗共十六行，按内容可分四节：

> 不忍看墙头青青柔草
> 不忍看阶下骎骎幽兰
> 日出听见那人的长吁
> 日落听见那人的短叹

写男子——"那人"——的相思之苦。骎骎，马疾走状，阮籍《咏怀（十一）》中有"皋兰被径路，青骊逝骎骎"之句。而这里用于形容时光迅速消逝。他触景伤情，不敢看此刻柔草幽兰的勃勃生机，又不忍想年华易逝，万物速朽，真是"思之不得，辗转反侧"，只得长吁短叹，不可终日。

> 绝代的佳丽产自南国
> 眉色如望平远的秋山
> 自爱若至冰冷的程度
> 与自卑岂非同逆自然

这一节衔接上一节,点出男子朝思暮想的人儿,乃是一位南国的绝代佳丽。然后正面描绘其美貌,以远山比喻眉色,这一比喻,花间词中常见,如"一双愁黛远山眉,不忍更思惟"①,以及"小山重叠金明灭"②。而"自爱"与"自卑"之辨,显然是男子的埋怨之词了。求爱不得,反生怨气,也是人之常情。

> 天空两金丸往后奔走
> 广衢高楼鸣响着佩环
> 使君的玉马长嘶不进
> 高楼的侠少辍杯而观

这一段回忆男子初遇美人时的场景。第一句化用韩愈诗句"日月如跳丸"(《秋怀诗》之九)。天空中日月往后奔走,自然是时光倒流。那时男子正在街市,看见美人登高楼,佩环鸣响,气度非凡。再以旁人的举止,衬托佳丽之美。这很能让人想到汉乐府《陌上桑》,先是描写罗敷的装束:"青丝为笼系,桂枝为笼钩。头上倭堕髻,耳中明月珠。缃绮为下裙,紫绮为上襦。"而后写他人的反应:"行者见罗敷,下担捋髭须。少年见罗敷,脱帽著帩头。……使君从南来,五马立踟蹰。"尤其是"使君的玉马长嘶不进"一句,活脱脱就是"使君从南来,五马立踟蹰"的改写。

> 珍重谢良媒殷勤之意
> 我若有所待彼有所贪

---

① 韦庄:《荷叶杯(绝代佳人难得)》,见《花间集·尊前集》,华夏出版社1998年版,第49页。
② 温庭筠:《菩萨蛮(小山重叠金明灭)》,见《花间集·尊前集》,华夏出版社1998年版,第13页。

> 他年尘阁深闭着重悔
> 只在此刻心神移动间

这一节写托良媒以求美人,"我若有待","彼有所贪",俨然一场交易。但他并不顾这些,尽管手段是世俗的,但他珍视此刻的心旌摇曳,有真爱而不追求,只恐落得日后懊悔不已。

总体而言,这首诗所要表达的主题,不过是美人如花,君子好逑,除此以外,似乎也别无寄托,内容颇显单薄。不像曹植的《美女篇》,通篇以美女自喻,抒发自己怀才不遇,抱负不展的悲哀。想起吴兴华论陈维崧《上芸麓先生书》一文时所说的:"这无异是文字上的疲劳轰炸。如果读者看到末了,尚能头脑清醒,回味一下他说的内容,不过是没有儿子,打算娶妾,希望帮忙而已。为了达到这点内核,需要咬破如此厚的果皮,显然是得不偿失。"① 这段评论似乎也能用在吴兴华自己的这首诗上。

再来看这首诗里出现过的意象:墙头青草、阶下幽兰、绝代佳人、南国、眉色如秋山、金丸、广衢、高楼、佩环、使君、侠少、尘阁……无不是古色古香。这些意象曾被历代名家缓慢发掘,反复书写,已经积累了丰富的含义。"美的发现一旦为人们所接受,这就使诗人可以更加自由地轻松地来组合新的意境。"② 只是很遗憾,吴兴华没有用这些精美的意象,组合成让人耳目一新的意境来。

### 二、新歌行体:历史、现实与高级想象力

当然,这还不能涵盖吴兴华诗的全貌,且来看他的另一首诗《无题》。这首诗以叙事为主,间杂抒情,写幽男怨女情爱之事。第一节为旁白:

> 一舸明月离吴宫泛滥于五湖
> 遥想阴山的弦管声调似唏嘘

---

① 吴兴华:《读〈国朝常州骈体文录〉》,见《吴兴华诗文集·文卷》,上海人民出版社 2005 年版,第 156 页。
② 张国风:《传统的困窘》,商务印书馆 1999 年版,第 56 页。

芷萝微波畔谁见黛眉的颦蹙
绝塞风沙里徒悲千金的画图
似海侯门此一去音信真全杳
少年心性近日来思念也稍疏
但兀兀奔走关河，或埋头故纸
不再学惊飞蛱蝶贴上绣罗襦
生命今对你怎样可过于从前
阴霾持续也该有开明的丽天
不知何故唯惊觉容颜的消减
欲语别情先拭去清泪似奔泉
夫痴姑恶遇已及人间的残酷
酒色衣香看将尽弹指的芳年
同一疏寥的细雨冷扑向窗扇
不知巴山的池水新近可增添
寒灯如粟为我说相思的苦辛
纨扇绿衣常太息薄命为女身
三五夜中空望断摩勒的音迹
后堂筵上无人解幽咽的琴心
万种欢情怕提起只微词掩敛
一丝怨妒犹露出似旧日情深
差堪告慰称道我文章胜往昔
云英已嫁唯应是罗隐不如人

从此诗可知，二人本是两情相悦，却始终不能携手，自是人间恨事。对于女子而言，她已有家室，深知自己不能脱身，不能与男子浪迹天涯，于是言语隐晦，硬生生将真情深埋。而男子不能洞察女子的用心，只深恨她身入侯门，贪恋富贵，已经全然不念旧情。因此比较二人的悲苦，显然是女子之苦更甚。细细读来，真是凄美哀伤，柔肠百转，深得乐府之妙。

与这首相似的，有《效清人感旧体》，也是写痴男怨女，往日情深而今日别离。林以亮曾高度评价这类拟古诗，认为他成功地"从'五古'中提炼出一种新的形式……把五古的高瞻远瞩，笼罩一切的气势移植到新诗中来"①。而张泉则提出不同见解："尽管很多诗论家认为以上两类诗代表了吴兴华在诗歌创作坊面'化古'的主要成就，或节奏清晰、音韵和谐，多能营造出别人难以超越的诗的景致，或意象纷繁，联想迭出，每每使人遁入遥远的古人境界，但终因受形式因素的束缚过甚，往往只能表达特定的心境和情境，或由于意象的密度过大而显得庞杂拥挤，反而使诗的内容难以充分展开。"②

笔者分析了这些诗之后，总不能同意它们是新诗，与前文提到的新绝句、新古风一样，只能视为古典诗。

当然，吴兴华的另一首新歌行体《书〈樊川集·杜秋娘诗〉后》的主题，则更丰富一些，也更贴近现实。该诗最后一节是吴兴华直抒胸臆，"胸中无限的忧愤似为我倾吐"一句，恰好透露出他写作此诗的用意。这首诗发表于1946年，当时国内局势紧张。国共两党箭在弦上，内战一触即发。所以"国事仓皇有甚于兴元与贞元"一句，既可指杜牧所处时代，也可指吴兴华所处的时代。所以杜牧的"天问"，同样也是吴兴华的反诘。所以"两家党祸"，也可另有寄托。

如果这样说还显得牵强，我们还可以参考一下同时发表的《大梁辞》，其中最后一节写道：

> 如此历史的转捩处不出这两字，
> 宜战宜和间有多少志士曾雪涕？
> 秦与魏势悬绝至此，战尚可求活，
> 盲目举全土付人的对之将如何？
> 岂必要妇女与屠沽知眷恋家国？③

---

① 宋淇：《论新诗的形式》，转引自张泉《从日本占领区走出来的诗人吴兴华》，见《吴兴华诗文集·文集》，上海人民出版社2005年版，第294页。
② 张泉：《日本占领区走出来的诗人学者吴兴华》，见《吴兴华诗文集·文卷》，上海人民出版社2005年版，第294—295页。
③ 吴兴华：《大梁辞》，见《吴兴华诗文集·诗卷》，上海人民出版社2005年版，第39页。

并有这样的诗句:"可有识曲者能明白其中的托讽?"① 其用意十分明显,矛头指向的是当时的内战。本文无意于探讨政治问题,只是在诗人眼中,"兴,百姓苦;亡,百姓苦",无论什么时候、什么主张的"国乱",对于芸芸众生而言,都是灭顶的灾祸。从这些明证来看,《书〈樊川集·杜秋娘诗〉后》中,吴兴华便是杜牧,也便是杜秋娘,也便是历史中的无数的女子、士人,最后得出结论:"今古悲歌如出自同一的腔谱",都受到一种超然力的影响,人身处其中,就像被卷入洪水,往往是茫然随波,不得自由。

了解了这些,再回看这首诗,顿觉境界开阔,气势沉雄,不再是前文论及的《无题》诗那样,停留于狭小的空间。张松建说:"非常明显,吴兴华对于身边和眼前的现实漠不关心。"② 这个判断,或许适合于《无题》,但显然不适合这首诗。

吴兴华曾将"想象力"分为"装饰的想象力"和"高级的想象力",并说后者"并不一定借用明喻、暗喻、象征等才能得到表现,而是一种内在的、使读者能穿过诗看见另外一片境界并得到另外一种意义的能力"。他说:

> 读完《长恨歌》之后,我们似乎感觉到诗中最重大的意义并非杨妃与明皇的悲剧;那不过是一个借用的工具,而主要是概念乃是忧喜的错综,此起彼落,变幻无常,而二者又都是无穷无尽,这就是诗人所"恨"的事。《连昌宫词》和《圆圆曲》,因为缺少这种高级的想象力,结果就显得有些软弱。③

这一论断是极有见地的,因为每个人的悲剧或许不同,但其悲剧背后的东西都是相通的,可以引起共鸣的。吴兴华的《书〈樊川集·杜秋娘诗〉后》一诗,正是实践了自己的文学主张,可以用他的原话,赞美他的诗:"它

---

① 吴兴华:《大梁辞》,见《吴兴华诗文集·诗卷》,上海人民出版社2005年版,第38页。
② 张松建:《"新传统的奠基石"——吴兴华、新诗、另类现代性》,载《中外文学》,2004年第33卷第7期。
③ 吴兴华:《谈诗的本质——想象力》,见《吴兴华诗文集·文卷》,上海人民出版社2005年版,第34页。

本身似乎就是从实物到观念的升华作用,我们似乎被举起到一个更高的气氛中"①。

当然,问题也浮现出来,吴诗有这种高级的想象力,很大程度是得力于杜诗本身就有这种魅力。而且吴诗与杜诗的结构、意象等,都是太相像了,很多地方吴诗简直就是杜诗的白话版,使得我们不得不怀疑这首诗的成就。

除主题之外,这类诗还存在另一个问题,就是用典太过繁密,让人防不胜防。比如《春草》一诗,题为"春草",而诗句中绝无一个"草"字,细品时却无处不是"春草"。究其原因,乃是吴兴华常借用含"春草"的名句与典故,糅合在诗句之中。来看第一节:

> 这种半疲倦不愿振醒的心情
> 一定曾润湿登楼少妇的眼睛
> 数里消魂的颜色飞飘着细雨
> 两三向晚的行人执手在长亭
> 遍野风笛牛羊群往来无定所
> 隔邻笑语女伴们赌斗有输赢
> 差胜镇日对孤芳为它所惹恼
> 出门一笑有青毡在目前铺平

这一节写的是王昭君出塞后思念故国之情。第一、二句中,"登楼少妇"化用王昌龄诗句"闺中少妇不知愁,春日凝妆上翠楼。忽见陌头杨柳色,悔教夫婿觅封侯"。"数里"两句说分别,却不用"别"字,也是借用了典故。"执手"见柳永词:"执手相看泪眼,竟无语凝噎"。"长亭"多见于诗词,为亲友送别之处,如梅尧臣咏春草绝调《苏幕遮》:"接长亭,迷远道。"春草中飘着"细雨",可见于冯延巳的名句:"细雨湿流光,芳草年年与恨长"(《南乡子》)。"赌斗有输赢",显然也借用了晏殊的词句:"疑怪昨宵春梦好,却是今宵斗草赢。笑从两脸生。"

---

① 吴兴华:《谈诗的本质——想象力》,见《吴兴华诗文集·文卷》,上海人民出版社2005年版,第34页。

这些用典倒还比较平易，即便不知出处，读上去还是顺畅无碍，如果知道了就能更好地领会诗人想要表达的意境，也使诗句显得言短意深，这是成功的用典。但这首诗的第三节就显得庞杂难懂了。

水堂高卧忽如睹惠连的风姿
千载友于的佳话此为最神奇
病起晚春的池塘听莺声恰恰
朝晨深园的僻径看柳絮飞飞
逸兴登山人猜为有为的贼盗
芙蕖出水诗工如无缝的天衣
尚想到齐名柴桑白衣的隐士
南山碧影里日日沉醉在东篱
日暮驰马独自上绿波的河桥
侧帽蓑衣看满楼红袖来引招
南浦望不极佳人粉脸余双泪
山中又一年王孙归兴仍无聊
渐行渐远堪比拟词人的离恨
时绝时生不介意野火的焚烧
寒食东风西陵路落花如雪片
不知苏小埋玉在何处的荒郊

第一、二句就先使了个下马威，不知"惠连"与"友于"的典故，根本不知诗人想要表达什么。其实惠连即谢惠连，谢灵运族弟。十岁能作文，深得谢灵运赏识。《诗品》引《谢氏家录》称："康乐每对惠连，辄得佳语。"据说谢灵运的名句"池塘生春草"，正是梦见谢惠连时写出来的。"友于"，典出自《尚书·君陈》："惟孝，友于兄弟。"后以"友于"代"兄弟"，亦指兄弟友爱。

看到这里，我们大致能明白，诗人想说的是：谢灵运高卧水堂，苦思诗句而不可得，忽然梦见惠连，顿生灵感，写成佳句，这件事情是千年来兄弟佳话中最为神奇的。但读明白之后，不免又会有失落感：唉，读解半天，就这么点事情。

接下来的诗句,几乎无一句不是用典。"病起"句乃是糅合了谢灵运名句"池塘生春草,园柳变鸣禽"与杜甫名句"留连戏蝶时时舞,自在娇莺恰恰啼"。"逸兴登山"句用谢灵运典,史书记载,灵运为永嘉太守时,每次游赏山水,从者动辄数百,以致被人误为盗贼。"芙蓉出水"句,先化用汤惠休语:"谢诗如芙蓉出水,颜诗如错彩镂金。"后化用"天衣无缝"之典,赞美谢灵运诗歌之清新自然。"尚想到"两句用陶渊明典,化用陶诗"采菊东篱下,悠然见南山"。"日暮"两句化自韦庄《菩萨蛮》:"如今却忆江南乐,当时年少春衫薄。骑马倚斜桥,满楼红袖招。""南浦"句化用江淹《别赋》句子:"春草碧色,春水渌波,送君南浦,伤如之何!""山中又一年"一句从《楚辞·招隐士》"王孙游兮不归,春草生兮萋萋"句化来。"渐行渐远"两句分别化用李煜词句:"离恨恰似春草,更远更行还生。"白居易诗句:"离离原上草,一岁一枯荣。野火烧不尽,春风吹又生。""寒食"句化用韩翃"春城无处不飞花,寒食东风御柳斜"。下句用苏小小典。"埋玉"二字,见慕才亭的柱联:"湖山此地曾埋玉,花月其人可铸金。"

如此繁密的用典,让人目不暇接。江弱水在论及北岛诗过多运用隐喻时说:"隐喻到底有些居心叵测,让人深知其中有鬼……它们过于频繁的使用,将置疑神疑鬼的现代诗读者于这样的苦境:但觉时时有鬼,处处出神。"① 而用典过密,也是处处出鬼,会出现这样的场景:诗人学富五车,写诗时不住掉书袋;而读者得先去通晓了典故,再来解读他的诗。阅读的快感,全在于少数人才能完成的解读之中,而失去了"此中有真意,欲辨已忘言"的心灵交融。这对于诗人写作而言,不能不说是个极大的误区。

### 三、西方诗体:中西交融的新气息

除了上面提到的一些"假古董",吴兴华写过许多借用西方诗体写成的诗,其中成就最高的,乃是素体诗和十四行体。

---

① 江弱水:《孤独的舞者,没有背景与音乐》,见《抽丝织锦》,作家出版社2001年版,第91页。

他的素体诗题材大都为"古题新咏"。张松建给这类诗的定义:"取材历史故事而以现代手法出之,点出诗人对人生世相的哲理思考,因而给予古典题材一份重生的喜悦。"① 这类作品有:《柳毅和洞庭女》《书樊川集杜秋娘诗后》《听梅花调宝玉探病》《给伊娃》《解佩令》《盗兵符之前》。这类诗相当多,每首又很长,不能面面俱到地分析,笔者在此仅择其中几首加以评论。

吴兴华的这类诗,主题颇为广泛,表现方式也不拘于拟古,很多地方融合了西方诗学,比如他的《给伊娃》:

> 在不知多少年之前,当夜云无声
> 侵近了月亮苍白的圈子时,薄雾
> 抚摩着原野,西施在多树的廊间
> 听风,她的思想是什么呢?谁知道?
> 徒然为了她雪色的肌肤,有君王
> 肯倾覆自己正将兴未艾的国运;
> 总是他在她含忧的倚着玉床时,
> 眼睛里看出将会有七角的雌麛
> 来践踏他的宫室。绝代的容色
> 沉浸在思维里,宇宙范围还太小,
> 因为就在她唇角间系着吴和越。
> 成败是她所漠然的,人世的情感
> 得到她冷漠的反响而以为满足
> 她的灵魂所追逐的却是更久远
> 可神秘的物事——或许根本不存在。
> 好奇的人们时常要追问:在姑苏
> 陷落后,她和范蠡到何处去流浪?
> 不受扰乱的静美才算是最完全,
> 一句话就会减少她万分的娇艳。

---

① 张松建:《"新传统的奠基石"——吴兴华、新诗、另类现代性》,载《中外文学》,2004年第33卷第7期。

> 既然不是从沉重的大地里生出,
> 她又何必要关心于变换的身世?
> 从吴宫颦眉的王后降落为贾人
> 以船为家的妻子,她保持着静默,
> 接受不同的拥抱以同样的愁容,
> 日日呼吸着这人间生疏的空气,
> 她无时不觉得自己是一个过客。

这首诗摆脱了"古诗白话版"的困扰,呈现出自己独有的特色。首先是景物描写,夜云无声,月亮苍白,薄雾抚摩原野,在这种清冷的氛围中,西施出场,她沉默着听风,思考一些别人无法参透的事情。她是超然的,帝王的恩宠、家国的兴亡、身世的变换,甚至爱情本身(接受不同的拥抱以同样的愁容),对于她而言都是无谓的。她是美的化身,冷漠超脱,保持静默,追求着更遥远的东西。最后两句:"日日呼吸着这人间生疏的空气,她无时不觉得自己是一个过客。"西施似乎是来自另一个永恒的世界,她在人世只是过客,只是暂住,很快她就要回到那个世界里去的,真是至美绝伦的尤物。

它虽是"古事新诠",却运用了现代诗的写作手法。梁秉钧列出了这首诗的四种现代性因素,即"心理洞察力""与众不同的人物刻画""通晓题材的异化手段"以及"缓和的形式中的微妙变奏"①。因此整首诗展现出一派现代主义的色彩,属于中西融合之后散发的新气息。

再来看吴兴华所选用的意象:夜雨、月亮、薄雾、原野、玉床、雌麋、宫室等,虽依旧是古典诗词中常见,但却别有一种新意,服从于诗笔的驱使,得了新生,舒卷自如中,又自有古典的儒雅。而"沉重的大地""生疏的空气"等意象,显然是源自西方的。尤其是这几句:"绝代的容色/沉浸在思维里,宇宙范围还太小,因为就在她唇角间系着吴和越。成败是她所漠然的,人世的情感/得到她冷漠的反响而以为满足/她的灵魂所追逐的却是更久远。"中西交融,不仅用法新颖,主题也很新颖。

---

① 梁秉钧:《香港新诗》(*Modern Hong Kong Poetry*),转引自贺麦晓:《吴兴华·新诗诗学与50年代台湾诗坛》,载《诗探索》,2002年第3—4期。

无怪乎张松建称赞道:"这首诗犹如一曲天籁之音,明澈的文字、密丽的意象通过繁复的句式而传达出来,心理刻画的细腻圆融而不落言荃,旷远幽深的意境中时有神来之笔,无疑是现代诗的瑰宝。"①

另外,这首诗受里尔克的影响十分明显。吴兴华十分熟悉里尔克的诗。早在1944年,他就曾翻译出版了《里尔克诗选》,里面选译了里尔克创作中期的作品三十首,在序中吴兴华写道,"里尔克的诗完全倾向于内心及冷静的观察,而暗示着一个灵魂在沉默中的成长与成熟",其特点是雕琢细腻,格调冷峻。而这种风格,在《给伊娃》一诗中一展无遗。

吴兴华十分推崇里尔克观察事物的本领,说他善于"在一大串不连贯或表面上不相连贯的事件中选择出'最丰满,最紧张,最富于暗示性'的片刻。同时在他端详一件静物或一个动物时,他的眼睛也因训练的关系会不假思索的撇开外表上的虚饰而看到内心的隐秘"。更重要的是,他看中里尔克"趋向人物事件的深心,而在平凡中看出不平凡"的创作路径。

最能体现这种特点的,是吴兴华的另一首诗《褒姒的一笑》。这是一首十四行诗。

  工作完结了他心里微微的抖战
  抬起头看她停立在高窗户旁边
  长久所希望的来到却这样艰难
  楼外黄昏的脚步又像格外缓慢

  而她所需要的并非他所能供给
  盛国落而为废墟时她视若不见
  映着她雪白的两颊像羞像欢喜
  落日消沉了山头的烽火光灿烂

  现在她转身两人的视线相接触
  她觉得他的心像要飘到她手里

---

① 张松建:《新传统奠基石——吴兴华、新诗、另类现代性》,载《中外文学》,2004年第33卷第7期。

霎时间悲愁的空气向四周散布

微笑出现在她唇边，他闭上眼睛
觉得有死亡的神祇在与他耳语
柔顺的却不含恐怖，他向他倾诉。

这首诗取材于周幽王为博得宠妾褒姒一笑，不惜烽火戏诸侯的故事。"但没有笔酣墨饱地铺张政治事务与情欲风暴，也不像历史学家那样对当事人进行严厉的道德谴责，而是冷静地将焦点对准烽火点燃的一瞬间，勾画出两个人的目光对视，不动声色地描写周幽王的内心世界：遂愿后的释然与激动的心理，以及冥冥之中的不祥预感、死神在耳边的柔顺低语。"① "而她所需要的并非他所能供给/盛国落而为废墟时她视若不见"两句里的褒姒，又分明是《给伊娃》里的西施了。

与《褒姒的一笑》相似的，我们可以看看里尔克的《最后的一夕》，吴兴华恰好翻译过这首诗：

黑夜和遥远的行程，因为全体
军队正从公园旁开拔向他方。
他却把眼睛轻轻从琴上抬起，
继续拨弄着，在后遥远向她望

几乎如一个向镜中凝视的人：
被他年青的颜容深深的充满
知道她会如何忍受着悲戚，
每一声更加的美，掩藏起真心。

然而突然间仿佛一切都模糊：
她恰似异常费力的立在窗旁
紧紧压制着急促跳动的心房。

---

① 张松建：《新传统奠基石——吴兴华、新诗、另类现代性》，载《中外文学》，2004 年第 33 卷第 7 期。

> 他停止弹奏，清风从外面吹进。
> 墙板上摆着黑军帽，死的头颅
> 是如此的生疏，使人无法置信。

这首诗与《褒姒的一笑》何其相像。绿原对这首诗有个简单的介绍："本诗系咏封·诺德克·楚·拉贝瑙男爵夫人尤丽叶以及头一个死于大战中的年轻丈夫。"① 这首诗避开宏大叙事，不写"他"如何浴血疆场，慷慨赴死，而是描绘最后的一夕里他和妻子的种种表现。先写他弹琴、凝视妻子，含蓄、平静，"几乎如一个向镜中凝视的人"，并预见到妻子为其戴孝时的场景。而后着墨于妻子的表现："异常费力的立在窗旁，紧紧压制着急促跳动的心房"，从侧面来写他命运堪忧。最后一节，直接出现了死亡的意象："死的头颅"，那样"生疏"而"使人难以置信"，写出"他"内心冰冷，而又恍惚，仿佛死亡与他无关，他是站在了时间外面，是隔了一层在观看。吴兴华《褒姒的一笑》也是这样，先写周幽王的心理，再写褒姒的平静与含蓄，在最后一节才出现"死亡的神祇"，但又"柔顺的却不含恐怖"。由此可见，这两首诗的传承关系是很明显的。他将西方的诗歌技巧，注入古老的题材中，收到了很好的效果。

综上所述，笔者认为，吴兴华作品中的新绝句、新古风、新歌行体，其意象与主题都十分陈旧，未能吹进新气息，纵然装饰精致，却还是一些假古董，其成就不可高估。而西方诗体，尤其是素体诗，即"古事新诠"一类，则是灵动的、开放的，以现代的表现手法、现代的视角，"激发传统题材的生机活力，使之服于自己的哲学思考、文化批判和人性解剖"②。这是值得后人借鉴的。

---

① ［奥地利］里尔克：《里尔克诗选》，绿原译，人民文学出版社 1996 年版，第 319 页。在他的译本里，第二节这样翻译："几乎像在凝视一面镜：里面充满他年轻的容貌，知道他是怎样为他戴孝，一声声更加优美而迷人。"
② 张松建：《"新传统的奠基石"——吴兴华、新诗、另类现代性》，载《中外文学》，2004 年第 33 卷第 7 期。

# 第八章

# 形式和节奏

1937年,十六岁的吴兴华初入诗坛时,发表《森林的沉默》,引起诗评家周煦良的赞叹,认为这首无韵体意象丰富,文字清新,节奏熟谙,"这里,诗又恢复了明朗的声音;坦白说出,而所暗示的又都在",又说他的诗是对旧诗和西洋诗的"一种新的综合,不论在意境上,在文字上"①。周煦良的确是慧眼识英,从吴兴华的少作,就看出他在融合中西诗学传统方面的努力。

不过,《森林的沉默》也大体是"以文为诗",如果取消分行,竟与何其芳的《画梦录》颇为神似。且来看《森林的沉默》中的第一节:

> 夕暮静静地沉下然后消失了,天不十分暗,密叶漏下几粒光,叶和叶悄悄私语,秋风在篁间喑哑的歌唱,喑哑疲弱的声响。蝙蝠无声的展开风露的翅膀,穿过黑暗飞去了,然后又飞回,穿过林间的蛛网,黑暗的蛛网,星一样的露点儿集在绿叶上,然后无言倾下来没有一点声响——②

再来看何其芳的《秋海棠》的开头一段:

> 庭院静静的。仿佛听得见夜是怎样从有蛛网的檐角滑下,落在花砌间纤长的飘带似的兰叶上,微微的颤悸如刚栖定的蜻蜓的翅,最后静止

---

① 周煦良:《介绍吴兴华的诗》,转引自《吴兴华诗文集·文卷》,上海人民出版社2005年版,第261页。
② 吴兴华:《森林的沉默》,见《吴兴华诗文集·诗集》,上海人民出版社2005年版,第4页。

了。夜遂成了一湖澄静的柔波,停潴在庭院里,波面浮泛着青色的幽辉。①

两段文字,从措辞、格调,以及整体的氛围来看,都非常相似。何其芳的《画梦录》出版于1936年,吴兴华的《森林的沉默》发表于1937年,而且吴兴华心气极高,在当时的诗人当中,能入得他法眼的,只有卞之琳与何其芳。② 所以其中传承关系,似乎有些微妙。当然,这不属于本书要讨论的范畴。之所以对比二人作品,用意乃是证明吴兴华这几首诗还只是分行的散文,处在"以文为诗"的层面。

另如《柳毅和洞庭女》也是如此。其内容是对李朝威《柳毅传》中前三节故事的现代演绎,突出柳毅对龙女的一见钟情,并以风景描写来折射内心的变化,手法是现代的。假如把第一节取消分行,我们可以看到这样的文字:

他下了马,举起眼睛一看,疏叶的树下陪伴着如雪的群羊,穿着如雪的衣裙,一个年轻的女子。她看见他来,低下头用手抚弄自己的发,像要说话又怕羞而停止,但是目光中含着切望的神色。一只羔羊缓缓爬到她的左脚下安卧,好像要想保护它的女主人,灰色的天渐渐的更深更暗了。冷风来往在草间,行人和飞鸟背负着苍茫的冥色归去。③

这全然是散文,或者小说的语言。而且从吴兴华流传的作品看,他最初的作品大都模仿西方诗体,如商籁体、哀歌体、民谣体等,Sonnet(我是夏天最后一朵玫瑰)能看出莎士比亚和济慈的影子,而《柳毅和洞庭龙女》则近似朗费罗的《伊凡吉琳》。

到1941年,吴兴华在《燕京文学》上发表《现在的新诗》一文,对新诗的现状及自己的创作进行了反思,认为新诗有两大问题:平凡无深度,又自

---

① 何其芳:《秋海棠》,见《画梦录》,人民文学出版社2000年版,第7页。
② 他在《北辕适楚,或给一个青年诗人的劝告》一诗中写到:就算有好些人觉得只有卞之琳/能写像样的诗歌,何其芳也不错;这样子描头画脚几世才能脱身,伟大的跟班还不如小首领好作。见《吴兴华诗文集·诗集》,上海人民出版社2005年版,第49页。
③ 张松建:《"新传统的奠基石"——吴兴华、新诗、另类现代性》,载《中外文学》,2004年第33卷第7期。

由无形式。为了克服平凡无深度，他取法于里尔克和艾略特。为了医治自由无形体，他求助于中国古典诗。

吴兴华坚信，新诗作者应当从古典诗词的遗产中汲取营养，"关怀新诗的格律节拍，如此才能克服泛滥无归、率尔操觚之弊，建构新诗的秩序、规范和形式"①。所以，从这年开始，吴兴华进行了两方面的"化古"实验。

第一，形式化古。他借鉴中国绝句用现代语言写作新绝句，借鉴五言古诗、七言古诗写作新古诗体。一类化自五言古诗，写成每行 4 顿 9 字，如《览古》《拟古》等；另一类化自七言古诗，写成每行 5 顿 12 字，如《宴散作》《春草》《锦瑟》等。

第二，题材化古。吴兴华从历史典故中"汲取灵感奥援，辅之以现代派的表现技法"②。从诗体上看，《书〈樊川集·杜秋娘诗〉后》《大梁辞》《效清人感旧体》更接近古诗，《尼庵》属于斯宾塞体，《明妃诗》属于自由诗体，《褒姒的一笑》是商籁体，其余如《听〈梅花调·宝玉探病〉》《给伊娃》《吴起》《解佩令》等大量诗作，均属于五步无韵体（即素体诗）。

通过对诗作的细读，我们可以发现，吴兴华的"化古"实验成果大概可以分为三类。

### 一、注重外在音韵而陷入节奏的僵化

吴兴华曾说："诗人林庚用完全是古诗氛围的四行诗，来写北平，实在是很恰当的。"③ 林庚在他的诗集《冬眠曲及其他》《春野与夜》《问路集》中，自诩独创"四行诗"，其中有这首《四月》④：

四月里／苇叶声／悲哀／吹起来

---

① 张松建：《"新传统的奠基石"——吴兴华、新诗、另类现代性》，载《中外文学》，2004 年第 33 卷第 7 期。
② 张松建：《"新传统的奠基石"——吴兴华、新诗、另类现代性》，载《中外文学》，2004 年第 33 卷第 7 期。
③ 吴兴华：《鸽，夜莺与红雀》，见《新诗评论：2007 年第一辑》，北京大学出版社 2007 年版，第 36 页。
④ 林庚：《问路集》，北京大学出版社 1984 年版，第 94 页。

村前的／山路上／无处／可徘徊
要打听／什么人／今天／新醉倒
远远的／村子里／挂起／酒招牌

可惜这首诗内涵浅薄，平凡无奇，虽遵循七绝的韵脚，但全诗的音韵失于油滑。吴兴华对于这种音乐性十分谨慎，在一首以诗论诗的《无题》中，这样写道："过度泛滥的音乐最应该提防，诗近乎歌曲就是远离了文章。"① 戴望舒对林庚的诗也评价不高，认为他"只是拿白话写着古诗而已"②。的确，《四月》稍作浓缩，可以改成一首绝句："四月苇叶声声哀，村前山路难徘徊。欲问谁人新醉倒，远村挂起酒招牌。"这反而比林庚原诗的节奏要清爽一些。

吴兴华的诗学修养在林庚之上，他大约参考了四行诗的形式，写出了"新古典风"的新绝句，其富丽考究，精雕细琢，就胜林庚一筹。比如他发表于1941年的《绝句三首》之三：

肠断于／深春／一曲／鹧鸪的／声音
落花／辞枝后／羞见／故山的／平林
我本是／江南的／人／来江北／作客
不忍想／家乡／此时／寒雨／正纷纷

每行字数相等，且均为五个音步，做到了闻一多"三美"中的"建筑美"，以及卞之琳提倡的顿数整齐。全诗偶行押韵，音步大都运用了"抑扬格"，兼具中西诗体的"音乐美"。同时，诗句的节奏也避免了林庚四行诗的轻滑。

不过，这首算是现代诗吗？明眼人极易看出，第三句是李白《白头吟》诗句"落花辞枝羞故林"的白话版。其实，若是不考虑诗句的平仄，和林庚的《四月》一样，我们完全可以将这首《绝句》改成七言绝句：

---

① 吴兴华：《无题》，见《吴兴华诗文集·文卷》，上海人民出版社2005年版，第110页。
② 戴望舒：《谈林庚的诗见和"四行诗"》，见《戴望舒全集·散文卷》，中国青年出版社1999年版，第169页。

> 肠断鹧鸪鸣深春，
> 落花辞枝羞故林。
> 我本南人客江北，
> 不忍故园雨纷纷。

两者比较，吴兴华诗读起来显然凝滞迟缓许多，而七言绝句则自有一派轻灵缠绵之意，琅琅上口。而尤其重要的是，修改后的七言绝句，二十八个字，已将诗意全盘托出，绝少遗漏。

同理，《绝句三首》之一"黄昏陌上的游女尽散向谁家/追随到长巷尽处不识的马车/一春桃李已被人践踏成泥土/独有惜影的红衣掩映在长河"，可以改成"陌上游女散谁家，长巷尽处不识车。一春桃李碾作尘，独怜红衣映长河"。对《绝句三首》之二"高揎马鞭于熙来攘往的路岐/万户千门垂杨下我伫足沉疑/一夜的西风长安为落叶之国/不得不珍惜多年无尘的素衣"稍事修改，就成了一首五言律诗："相逢在市廛，高揎黄金鞭。万户垂杨下，驻足空自怜。一夜西风紧，落叶满长安。素衣何足惜，无缘风尘叹。"

吴兴华的尝试并未到此为止，他以其深厚的学养，由"化绝句"扩展到"化古诗"。这些"新古诗"，在句式上与新绝句相仿，风格更为谨严，篇幅也更长一些，因此"新绝句"中形式上存在的问题，在新古诗中就扩大化了。

如吴诗《拟古》的第三节，"天空两金丸往后奔走/广衢高楼鸣响着佩环/使君的玉马长嘶不进/高楼的侠少辍杯而观"，隔行押韵，句子齐整，也完全可改成律诗："苍天疾退两金丸，广衢高楼鸣佩环。使君玉马嘶不进，高楼侠少辍杯看（平声）。"

再来看诗体较长的《宴散作》①：

> 月上/梧桐/墙缺处/光影/正微茫
> 静听/车马/与笑语/沉没在/远方
> 砌下/哀虫/尚思效/弦管的/幽咽

---

① 卞之琳在《吴兴华的诗与译诗》一文中，认为《宴散作》相当于七律的八行诗。但笔者从吴兴华手稿中，发现此诗有16行，故而属于"新古诗"之列。

>　　院角/花枝/犹颤摇/美人的/鬓香
>
>　　薪当/尽处/有谁知/火焰/尚未死
>　　梦已/醒时/怕听说/人事的/凄凉
>　　车尘/十丈/奔波在/邯郸的/衢市
>　　不知/它人在/何处/炊煮着/黄粱
>
>　　雨丝/风片/浓春的/风景/似残秋
>　　依稀/又听见/浊浪/崩打/著石头
>　　几日/斜阳/下临着/乌衣的/巷陌
>　　谁家/少妇/深锁在/燕子的/高楼
>
>　　天下/宴席/再盛大/未有/不拆散
>　　人间/离合/皆偶然/本就/没来由
>　　即此/一瞬间/悲喜/相递的/生灭
>　　终不见/太空/澄然/雨散/与云收

我们稍微删去几字，就可以将《宴散作》改成一首七言诗，只在第五联换一次韵。

>　　月上梧桐光微茫，车声笑语逝远方。
>　　砌旁哀虫弦管咽，院角花枝鬓发香。
>　　薪尽谁知火未死，人怕梦醒道凄凉。
>　　车尘十丈邯郸市，不知何处炊黄粱。
>　　春雨乍寒似残秋，浊浪依旧打石头。
>　　斜阳又临乌衣巷，少妇深锁燕子楼。
>　　盛宴伟饯终分散，人生离合无来由。
>　　瞬间悲喜相生灭，不见太空雨云收。

此外，他的长篇新古诗如《题〈樊川集·杜秋娘诗〉后》，也存在同样的问题。

>　　茶炉扬袅着青烟月正在三五

> 清辉无际里恻然欲与谁共语
> 自昔文章出一头憎恶人命达
> 开眼忽然见前朝飘零的美女
> 清滑如脂奔流着京江的绿水
> 小杜顿挫的五言独照耀千古
> 唐室不鉴于前代封建的遗辙
> 藩镇争强其势如豢养着熊虎
> 苍头特起思规画江淮以自固
> 后庭啼哭的蛾眉尽系于练组

稍微删去几个字，也可改成七言古诗：

> 茶炉青烟月三五，清辉无际谁共语。
> 自昔文章憎命达，开眼忽见前朝女。
> 清滑如脂京江水，小杜五言耀千古。
> 唐室不鉴前朝事，藩镇争强势如虎。
> 苍头特起划江治，后庭蛾眉系练组。

这让我们不由怀疑，吴兴华写诗时，是不是胸中早有了一首古诗，然后用白话文翻译出来呢？可这如何能成为新诗的正途呢？叶维廉曾对古典诗的解读方式提出质疑：

> "落花人独立，微雨燕双飞"，如果解读成"落花里有一个人独立着，微雨里有成双的燕子在飞"，或再简化为"有人独立在落花里，有燕子双飞于微雨中"。这样的解读我们总觉得不妥，好像损失了很多东西。原因是：在文言的句法中，景物自现，在我们眼前演出，清澈、玲珑、活跃、简洁，合乎真实世界里我们可以进出的空间。白话式的解读中，戏剧演出没有了，景物的自主独立性和客观性受到侵扰，因为多了个突出的解

说者在那里指点、说明"落花'里','有'人"……①

吴兴华诗也有这种弊病，不仅丧失了"清澈、玲珑"，而且还多了许多字词的累赘。比如《宴散作》中"静听车马与笑语沉没在远方"一句里，有声音，自然是"耳得之而成声"，因此"静听"二字纯为多余。"薪当尽处有谁知火焰尚未死"一句，用"薪尽谁知火未死"七字足矣，介词"当""处"、动词"有"、副词"尚"显然是为字的均齐、顿的均齐而硬生生嵌入的，造成了朗读的不流畅，进而使他的诗既缺少了古诗优美的韵律，也缺少现代诗流畅的节奏。另外，"车尘十丈奔波在邯郸的衢市"中，既然"车尘十丈"，谁不知是在"奔波"，于是改成"车尘十丈邯郸市"，也顿显节奏铿锵，掷地有声。

当然，在音韵和节奏方面，这些新绝句和新古诗也并非全无好处。张松建评价《宴散作》时，曾赞道："每行有十二个字，五个节拍，韵脚安排遵循律诗成规。"他尤其强调了第三、四行的严格对仗，"有古诗的深幽意境"②。这样的评价是中肯的。而这样的对仗诗句在吴兴华笔下是极多的：

芒萝／微波畔／谁见／黛眉的／颦蹙
绝塞／风沙里／徒悲／千金的／画图
——《无题》

遍野／风笛／牛羊群／往来／无定所
隔邻／笑语／女伴们／赌斗／有输赢
——《春草》

病起／晚春的／池塘／听莺声／恰恰
朝晨／深园的／僻径／看柳絮／飞飞
——《春草》

---

① 叶维廉：《中国古典诗中的传释活动》，载《中国诗学》，生活·读书·新知三联书店1992年版，第19页。
② 张松建：《"新传统的奠基石"——吴兴华、新诗、另类现代性》，载《中外文学》，2004年第33卷第7期。

这些诗句，上下两行从外形到内容都是非常工整的对仗，"通过重复、回旋或呼应而形成的一种语词现象，它实现的既是字音的相互应答，又是情绪的彼此应和"①，读上去有一种对称的美感。然而，这些诗正因为太注重外在的音响，却忽视了内在的情绪旋律，"把诗的情绪去适应呆滞的，表面的旧规律，就和把自己的足去穿别人的鞋"②，通篇都是相同的顿数、相同的节奏，读上去感觉沉闷，而缺少情绪的变化。

总之，这些诗拥有古典的意象，古典的主题，形神皆为古典，构建起来的，似乎并非"化古"，而是"古化"，是古典诗的白话文版。由此可见，这些诗并不算成功。卞之琳曾对"新绝句"曾作这样的评论："这当然不是旧体绝句，而又有中国传统的诗味和诗风。……由于现代白话，与每一单字有独立存在价值的旧文言，运用的不同，在一首新诗的有限篇幅里实在容不下那么多意象，拥挤了一点，少了一点回旋余地，除非多分处几行，有点像金粉山水那样的凝滞，'浓得化不开'，反而欠缺，少了一点中国诗传统常见的一种雍容或潇洒的风姿。"③ 也是切中肯綮。解志熙认为，"这可能是因为这些诗作所表达的不是来自书本上的间接经验，而是发自个人本真的生命体验和艺术体会，那感觉当然更真切，而表现自然也就更见本色，所以我以为这些诗作才是吴兴华诗歌创作的最佳收获"④。

当然，我们也应说句公道话，毕竟吴兴华创作拟古诗时年纪不过二十出头，而且刚刚开创新诗体，如果假以时日，他熟练于心，自然能写出更为舒卷自如的诗歌来。

所以，吴兴华懂得其中的弊病后，在第二类新诗尝试中，想努力解决这个问题。

---

① 张桃洲：《内在旋律：20 世纪自由体新诗格律的实质》，载《文学评论》，2013 年第 3 期。
② 戴望舒：《望舒诗论》，载《现代》，1932 年第 2 卷第 1 号。
③ 卞之琳：《吴兴华诗与译诗》，见《吴兴华文集·文卷》，上海人民出版社 2005 年版，第 266 页。
④ 解志熙：《现代与传统的接续》，见《新诗评论：2007 年第一辑》，北京大学出版社 2007 年版，第 89 页。

## 二、外在的音响兼顾内在的旋律

弗罗斯特曾说:"韵律似乎是写诗的基础——在所有的语言中,心的跳动,心潮的起伏,似乎是写所有诗的基础——某种韵律。它本身就是一种音乐。"① 诗歌就应当是心跳、呼吸,就应当自由舒展,表情达意之余,又合于一定的格律,达到"随心所欲,不逾矩",这样才能使诗歌充满韵律的美感。也就是说,一首出色的格律诗,它可以兼顾语词外在的音响,以及内在的情绪旋律。

先来看林庚四行诗中的《秋夜的灯》:

> 秋夜的灯是苦思者的伴风意寒峻地
> 独行者的心仍想着灯吗一点的华丽
> 窗下便开着客人心上的多梦寐的花
> 寂静的夜空无边的落叶装饰了原野②

这首诗需要肺活量极大的人才能阅读。笔者初读第一行时,"伴风"一词不解其意,后来才知道,原来"伴"和"风"中间需要一个逗号。而林庚偏不,且称之为"半逗律",但显然是不符合我们的阅读习惯的。况且,"风意寒峻地"很难理解,如果"寒峻"是副词,下文当出现动词,然而没有。那"寒峻"应当是形容词,修饰"地",却极感陌生,似乎是为凑字数而勉强如此。其实队列整齐,衣甲森严,反不如拆开得好:

> 秋夜/的灯,是苦思者的/伴。
> 风意/寒峻。独行者的/心
> 仍想着/灯吗?一点的/华丽。
> 窗下/便开着/客人/心上的/花,
> 多梦寐的/花。夜空/寂静,

---

① [美]弗罗斯特:《弗罗斯特集》下册,曹明伦译,辽宁教育出版社2002年版,第1059页。
② 林庚:《问路集》,北京大学出版社1984年版,第91页。

无边的/落叶，装饰了/原野。

这样修改，一方面依旧整齐，除第四句，其余都是四顿，但又有错落的美感，读上去流畅自在，且又深情款款。笔者认为，光有林庚所谓的"半逗律"，或者吴兴华诗中的"顿的整齐"，都不足以带来阅读的节奏感与快感。弗罗斯特曾说："韵律似乎是写诗的基础——在所有的语言中，心的跳动，心潮的起伏，似乎是写所有诗的基础——某种韵律。它本身就是一种音乐。"①诗歌就应当是心跳、呼吸，就应当自由舒展，表情达意之余，又合于一定的格律，达到"随心所欲，不逾矩"，这样才能使诗歌充满韵律的美感。

这方面，已有一些成功的先例，比如徐志摩的《云游》：

那天/你翩翩的/在空际/云游，
自在，轻盈，你本不想/停留
在天的/那方/或地的/那角，
你的/愉快是/无拦阻的/逍遥。

这是严格的商籁体，但字句错落，读上去尤其从容，吸气吐气之间，宛如浮云般舒卷自如。四句用了随韵，且平仄相同，阅读时"角"字才完，"遥"字又来，恰好挠到痒处，有如影随形的体贴，又有任意东西的畅快，与"云游"的主题极吻合，音韵妙不可言。

吴兴华的化古诗中，其实也不尽是刻板的严整，在《效清人感旧体》中，就借用了一些修辞和逗点，打破了这种沉闷，使全诗既不失外在的均齐，诗句中也充满了内在的旋律，响应着情绪的起伏。

不能记/也不忍记/初逢的/情形
绿波/菡萏/拔出自/凡俗/卑下中

前一句"不能记"到"不忍记"，就形成语速的加快，其情绪和旋律摆脱前文中平缓的五顿，忽然变得激荡起来，显示出内心的痛楚，继而落入平

---

① [美]弗罗斯特：《弗罗斯特集》下册，曹明伦译，辽宁教育出版社2002年版，第1059页。

缓的五顿，又与思量再三依然无计可施的无奈心境相符。

在内在的韵律方面，《大梁辞》走得最远。此诗外在形式非常谨严，每句五顿，但句式更为自由舒展，具有旋律变化的美感，读上去十分悦耳动听。之所以有这种效果，主要有三个原因：

第一，丰富的韵式。

最明显的是全诗句尾采用了随韵，如下面所引的诗句中"心"与"音"，"散"与"患"，每两行押同一韵，增强了外在的音乐感。同时，诗行中还隐藏了许多行内韵。

> 从黑暗/直穿入/光亮，从喧闹/内心
> 迸出/那歌者/如利剑/脱鞘的/声音：
> 四座的/佳宾／且暂莫/如秋鸿/飞散，
> 痛饮/尽欢后/把自己/交付给/忧患。

第三行的"宾"响应第二行，第三行中的"暂"和第四行中的"欢"与句尾押韵。如果说，这里的行内韵，似乎无意而为之，那我们且往下看。

> 长平/在冤血/青碧处/今尤无/寸芽，
> 邯郸的/命运/似一发/悬系在/高崖。
> 请救的/文书/如雪片，/团城中/士女
> 以草根/自饫；邺下的/将帅/与军旅

第二行中的"发"与句尾的"芽"和"崖"押韵。同时，因为"芽"和"崖"读音完全相同，作为尾韵其实不妥，但中间插了一个"发"，就弥补了这一缺陷。同样，第四行中的"饫"和句尾的"女"和"旅"押韵。这样的例子还有很多："御侮不遑而为己的私心先伸长"，"豪杰的人物—老者的两鬓如霜雪"，"其事既新奇，其人则旷世不可遇"，"一掬尘土在地腹中永恒的埋葬"，"满缸美酒的浮沫似春江的新绿"。这样精巧的韵式，自然是诗人用心为之，使全诗充满了语言的美感。

第二，短句和跨行的使用。

虽然整行的字数不变，但诗中有大量克制、收缩的短句，如"大梁！这

两字使我们联想起什么？唐代有达夫的歌行，明朝有仲默"，"紧握着众人，使劲弩穿不透绨葛，剑失去锋刃，坚城在摧攻下坠落"。

跨行也随处可见，比如"从黑暗直穿入光亮，从喧闹内心／迸出那歌者如利剑脱鞘的声音"，"为我略去那悲惨的尾声，如何在／一夜风雨后空林中繁响着虚籁，朝阳下窥着磐寂的巷曲，朱门外／众宾客唏嘘着散去前依依的相对"，使得诗行断但句子不断，气势不断，滋生出悠长的节奏与韵律，宛如一股浩浩长风，气势恢宏，具有强大的感染力。

短句和跨行的出现，形成参差交错的句式、张弛有度的语气，打破了沉闷呆滞，使诗句显得坚韧而健康，节奏富有变化，具有内在的旋律，响应着诗人的情绪。

第三，文言词语与现代句法的融合。

在此诗中，文言辞藻的运用，以其凝重典雅，简洁有力，使诗行充满了韧性。如"惟高坐饮酒，不知道虎狼的强秦／既弃绝道义，乃六国的共同敌人"，在白话的诗句中，夹杂着"惟""既""乃"等"旧词"，使诗句显得凝练、结实、硬朗，并且造成了诗句节奏的变化。

从《大梁辞》一诗，我们可看到吴兴华已将格律用得十分纯熟，既借用了其外在均齐的诗行、和谐的音韵，又不再受僵化格律的束缚，通过行内韵、断句、递进、排比，使全诗摆脱通篇一致的呆板节奏，语调起伏，灵活不拘，与情绪的流动达到了高度契合。

不过，形式到底是为内容服务的，而"现代的诗歌之所以与旧诗词不同者，是在于它们的形式，更在于它们的内容"①。《大梁辞》以古讽今，诗人笔下写的是信陵君窃符救赵，心里想的是当今"历史转捩处"②，谁能领袖群雄，立志一战，有着强烈的寄托。也就是说，这首诗像一则檄文，或是宣言，有明确的政治含义，信息清晰而连贯，无论从主题还是表现手法，都像一首

---

① 戴望舒：《谈林庚的诗见和"四行诗"》，见《戴望舒全集·散文卷》，中国青年出版社1999年版，第169页。
② 《大梁辞》刊登于1946年7月，而1946年6月底，全国内战爆发。我们可以估算，此诗应当写于内战之前。当然，我们也可将这次战争理解为抗日战争，就更容易理解其中的含义。

古典诗。而且,在波德莱尔看来,"如果诗人追求一种道德目的,他就减弱了诗的力量;说他的作品拙劣,亦不冒昧。诗不能等于科学和道德,否则诗就会衰退和死亡;它不以真实为对象,它只以自身为目的"①。

其实,吴兴华对此也有相当的认识。他接触到里尔克的诗作后,曾自言:"与他一比起来,我曾一度心醉的现代英美诗是如何的浅薄而不值一顾?"②于是他转向了里尔克,学习其"趋向人物事件的深心,而在平凡中看到不平凡"③的创作路径和艺术处理手法,使"理性与非理性、理智和感情、主观和客观的相互渗透、调和、联合与融合"④。

幸而,吴兴华的诗体实验并未到此为止。他再往前走,就摆脱了尾韵,写出更自由的素体诗,不追求形式的化古,转而开始内容的"化古",用现代眼光,对古代的人与事进行重新诠释,其中既有表现主义对内心的审视,也有超现实主义不连贯的心理逻辑,体现出吴兴华诗独特的现代性。

### 三、以柔韧的诗行蕴藏深邃的内涵

叶嘉莹曾在《中国诗体之演进》一文中写道:"以现代人写现代之诗歌,此种丰富之词汇及句法,对表现较繁复较精微之现代人的情感与生活情思,自有其不容忽视之妙用在;惟是如何运用此一兼容并包之长,而使之达于更完美更精炼之境界,则不仅有待于天才之诗人之出现,而此时人似更须兼有贯通古今中外之学养,贵古贱今与耽今昧古之成见如能早一日泯除,则此种境界必能早一日有达成之望;而就文学演变进化之通例言,则此后之诗坛自当为新兴诗体之天下也。"⑤

---

① [法]波德莱尔:《再论埃德加·爱伦·坡》,见《波德莱尔美学论文选》,郭宏安译,人民文学出版社1987年版,第205页。
② 吴兴华:《黎尔克的诗》,见《新诗评论:2007年第一辑》,北京大学出版社2007年版,第52页。
③ 吴兴华:《黎尔克的诗》,见《新诗评论:2007年第一辑》,北京大学出版社2007年版,第54页。
④ [英]马尔科姆·布雷德伯里、[英]詹姆斯·麦克法兰:《现代主义的名称和性质》,胡家峦等译,见《现代主义》,上海外语教育出版社1992年版,第34页。
⑤ 叶嘉莹:《中国诗体之演进》,见《迦陵论诗丛稿》,河北教育出版社1997年版,第7页。

吴兴华恰有这样的天才。而他融合中西诗学的努力，很大一部分就体现在素体诗上。

这类素体诗，有《听〈梅花调·宝玉探病〉》《吴起》《给伊娃》《盗兵符之前》《解佩令》等，和里尔克一样，抓住决定人物命运最关键的一瞬间，"深入到主人公的内心世界，悬想和体验他的心潮起伏"①。诗中充满了冥想的气质，语意飘忽不定，追随着人物意识的流淌。与之对应，这些素体诗的节奏更趋向自然，"这接近说话调子的诗体，句子长短伸缩自如，节奏和韵律可随时调控，有极为丰富的调式"②。

这里且先以《解佩令》作为代表予以分析。

> 临近她们顿时觉得调笑的心情
> （在远处鼓动他，使他走近点看得更清，
> 想高擎她们于手里，抚摩或观赏，
> 然后抛下或收起来，看自己高兴怎样）
> 沉下了，一种不舒适酸辛的感觉
> 在他耳朵里嘶喊："你现在与永恒相接。
> 小心点，可别让造成她们不死的
> 火焰抓住你衣裙，把你给焚化成灰粒！"
> 当她俩停住脚，其中的一个回头，
> 另一个扶着树静听雪浪相击的江流：
> 美丽的一半显现与完全隐匿下
> 不同的典型。正当他思索开始一句话，
> 她的手动了，塞满了整个的空间，
> 传达了无限的意义不屑于假借语言。
> 一切因果被切断后，显得不可解，

---

① 张松建：《"新传统的奠基石"——吴兴华、新诗、另类现代性》，载《中外文学》，2004年第33卷第7期。
② 江弱水：《起于愉悦而终于睿智》，见《抽思织锦》，北京大学出版社2010年版，第234页。

神话这样讲岂不是宇宙历史的缩写？
仿佛一扇窗落下在他们的当中，
几步路程竟被那透明而寒冷的结晶
隔绝了；每个小动作都显得神异，
不确定，摇曳在两个极端间，彼此相逆。——
只觉得看见玉佩像附上了翅膀，
划然从丝绦上扯开，不等人力的解放，
翔舞向他飞来。她的手片时像无依，
停在腰带下空虚处，逐渐缓缓上移，
直到那方寸跳动的地方。完结了
交割的责任，双方面不知怎样做才好：
他凝视手中的赠品得不到回答，
转过背，这时她俩像两株欹侧的梨花。

远处大江水呜咽着，像告诉人们
超人的生命曾如何肩负他们的忧烦，
当她俩如同凝固了，伫立着远望
他颀长的身影徘徊，消失在夜的原上。
望着，仿佛要这样作就能够保留
方才这片刻不使它溺入遗忘的长流。
而她们眼中没有泪，只清澄一片
其中反映人世所不解的，无私的爱恋。
于是像怕打扰她们纯洁的心思，
薄光轻柔的溜下，如妇女芳香的发丝，
穿过她们的酥胸和腰肢、腿和手，
如穿过玻璃与水晶，毫不曲折或颤抖，
穿过，自投在背后的湿草上，完全
不携带一片失意的暗影。这样在夜间
她俩只片时离开了冰冷的神座。

分担人类的痛苦后，返归远古的沉默。——
当攀过另一重山岭，他重新回头，
一切已逝的爱悦似云在太空中卷收，
空旷的江滨唯余下好月如一个
疲倦的舞者半卸下长裙来准备安卧。

与《大梁辞》相比，《解佩令》显然更具现代性。而之所以有这样的魅力，外在的诗体功不可没。梁秉钧就曾说《给伊娃》在形式和内容有互补作用："长长的、拖延的诗句创造了挂虑和诧异。这些诗句巧妙地平衡了具体细节的生动描绘及人类状况的抽象反省。"① 此诗也是如此，每句大都顿数相同，有必要的短句和跨行，使诗句显得柔韧，充满弹性，不再为呆板的句式所框定，在节奏上显得舒缓自然，可以从容地表现新颖的主题。这自然也是对的。

但这首诗作为无韵体，放弃了尾韵，而且没有在其他地方进行补偿，缺乏一种韵律的美感，也使全诗显得松散。于是爱·冈恩批评道："虽然他能够让每行诗都有五个节拍，并使这种诗句有规律性，但是这些节拍与无韵诗或古诗的韵律并不吻合。……在吴兴华的诗中，将那种本质上是散文的东西分成行，每行包含五个重读音节（或者任意数目的重读音节），但是没有任何进一步的固定的韵律要素，比如没有抑扬音步或者重复停顿，甚至没有结尾标有段落符号的诗行。因此，尽管这些诗在形式上有规律性，却只能作为无韵的散文来朗读。"②

同为素体诗，莎士比亚的素体诗却不是这样松散的。且以《哈姆莱特》里鬼魂夜半显灵时口吐的诗句为例。

> Make thy two eyes like stars from their spheres,
> Thy knotted and combined locks to part,

---

① 梁秉钧：《香港新诗》（*Modern Hong Kong Poetry*），转引自贺麦晓：《吴兴华·新诗诗学与50年代台湾诗坛》，载《诗探索》，2002年第3—4期。
② ［美］爱·冈恩：《吴兴华——抗战时期的北京诗人》，张泉译，见《吴兴华诗文集·文卷》，上海人民出版社2005年版，第271页。

> And each particular hair to stand on end.

第一行中，eyes，stars，spheres 都有 -s，不经意间就形成了内韵。Thy，eyes，like 三个单词中都有 /ai/ 音。同样第二句中 knotted 与 combined 的 -ed 也是押韵的，并且 knotted 与 locks 也形成一种和谐。第三句中，particular 与 hair，stand 与 end，显然也是押韵的。

因此，西方的素体诗虽然不押尾韵，但内部却布满了各种韵式，从而使语言产生极强的音乐性。而中国的文字中没有这种特点，要押内韵，必须刻意去做，这自然艰难一些，但也并非不可能。比如卞之琳这样翻译莎士比亚的诗句：

> 使你的/眼睛，象流星，跳出了/框子，
> 使你/纠结的/发卷/卷卷/分开，
> 使你/每一根/发丝/丝丝/直立。

译诗中，句首都是"使"开头，第一句中"睛""星"押韵，第二三句中"发卷卷卷""发丝丝丝"，更是将语言的美感发挥得淋漓尽致。

莎士比亚的诗如此，后期的诗人，即便是主张抛弃格律的，他们的诗中，也交织着严密的韵式。

比如罗伯特·勃莱的名诗 *In Rainy September* 的第一节：

> In rainy September, when leaves grow down to the dark,
> I put my forehead down to the damp, seaweed-smelling sand.
> The time has come. I have put off choosing for years,
> perhaps whole lives. The fern has no choice but to live;
> for this crime it receives earth, water, and night.

仅以第二句为例，其中 down，damp，sand，三个单词前两个押头韵，后两个押尾韵，使得整句有种内在的和谐。其余的诗句也是一样，无须一一指出。而中国的文字中没有这种特点，要押内韵，必须刻意去做，这自然艰难一些，但也并非不可能。诗词中有"江上柳如烟，雁飞残月天"，烟、雁、天，读上去何其优美动听。用白话文，也能有这种效果，笔者尝试着这样翻

译勃莱的诗句：

> 在多雨的九月，当树叶枯萎，伸向黑夜，
> 我将前额贴向沙子，那里潮湿，有海藻之气。
> 来了，那个时间。之前我已把选择推迟多年，
> 也许推迟了一生。蕨，除了生活别无选择；
> 因为它已有罪，它接受了泥土，夜，和水。

第一行中的"九月"的"黑夜"，第二行中的"沙子""潮湿""之气"，第三行中的"时间""之前"和"多年"，第四行中的"生活"和"选择"，第五行中的"罪"和"水"，都是押韵的，尽量补救原诗的音乐性。

与之相比，《解佩令》一诗与音乐离得太远，甚至还不如其少作《森林的沉默》。

不过，在另一些素体诗中，吴兴华做了一些努力，比如《吴起》："不过是永恒的蜕变，不过/是从古旧的关系挣脱了"，"眼泪，多余的眼泪，我明白它们的/意义"，"就仿佛死去的/是他的童时与隶属于它的世界，就仿佛邦国间纵横的诈谋暴取，都视她最后一口气出入而决定，就仿佛万物失去了意义，而获得/新的价值"，以及第33行、36行两个"当"，对整首诗起到一定的约束作用，努力使诗歌更有整体感。

在《听〈梅花调·宝玉探病〉》中，这样的细节则更多，如："有时轻，有时重，无所不包像外面/展开的黑夜"，"单调的弦声，单调而不濒于哭泣"，"医生可曾来看过了？求来的仙方/可曾见效验？夜晚的咳嗽可见轻？""梦，梦是我们的一生"，"穿出又穿入那才子佳人的遭遇"，"当灯光灭去，当幕在我眼前垂下，当灰的夜风从大开的窗间流入，当掌声告别声响彻黑暗的厅廊"，"日夕鞭策着/有限的心脑向无限距离里趋行"。

这两首诗在外形上，是用韵字勾连出紧凑而绵密的诗句，而内在则是如同自由诗变动不居的韵律，使全诗摆脱了散文化倾向，又有一种悠长、深远的节奏之感。

不过在中国读者看来，无韵的素体诗也属于自由诗。果然，吴兴华经过素体诗的实验，再往前走，就写出了纯粹的自由体《明妃诗》。这首诗选择了

王昭君出塞前，步出宫殿之门转身走下台阶之时，并剥去历史给昭君披上了各类华服，深入她的内心，揭示个人面对命运转折时的形而上的思索：是该奋起抗争，还是默然接受？对于这个哈姆莱特式的疑问，王昭君的选择是，顺应命运的流水，但保持自己的优美。

>……这么静，这世界，
>多么静四周的人，我的心，多么静！
>只有乳白色的怜悯自破裂处溢出
>"她们可还珍惜着素日的粉脂黛绿？"
>已经完成的不必痴想再超始
>我已经刻出自己的命运与历史
>锦绣的中原无地葬我如香桃的瘦骨
>这样我转身走下
>钗影衣香犹使人目眩心醉
>向塞外，浩浩的风沙直卷上长天
>在那里等候着我，胡笳与毡幕

这是全诗的末尾，诗体长短不一，没有外在格律的限制，只服从于情绪的消涨，却没有散文化的倾向，这要归功于以下几点：

其一，诗句的凝练。用"粉脂黛绿""香桃的瘦骨""钗影衣香""胡笳与毡幕"等古典意象，以及用"自""犹""如"等古典介词，将容易流溢泛滥的诗意，收束在凝练的行句之间。

其二，跳跃性的意象。比如"乳白色的怜悯"让人印象深刻。联系到上文的"轮到我前来抵御黑夜"，这里的"破裂处"可理解为黎明时分，天空破晓，露出"乳白色"的天光。六个字而有如此表现力，自然是现代诗的笔法。

其三，内在的旋律。比如"这么静"反复出现，一咏三叹，仿佛是喃喃自语，说明王昭君抚今追昔，思绪澎湃之后，喧嚣退去，归于彻底的平和。"这样我转身走下"回应了第一节的第四句"而当我转身走下时"，使诗歌严密紧凑。但这两次"转身走下"，昭君的心态并不相同，前一次她的背和双肩还在微微抽动。而这一次，她已完全释然，尽管她的"钗影衣香犹使人目眩心醉",但她已在畅想未来,在风沙的塞外,在胡笳声里,在毡幕中,她的美将依然绽放。

我们可以清晰地看出,即便剥去音律的外衣,逐出说理和雄辩,这首诗依然是诗,有着诗的质感和韵味。

但不得不说,在音乐性方面,这些素体诗和自由诗,尽管有反复、有内韵、有排比,但其诗句宛如一群肥健的骏马,仅靠几个力薄的马倌确实管不住,时时有离群逃逸者。所以朗诵起来,依然缺乏足够的音韵美。

"化古"诗体实验到了这一步,大约也是吴兴华所没有想到的。他笔下新格律诗体例严谨,错彩镂金,但显得笨拙僵化,表现力有限,于是并不成功。而素体诗和自由体诗,形式比较自由,其诗句将现代汉语与文言词语交融,显得柔韧结实,并形成内在的韵律,具有更强大的表现力和容纳力,可偏又缺乏音乐性。

倒不如他的组诗《西珈》,合乎商籁体的格律,音韵美好,舒展自如,又充满了生命体验。

> 中夜/不知/几点钟,我突然/醒来,像儿时,
> 想哭泣,想找得/亲人/诉说/中心的/悲苦。
> 
> ——《西珈·二》

这两行诗语气如潮,从缓至急,层层推进,一浪高过一浪,有极强的节奏感以及感染力。不看字眼,光从节奏,就可以感觉到那种悲伤、孤独,以及要找人倾诉的急促。

> 满月/立刻/能使我/想起/半天中的/画船,
> 酒垆边/侧坐的/佳人/稍露/凝脂的/手腕;
> 于是/我爱它的/清辉,渴望/能与你/同观。
> 
> 或是/在暮春,当碧色/侵上/荒静的/小道,
> 我初次/了解/词人的/心境/不忍去/踩践,
> 伊人的/罗裙/处处/荫覆着/如油的/芳草。
> 
> ——《西珈·八》

这六行诗中，第二句化用了韦庄词"垆边人似月，皓腕凝霜雪"，暗用汉代卓文君当垆卖酒事；第六句化用牛希济词"记得绿罗裙，处处怜芳草"。中国读者看了，总有种莫名的亲切。因为我们接受过古典文学的熏陶，早已形成一种阅读习惯和阅读期待，用吴兴华本人的话说，就是"共同基础"①。而吴兴华的这首诗，恰是将中国古典揉碎了，融于现代语法写就的诗句之中，自然能顺畅地流到读者内心里去。吴兴华以西方诗体，融入中国古典诗词意象和意境，又说出了现代人的心声，不得不说，这才是中西交融的诗作精品。

---

① 吴兴华在《读〈国朝常州骈体文录〉》中写道："善于用事的作家把每个字的负荷提高到最高度，使读者脑中迸溅出无数火花，用一系列画面代替原来平板的叙述。但这样做自然要有一个先决条件，那就是作者和读者之间必须存在一定程度的默契，也就是上文提到的共同基础。"见《吴兴华诗文集·文卷》，上海人民出版社 2005 年版，第 163—164 页。

# 结　语

在吴兴华看来，"最重要的不是传统和现代的对立，而是新的传统的建立；不是中国和西方的对立，而是对美的追求；不是文言和白话的对立，而是语言和思想的关系；不是集体和个人的对立，而是文学的作者和读者作为群体的认同；不是格律和自由的对立，而是规律的自然性和自然的规律性"[①]。

综上所述，吴兴华试图从五七言律绝和乐府古诗中寻求创意的泉源，写作新格律诗。但其作品的主题、意象十分陈旧，直接从古典文学中借来。在形式上，它们既没有古典诗的节奏，也缺乏现代诗的流畅。而且吴兴华喜欢在诗句中堆砌典故，也造成了阅读的障碍。因此这类诗纵然装饰精致，却还是一些假古董，在后世并无余响，其文学史地位不可高估。

另一方面，他创作"古事新诠"，内容上以现代人的视角，重新审视古老的题材，显得深邃而优美。在表现技巧上，学习了里尔克观察事物的本领，趋向人物的内心，从平凡中看出不平凡。形式上借用素体诗，打破格式的拘谨呆板，显得从容而舒缓。句式适当欧化，又不失汉语的美感。这都是可供当代诗人借鉴学习的。的确，"古诗新诠"诗被后世诗人所继承，以此"避免过度西方化的流弊而具有深厚的中国性，又传达现代人之思想感情"[②]，比如

---

[①] 贺麦晓：《吴兴华·新诗诗学与50年代台湾诗坛》，载《诗探索》，2002年第3—4期。
[②] 张松建：《新传统的奠基石——吴兴华、新诗、另类现代性》，载《中外文学》，2004年第33卷第7期。

沈宝基根据孟姜女传说写作《哭城》，杨牧写作《延陵季子挂剑》，钟玲写作《王昭君》。

也就是说，经过吴兴华的诗体实验，我们发现，他最成功的新诗，有这样四个特性：第一，具有外在格律之工整，造成音乐性，摆脱浮泛化倾向；第二，具有自由体新诗的内在旋律之优美，以此应和内在情绪的律动；第三，古典意象和词语的运用，使诗句更为凝练、硬朗，并且让人觉得亲切；第四，西方现代派技法的运用，以此摆脱浮浅白化。

总之，吴兴华对古典题材的重新发掘，以及《西珈》等中西交融的作品，可能是他留给中国诗坛最大的遗产。

# 参考文献

吴兴华：《吴兴华诗文集》（诗卷·文卷），上海人民出版社2005年版。
卞之琳：《卞之琳译文集》三卷，安徽教育出版社2000年版。
赵崇祚编：《花间集·尊前集》，华夏出版社1998年版。
林庚：《问路集》，北京大学出版社1984年版。
何其芳：《画梦录》，人民文学出版社2000年版。
缪钺：《杜牧传》，百花文艺出版社1999年版。
[奥地利] 里尔克：《里尔克诗选》，绿原译，人民文学出版社1996年版。
戴望舒：《戴望舒全集》，中国青年出版社1999年版。
[美] 弗罗斯特：《弗罗斯特全集》下册，曹明伦译，辽宁教育出版社2002年版。
叶维廉：《中国诗学》，生活·读书·新知三联书店1992年版。
江弱水：《中西同步与位移——现代诗人论丛》，安徽教育出版社2003年版。
江弱水：《抽思织锦》，北京大学出版社2010年版。
叶嘉莹：《迦陵论诗丛稿》，河北教育出版社1997年版。
朱自清：《朱自清谈诗》，上海古籍出版社1999年版。
废名：《论新诗及其他》，辽宁教育出版社1998年版。
黄玫：《韵律与意义——20世纪俄罗斯诗学理论研究》，人民出版社2005年版。
王力：《现代诗律学》，中国人民大学出版社2005年版。

《新诗评论：2007年第一辑》，北京大学出版社2007年版。

［英］威廉·燕卜荪：《朦胧的七种类型》，周邦宪等译，中国美术学院出版社1996年版。

［英］考德威尔：《考德威尔文学论文集》，陆建德等译，百花洲文艺出版社1994年版。

［英］艾略特：《艾略特文学论文集》，李幼宁译注，百花洲文艺出版社1995年版。

宋淇：《林以亮诗话》，台北洪范书店，1976年版。

张松建：《现代诗的再出发》，北京大学出版社2009年版。

张松建：《"新传统的奠基石"——吴兴华、新诗、另类现代性》，载《中外文学》，2004年第33卷第7期。

张新建：《知识之航和历史想象——重读吴兴华》，载《现代中国文化与文学》，2009年第1期。

贺麦晓：《吴兴华·新诗诗学与50年代台湾诗坛》，载《诗探索》，2002年第3—4期。

陈芝国：《放逐、认同和拯救——读吴兴华〈明妃诗〉》，载《名作欣赏》，2011年第6期。